TODGEWEIHT

CATHERINE SHEPHERD

1. Auflage 2020

Korrektorat: Mirjam Samira Volgmann /
SW Korrekturen e.U.

Lektorat: Gisa Marehn

Covergestaltung: Alex Saskalidis
Covermotiv: © Janny2 / shutterstock.com

Druck: CPI Books GmbH, Birkstraße 10, 25917 Leck

www.catherine-shepherd.com
kontakt@catherine-shepherd.com

ISBN 978-3-944676-25-8

Titel von Catherine Shepherd

Zons-Thriller:

1. Der Puzzlemörder von Zons (Kafel Verlag April 2012)
2. Erntezeit (früher: Der Sichelmörder von Zons; Kafel Verlag März 2013)
3. Kalter Zwilling (Kafel Verlag Dezember 2013)
4. Auf den Flügeln der Angst (Kafel Verlag August 2014)
5. Tiefschwarze Melodie (Kafel Verlag Mai 2015)
6. Seelenblind (Kafel Verlag April 2016)
7. Tränentod (Kafel Verlag April 2017)
8. Knochenschrei (Kafel Verlag April 2018)
9. Sündenkammer (Kafel Verlag April 2019)

Laura Kern-Thriller:

1. Krähenmutter (Piper Verlag Oktober 2016)
2. Engelsschlaf (Kafel Verlag Juli 2017)
3. Der Flüstermann (Kafel Verlag Juli 2018)
4. Der Blütenjäger (Kafel Verlag Juli 2019)

JULIA SCHWARZ-THRILLER:

1. Mooresschwärze (Kafel Verlag Oktober 2016)
2. Nachtspiel (Kafel Verlag November 2017)
3. Winterkalt (Kafel Verlag November 2018)
4. Dunkle Botschaft (Kafel Verlag November 2019)

ÜBERSETZUNGEN:

1. Fatal Puzzle - Zons Crime (Titel der deutschen Originalausgabe: Der Puzzlemörder von Zons, AmazonCrossing Januar 2015)
2. The Reaper of Zons - Zons Crime (Titel der deutschen Originalausgabe: Erntezeit, AmazonCrossing Februar 2016)

Todgeweiht

"Lache!" ruft sie, "Unser ist das Leben!"
Und mir ist, als ob mein Blut erstarrt.
Durch den Sonnenschein der Gegenwart
Hör ich dumpfe Totenglocken beben.

Wenn sie nächtlich unterm Kranz der Sterne
Unbelauscht in ihrem Ernst sich glaubt,
Folg ich ihrem Blick, der, weltenferne
Ihr den Frieden weist und mir ihn raubt.

Dieser seltsam tiefe Glanz im Grunde
Kündet es: Sie darf nicht lang verweilen.
Zitternd seh ich Stund um Stunde
Grauenvoll vorübereilen.

Joachim Ringelnatz

Lageplan der Stadt Zons

PROLOG

Ich schaue in den Kühlschrank und spüre, wie mein Magen knurrt. Die Uhr an der Wand tickt. Es ist schon spät. Ich zögere einen Moment und verharre vor einer frischen Gurke. Das Abendbrot muss warten, vielleicht fällt es sogar aus. Entschlossen schließe ich die Kühlschranktür und spüre wieder die Hitze der Küche. Die Fenster gehen nach Süden hinaus und heizen den Raum im Sommer auf wie eine Sauna. Ich seufze und ziehe mein Kleid aus. Meine Wadenmuskeln zittern. Ich habe den ganzen Tag auf der Messe verbracht und kaum Gelegenheit zum Sitzen gehabt. Eigentlich sollte ich jetzt die Beine hochlegen, aber der Blick auf die Waage zwingt mich zum Handeln. Ich muss das überschüssige Gewicht endlich loswerden. Die Sonne strahlt immer noch hell. Sie würde erst in gut einer halben Stunde untergehen. Müde ziehe ich meine Sportsachen an. Gerade als ich in die Laufschuhe schlüpfen will, klingelt es an der Tür. Ich zucke zusammen, denn ich habe keine Idee, wer es sein könnte. Für die Post oder ein Paket ist es eigentlich schon zu spät. Es ist kurz nach neun und ich habe nichts bestellt. Wenn ich nicht da bin, nimmt mein Nachbar die Pakete für mich an. Der alte Mann hockt die meiste Zeit des Tages am Fenster und starrt auf die Straße. Ihm entgeht keine Bewegung, und er wäre mit Sicherheit sofort zur Haustür gestürmt, noch bevor ein Paketbote überhaupt hätte klingeln können. Ich richte mich auf. Ein leichter Schwindel erfasst mich. Das ist wieder der Hunger. Auf Zehenspitzen stelle ich mich an die Wohnungstür und spähe vorsichtig durch den Spion. Das Treppenhaus ist leer. Also drücke ich auf die Gegensprechanlage.

»Hallo?«, frage ich heiser und höre ein starkes Rauschen. Die Lautsprecher haben mindestens zwanzig Jahre auf dem Buckel.

»Ein Salat mit gebratenen Hähnchenstreifen von *Pizzamobil.*« Die Stimme des Mannes klingt sympathisch. Trotzdem wundere ich mich.

»Ich habe nichts bestellt«, entgegne ich und wende mich wieder meinen Sportschuhen zu.

»Sie sind doch Zoe Kühnert? Die Bestellung ist bereits bezahlt«, dröhnt die Stimme erneut aus dem Lautsprecher.

Ich seufze und lasse die Schnürsenkel los.

»Das muss ein Irrtum sein. Außerdem habe ich keinen Hunger«, lüge ich und hoffe, dass der Pizzabote endlich wieder wegfährt.

»Und was soll ich jetzt mit dem Essen machen?« Die Stimme klingt plötzlich unsicher, nahezu enttäuscht.

Ich verdrehe die Augen. Entweder es war ein Versehen oder es steckt eine ganz bestimmte Person dahinter. Meine Mutter. Wer sonst sollte wissen, dass ich Salat mit Hähnchen liebe? Verflucht, was bildet sich Mutter nur ein? Ich brauche keinen Aufpasser mehr. Ich bin zweiundzwanzig Jahre alt.

»Schon gut. Ich komme«, stöhne ich und binde die Schnürsenkel zu. Anschließend hüpfe ich die Treppe hinunter. Mir bleibt nichts anderes übrig, denn der Türsummer ist seit Wochen defekt.

Im Augenwinkel nehme ich die Wohnungstür meines Nachbarn wahr. Sie ist einen Spaltbreit geöffnet.

»Guten Abend, Herr Friedrich«, rufe ich. Sofort kracht die Tür ins Schloss. Ich kümmere mich nicht weiter darum und laufe die letzten Stufen hinab bis ins Erdgeschoss. Durch das Ornamentglas der Haustür sehe ich die schwarze Silhouette eines Mannes. Abrupt bleibe ich stehen. Das Herz schlägt mir bis zum Hals. Woher weiß ich eigentlich, dass dort draußen tatsächlich ein Pizzabote wartet? Die Gestalt hinter dem Milchglas wirkt irgendwie bedrohlich. Sie passt überhaupt nicht zu der netten Stimme, die ich eben durch die Gegensprechanlage gehört habe. Eine Sekunde lang frage ich mich, ob es wirklich klug wäre, die Tür zu öffnen. Ich blinzele unentschlossen. Der Mann scheint gar nichts in den Händen zu halten. Selbst wenn es anders wäre, könnte ich es nicht sehen, denn er steht seitlich vor der Haustür. Ich mustere seine Silhouette. Auf dem Kopf trägt er so etwas wie einen Helm. Ich zögere. Plötzlich tritt der Mann näher und ich weiche erschrocken zurück. Er hebt die Hände und ich erkenne einen Gegenstand darin.

»Hallo?«, tönt seine nette Stimme durch die Tür.

Ich atme auf. Der Hunger vernebelt mir offenbar das Gehirn. Da lauert kein Monster auf mich. Es ist garantiert nur ein Pizzabote. Jemand, der es sicherlich eilig hat. Also öffne ich die Haustür.

Ein Mann in Jeans und Lederjacke hält eine Tüte hoch.

»Bitte schön«, murmelt er und sieht mich dabei nicht einmal wirklich an.

Ich greife den Salat und warte, bis der Bote auf seinem knatternden Moped verschwindet, das er ein paar Meter weiter am Straßenrand abgestellt hatte. Der Duft von gebratenem Hähnchenfleisch steigt mir in die Nase. Mein Appetit wird so groß, dass ich nicht widerstehen kann. Ich öffne die Tüte und werfe einen Blick hinein. Leuchtende Tomaten und saftiges Fleisch. Das Wasser läuft mir im Mund zusammen. Eine Karte an der Seite erregt meine Aufmerksamkeit. Ich ziehe sie heraus und verschließe die Tüte wieder.

Henkersmahlzeit, lese ich stumm und schüttele den Kopf. Was soll das denn jetzt bedeuten? Stammt das Essen doch nicht von meiner Mutter oder dreht sie nun völlig durch? Sie hatte schon immer einen komischen Humor. In letzter Zeit gab es häufiger Streit wegen des Essens. Ich bin schlank. Aus Sicht meiner Mutter dürr. Ich esse ihr zu wenig. Einmal hat sie mich sogar ein Gerippe genannt. Dabei sind meine weiblichen Rundungen nicht zu übersehen. Wenn ich an mir hinunterblicke, sehe ich sogar ganz deutlich die Wölbung meines Bauches. Warum nur fängt Mutter ständig an zu nerven? Kann sie nicht einfach mal Ruhe geben? Wann begreift sie endlich, dass ich ihren Plan durchschaue? Sie sorgt dafür, dass ich überall auf etwas Essbares stoße, scheinbar zufällig. Dabei weiß ich genau, dass sie jedes Mal dahintersteckt. Erst vor ein paar Tagen hat sie, ohne zu fragen, meinen Kühlschrank gefüllt, dabei sollte sie nur einen Handwerker in meine Wohnung lassen. Bloß weil ich mich gesund ernähre und auf meine Figur achte, falle ich nicht gleich vom Fleisch. Mutter übertreibt mal wieder maßlos. Oder ist das alles ein Irrtum? Würde sie wirklich so etwas schreiben? Plötzlich kommen Zweifel in mir hoch.

Verunsichert werfe ich die Karte zurück in die Tüte, ziehe die Haustür ins Schloss und befördere den Salat in hohem Bogen in die Mülltonne vor dem Haus. Ich werde mich doch nicht von ein paar gebratenen Hähnchenstreifen verrückt machen lassen. Heute steht Gesundheit auf dem Plan. Eine Joggingrunde und anschließend ein großes Glas Wasser. Mehr brauche ich nicht. Entschlossen nehme ich Kurs auf die Stadtmauer von Zons und schlüpfe durch eine Öffnung hindurch. Der Weg führt mich an einem alten Graben vorbei zu einer lang gestreckten Allee, deren üppige Bäume im abendlichen Sommerwind rauschen. Rechts und links liegen Felder. Bereits nach wenigen Metern im Laufschritt habe ich meinen Ärger vergessen. Selbst mein Magen rebelliert nicht mehr. Ich setze die Kopfhörer auf und drehe die Lautstärke hoch. Die Musik beschwingt mich. Leichtfüßig jogge ich die Allee entlang. Den knatternden Motor, der sich von hinten nähert, nehme ich kaum wahr. Ich befinde mich längst in meiner ganz eigenen Welt. Ich bin euphorisch, denn mit jedem Meter verbrenne ich Kalorien. Was gibt es Besseres? Ich lächele. Ich lächele sogar noch, als mich das Moped überholt und sich vor mir mit quietschenden Reifen quer stellt. Ich schaffe es gerade so, anzuhalten. Doch bevor ich mich über das rabiate Fahrmanöver beschweren kann, springt der Mann vom Moped und presst seine grobe Hand fest auf meinen Mund. Ich kann kaum atmen. Die wenige Luft riecht merkwürdig süßlich. Ich erkenne das Tuch in seinen Fingern und schlage panisch um mich. Womit auch immer er den Stoff getränkt hat, es wirkt. Ich sacke hilflos zusammen. Das Letzte, was ich sehe, sind seine schwarzen Stiefel und der glänzende Helm. Dann schwebe ich einfach davon.

I

VOR FÜNFHUNDERT JAHREN

Die Orgel erfüllte die Kirche mit ihren kraftvollen Tönen. Bastian starrte wie gebannt auf den Pfarrer, der vor dem Altar stand und selig in die Runde blickte. Durch die seitlichen Kirchenfenster fielen bunte Lichtstrahlen herein. Sie huschten über den Steinboden, so als hätte Gott seine Engel gesandt, die zur Musik tanzten. Es war ein herrlicher Tag. Der Sommer näherte sich mit großen Schritten. Er brachte die Wärme und das Licht zurück. Bastian liebte diese Jahreszeit, in der alles um ihn herum zum Leben erwachte. Neben ihm saßen Marie und die beiden Kinder. Stolz überkam ihn und er musste unwillkürlich lächeln.

Die Orgel verstummte und eine erwartungsvolle Stille breitete sich in der voll besetzten Kirche aus. Pfarrer Johannes bekreuzigte sich. Der beleibte, in die Jahre gekommene Mann sah den Anwesenden aufmerksam in die Augen. Er öffnete den Mund, um mit der sonntäglichen Predigt zu beginnen, doch genau in diesem Moment wurde die Pforte der Kirche aufgerissen.

Ein Bote des Erzbischofs stürmte herein.

»Wo ist Bastian Mühlenberg?« Atemlos blieb er in der Mitte des Kirchenganges stehen und drehte sich zu allen Seiten.

Bastian erhob sich. »Hier bin ich«, sagte er und schlängelte sich aus seiner Sitzreihe. Um den Gottesdienst nicht länger zu unterbrechen, schob er den Mann kurzerhand wieder zur Kirchentür hinaus.

»Ihr stört die Messe«, erklärte Bastian und schloss die schwere Holztür. »Was ist so wichtig, dass Ihr in die Kirche rennt, als wäre der Leibhaftige hinter Euch her?«

Der Mann bekreuzigte sich erschöpft. »Ich habe schlechte Nachrichten«, hob er an und senkte dabei den Blick. »Der Schwarze Tod hat in Köln Einzug gehalten und breitet sich von Tag zu Tag weiter aus. Unsere Totengräber haben alle Hände voll zu tun. Sie kommen längst nicht mehr hinterher. Der Erzbischof bittet Euch, die Stadt zu schützen, indem Ihr Fremde nur nach sorgfältiger Prüfung die Stadttore passieren lasst.« Er überreichte Bastian ein zusammengerolltes Pergament mit dem erzbischöflichen Siegel darauf. »Ihr sollt Euch bereithalten, denn wenn die Seuche auch auf die Männer Gottes überspringen sollte, dann müsst Ihr dem Erzbischof in Zons Unterschlupf gewähren.«

Bastian schluckte. Eben noch hatte er sich über das sommerliche Wetter gefreut und nun kam dieser Mann und überbrachte ihm eine Hiobsbotschaft. Die Pest machte keinen Unterschied zwischen Gut oder Böse, Arm oder Reich. Sie streckte ihre Krallen nach allen Lebenden aus und zog sie hinab in das Reich der Toten. Die Seuche konnte innerhalb weniger Wochen ganze Städte dahinraffen. Er öffnete die Botschaft des Erzbischofs und überflog seine Anweisung noch einmal.

»Wir werden uns vorbereiten«, sagte Bastian ernst und rollte das Pergament wieder zusammen. Er würde mit Pfarrer Johannes und dem Arzt Josef Hesemann sprechen. Seine Soldaten mussten auf die Pest vorbereitet werden. Ein jeder von ihnen sollte die typischen Symptome erkennen, damit kein von der Seuche Gezeichneter Einlass nach Zons erhielt. Er würde die Stadttore Tag und Nacht bewachen lassen.

Der Bote des Erzbischofs nickte zufrieden und stieg auf sein Pferd.

»Ich muss weiter. Gott beschütze Euch und die Stadt Zons.« Er winkte kurz zum Abschied und galoppierte davon. Vermutlich, um die nächste Stadt oder Siedlung zu warnen.

Bastian sah ihm mit pochendem Herzen hinterher und blieb noch eine Weile unschlüssig vor der Kirche stehen. Er musste sofort Vorbereitungen treffen, damit die Menschen sich geschützt fühlten. Er dachte an sein Weib und die Kinder. Die Furcht schlug wie eine eiskalte Welle über ihm zusammen. Er versteckte die Botschaft des Erzbischofs unter seinem Wams und schritt eilig zur Schloßstraße. Als Erstes würde er die Wachen am Feldtor verstärken. Durch das Haupttor der Stadt strömten täglich viele Händler und Besucher nach

Zons. Dort hätte die Pest besonders leichtes Spiel. Bastian hatte vor Jahren einen Ausbruch der Seuche miterlebt. Der schauderhafte Anblick der vielen Toten und Sterbenden verfolgte ihn bis zum heutigen Tag. Die Leichen hatten sich auf dem Marktplatz und in den engen Gassen aufgetürmt. Der Gestank verseuchte die Luft. Die Lebenden trugen Masken oder Tücher vor dem Gesicht. Ein kleines Mädchen hatte sich fest an seine tote Mutter geklammert, von der es irgendwann mit Gewalt losgerissen werden musste. Die Schreie des Kindes hallten noch heute durch Bastians Kopf. Die Kleine war höchstens fünf Jahre alt gewesen. Ratten eroberten die Stadt. Es gab bald keinen Fleck mehr, an dem die Tiere nicht hausten. Am Ende war der Kirchhof so überfüllt, dass die Leichen in eigens ausgehobenen Massengräbern außerhalb der Stadt verscharrt werden mussten.

Bastian schüttelte sich. Dieses Los durfte die Menschen von Zons nicht treffen! Er marschierte schneller. Als er die Schloßstraße erreichte, blieb er abrupt stehen. Alwine, das Weib des Gastwirtes, schlich um das Wirtshaus *Zum Durstigen Schiffer*.

»Alwine, warum seid Ihr nicht in der Kirche?«, fragte Bastian.

Die alte Frau fuhr erschrocken herum und betrachtete Bastian argwöhnisch.

»Das könnte ich Euch ebenso fragen«, erwiderte sie.

Bastian war bei den Wirtsleuten nicht sonderlich beliebt. Er hatte seinen Soldaten verboten, während der Woche in die Wirtshäuser einzukehren. Müde und vor

Met stinkende Männer konnte er nicht gebrauchen. Natürlich verloren die Gastwirte auf diese Weise zahlungskräftige Kunden.

»Ich erledige meine Pflichten«, entgegnete Bastian. Dabei fiel ihm ein, dass er auch Gottfried nicht in der Kirche gesehen hatte.

»Wo ist Euer Gatte?«, wollte er deshalb wissen.

Alwine kniff die Augen zusammen. »Was geht Euch das an?«, zischte sie und wandte sich ab.

Doch Bastian ließ nicht locker.

»Schleicht Ihr deswegen ums Haus? Weil Ihr Gottfried sucht?«

Alwine schüttelte missmutig den Kopf.

»Der Mistkerl hat sich gestern Abend so sehr betrunken, dass er nur noch kriechen konnte. Ich dachte, er hätte in der Gasse vor dem Haus übernachtet.« Sie spuckte wütend aus und Bastian trat angewidert einen Schritt zurück.

»Ich kann Euch bei der Suche helfen«, bot er an.

Doch Alwine winkte ab. »Lasst nur, Stadtsoldat. Der Säufer wird schon wieder auftauchen, wenn ihm zur Mittagszeit der Magen knurrt.« Sie wackelte um die Ecke und verschwand aus Bastians Blickfeld.

Bastian zuckte mit den Achseln und ging Richtung Feldtor. Er hatte vielleicht zwanzig Schritte gemacht, als Alwine aufschrie. Der Laut fuhr ihm durch Mark und Bein. Er machte auf der Stelle kehrt und rannte zurück. Er fand Alwine rechts vom Wirtshaus unter einem hölzernen Anbau, der komplett von Efeu überwuchert war. Sie kniete auf dem Boden und wimmerte leise.

»Was ist passiert?«, fragte Bastian.

»Jemand hat Gottfried erschlagen«, klagte sie und rückte ein Stückchen zur Seite.

Der Wirt lag auf dem Rücken, die Augen starr in die Luft gerichtet. Ein Schwarm schwarzer Fliegen summte um den toten Körper herum. Der Mann stank nach einem Gemisch aus Met, Schweiß und Kot. Bastian rümpfte unwillkürlich die Nase und hockte sich neben ihn. Das Gesicht wirkte unversehrt. Der rechte Arm bog sich in einem unnatürlichen Winkel nach oben. Die Beine waren seltsam verdreht. Die Haut an den Händen schien intakt und auch an der Kleidung konnte Bastian auf Anhieb weder Blutflecken noch Löcher oder Risse sehen. Er kroch näher an Gottfried heran und musterte dessen Hals. Er suchte nach Striemen oder Würgemalen. Stattdessen fand er eine Menge Dreck. Die Haut war so schmutzig, dass er fast nichts erkennen konnte. Er verscheuchte die Fliegen und beugte sich dicht über den Mann. Eine Welle der Übelkeit überrollte ihn, er zuckte abrupt zurück. Dann nahm er etwas Verdächtiges wahr.

Eine Beule prangte im unteren Bereich des Halses. Sie wölbte sich pechschwarz hervor. Bastian sprang auf.

»Wo, sagtet Ihr, hat Euer Gatte sich gestern Nacht herumgetrieben?«

Alwine schaute ihn mit großen Augen an. »Na, im Wirtshaus. Wo denn sonst?«, antwortete sie und kniete sich wieder neben ihren toten Gatten. »Wer hat meinen Gottfried denn erschlagen? Ihr müsst seinen Mörder finden und ihn in den Juddeturm stecken, bis er dort unten im Verlies elendig verreckt.«

* * *

»Lasst mich hier raus!«, brüllte Alwine und trommelte mit den Fäusten gegen das schwere Tor des Krötschenturms. Der runde Turm diente als Siechturm für die Kranken. Er befand sich an der nord-westlichsten Ecke von Zons. Wernhart Tillmanns, Bastians bester Freund und ebenfalls Soldat der Stadtwache, lehnte sich mit hochrotem Kopf dagegen und schob den eisernen Riegel davor.

Bastian sah stumm zu und biss sich auf die Unterlippe. Der Wirt lag bereits unter der Erde. Das hatte er sofort veranlasst, damit sich niemand sonst bei ihm anstecken konnte. Der Totengräber hatte seine Arbeit so schnell getan, dass nicht einmal mehr der Arzt Gottfried angesehen hatte. Doch Alwine tat ihm leid, und er war unsicher, ob sie wirklich eingesperrt werden musste. Sie war schließlich gerade erst zur Witwe geworden. Pfarrer Johannes schwenkte ein Weihrauchfass vor der Tür des Turmes und sprach ein Gebet. Der Arzt Josef Hesemann zog das Tuch vom Gesicht und holte tief Luft.

»Wer war gestern alles im Wirtshaus?«, fragte er leise und zog Bastian zur Seite.

»Soweit ich herausgefunden habe, nur eine Handvoll Gäste.« Er hielt inne und blickte Josef eindringlich an. »Ihr wollt sie doch nicht alle zu Alwine in den Turm sperren?«

Der Arzt warf ihm einen sorgenvollen Blick zu. »Was sonst können wir tun, um die Bewohner von Zons zu schützen? Der Schwarze Tod geht um, und er wird jeden mit sich nehmen, der ihm über den Weg läuft.«

Bastian stöhnte. »Wenn wir das machen, dann bricht in der Stadt die Panik aus.«

Josef legte Bastian die Hand auf die Schulter. »Das müssen wir in Kauf nehmen. Vielleicht haben wir Glück und die Seuche breitet sich nicht weiter aus. Soweit ich es beurteilen kann, ist Alwine gesund, jedenfalls bisher. Wir sollten den Menschen erklären, dass wir Alwine und die anderen aus reiner Vorsicht im Krötschenturm unterbringen. Anderenfalls könnten wir alle ins Verderben stürzen.«

Ein lang gezogener Schrei drang aus dem Inneren des Turms. Alwine hämmerte zwar nicht mehr gegen die Pforte, doch ihr Klagen war viel schlimmer. So voller Hoffnungslosigkeit, dass es Bastian ganz schwer ums Herz wurde. Am liebsten hätte er sie freigelassen. Aber er wusste, dass die Seuche durchaus in Alwine schlummern konnte. Es war gut möglich, dass ihr Körper am nächsten oder übernächsten Tag bereits von schwarzen Beulen übersät wäre.

Josef seufzte. »Wir müssen an die Lebenden und die Gesunden denken. Wir können sie nur schützen, indem wir die Kranken und Toten von ihnen fernhalten. Das mag sich falsch anfühlen, aber denkt an Eure Familie, Bastian. Wenn die Pest erst einmal Fuß gefasst hat, dann lässt sie sich nicht mehr aufhalten. Es wird niemanden geben, der nicht mindestens einen seiner Lieben verliert.«

Bastian nickte stumm mit gesenktem Haupt. Pfarrer Johannes beendete sein Gebet und gesellte sich zu ihnen.

»Wir warten sieben Tage lang ab. Sollte Alwine bis dahin keine Beulen haben, darf sie den Krötschenturm wieder verlassen«, erklärte Josef.

Pfarrer Johannes nickte und wischte sich über die schweißnasse Stirn. Aus dem Krötschenturm drang erneut ein verzweifeltes Jammern.

Bastian machte ein paar Schritte auf die Pforte zu, doch Wernhart hielt ihn fest.

»Sie muss da drinbleiben«, sagte er leise.

»Wir könnten ihr wenigstens eine Fackel geben«, schlug Bastian vor.

Pfarrer Johannes kniff die Augen zusammen und musterte ihn prüfend.

»Was ist los mit Euch, mein Junge? Wollt Ihr, dass das Weib in seiner Verzweiflung Feuer legt und die halbe Stadt abfackelt?«

Bastian ließ die Schultern sinken. »Nein, natürlich nicht. Die Sache kommt mir nur so falsch vor. Sie hat schließlich nichts verbrochen und trotzdem halten wir sie fest.«

Johannes hob die Hände und redete auf Bastian ein: »Wir können sie auch aus der Stadt verbannen. Dann dürfte sie sich aber weder den Mauern noch einem Zonser Bürger auf mehr als hundert Fuß nähern. Nach einer Woche könnte sie zurückkehren. Aber wovon soll sie so lange leben? Hier im Krötschenturm ist sie versorgt. Ich werde ihr jeden Tag Essen und Trinken bringen lassen.«

»Ihr habt recht«, gestand Bastian und schob sich den Schal vors Gesicht. »Lasst uns jetzt die Männer holen, die gestern bei Gottfried im Wirtshaus waren. Für sie gilt dieselbe Frist im Turm.« Er nickte Wernhart zu. Entschlossen marschierten sie Richtung Schloßstraße. Die Metzgerbrüder Albrecht und Wulf lebten dort in einem großen Haus. Beide hatten den gestrigen Abend im *Durstigen Schiffer* verbracht, ebenso der Schneiderlehrling Hubert und der Schlosspförtner Conrad.

Wernhart pochte energisch an die Tür. Die Sonne stand hoch am Himmel. Nur ein paar Wolken hatten sich über das strahlende Blau geschoben. Trotz der Hitze fröstelte Bastian plötzlich. Aus dem Haus drangen schwere Schritte zu ihnen hinaus. Er richtete sich kerzengerade neben Wernhart auf. Die Brüder waren nicht gerade für ihre Freundlichkeit bekannt. Sie würden sich ganz sicher nicht freiwillig abführen lassen. Die Tür ging einen Spaltbreit auf. Dahinter sah Bastian das grobe, leicht gerötete Gesicht des älteren Bruders Wulf.

»Was wollt Ihr?«, fragte der Metzger argwöhnisch. Sein Atem stank nach Met.

»Euch in den Krötschenturm geleiten«, erwiderte Bastian und drückte den Schal fester auf Mund und Nase. »Ihr und Euer Bruder hattet Kontakt zu Gottfried, dem Wirt. Er ist an der Pest gestorben, und wir müssen sichergehen, dass sich die Seuche nicht ausbreitet. Ihr werdet deshalb die nächsten sieben Tage im Turm verbringen. Seid Ihr danach immer noch frei von Pestbeulen, dürft Ihr heimkehren. So sieht es die Pestordnung vor.«

Wulf starrte ihn an. Seine Lippen öffneten sich, es

kam jedoch kein Wort heraus. Er verdrehte die Augen und knallte ihnen einfach die Tür vor der Nase zu.

»Verschwindet!«, schrie er hinter der Tür, und Bastian hörte, wie er die Treppe hinaufstürmte und den Namen seines Bruders brüllte.

»Macht die Tür wieder auf!«, rief Bastian und hämmerte mit den Fäusten dagegen. »Kommt freiwillig und ohne viel Aufsehen mit oder ich werde meine Männer vor Eurem Haus versammeln!«

Bastian wartete einen Augenblick ab. Die Brüder redeten aufgebracht miteinander. Sie trampelten die Treppe herunter. Er wappnete sich und griff zu seinem Kurzschwert. Angespannt starrte er auf die Klinke, bis er im Augenwinkel eine Bewegung wahrnahm.

»Wernhart?«, stieß er aus und drehte den Kopf.

Sein Freund wankte.

»Wernhart?« Bastian sah entsetzt, wie Wernhart die Augen verdrehte und einfach in sich zusammensackte. Die beiden Metzgerbrüder waren auf der Stelle vergessen.

»Was ist mit dir?«, fragte Bastian bestürzt. Er kniete sich neben ihn.

»Mir ist schwindlig. Alles dreht sich«, murmelte sein Freund benommen. Bastian zog ihn auf die Füße. Doch Wernhart konnte sich nicht halten, er klappte erneut zusammen.

»Was hat der denn?«, knurrte Wulf, der mittlerweile wieder die Tür geöffnet hatte und Bastian böse anfunkelte.

»Ich weiß es nicht«, sagte Bastian und rüttelte Wernhart an der Schulter. Doch der hielt die Augen geschlossen.

»Himmel! Wernhart. Wach auf!« Bastian tastete das Wams seines Freundes ab. Er konnte jedoch nichts finden, was seine plötzliche Schwäche erklärte. Er schob Wernharts rechten Hemdsärmel hoch und erschrak im selben Augenblick. In der Ellenbeuge schimmerte ein großer dunkler Fleck.

II

GEGENWART

»Hallo, Leute«, hauchte Kim ins Mikrofon und warf der Kamera einen Kussmund zu. Sie wartete ein paar Sekunden und stellte sich vor, wie ihre Fans reagierten. Ihr Kanal hatte inzwischen eine beachtliche Anzahl von Fans erreicht. Mehr als zehntausend Menschen interessierten sich für sie. Kim malte sich aus, wie sie winkten, kreischten oder sie einfach nur gebannt anstarrten. Sie konnte ihre Fans nicht sehen. Also wusste sie im Grunde genommen auch nicht, wie sie reagierten. Sie sah es höchstens an den Kommentaren, die sie unter ihren Videos hinterließen. Sie saß auf ihrem Bett und flirtete mit der Webkamera. Da draußen gab es eine Welt. Ein ganz eigenes virtuelles Universum, in dem sich jedes ihrer Worte wie von Zauberhand und dazu noch rasend schnell verbreitete. Sie lächelte und griff zu einem Kleid, das auf einem Bügel neben ihrem Bett hing.

»Heute bin ich zu der absolut krassesten Party der Stadt eingeladen. Der Rapper T. J. feiert Geburtstag, und ich habe keine Ahnung, was ich anziehen soll.« Sie drehte sich mit dem Kleid an die Brust gedrückt vor der Kamera und machte ein besorgtes Gesicht, obwohl sie natürlich genau wusste, was sie tragen würde. Aber das gehörte zur Show. »Was meint ihr, würde mir dieses Outfit stehen?« Kim schürzte die Lippen. »Ach, ich weiß nicht. Vermutlich macht mich das Kleid fett.« Sie fuhr sich mit der linken Hand über die Hüfte und schlich langsam aus dem Bild, wobei sie die Kamera mit einem vielsagenden Blick bedachte. Als sie nicht mehr zu sehen war, zog sie das Kleid an. Diese Stelle würde sie später zusammenschneiden. Sie bearbeitete jedes Video vor dem Hochladen akribisch. Das war eine Menge Arbeit, doch es lohnte sich. Sie drehte sich zurück ins Bild.

»Puh, es ist noch schlimmer, als ich befürchtet habe. Das Teil geht ja gar nicht. Es macht mich glatt zehn Kilo fetter.« Sie stöhnte theatralisch und griff zum nächsten Kleid. »Ich probiere es mal mit dem hier«, kündigte sie an und wandte der Kamera den Rücken zu. Dann zog sie sich vor den Augen ihrer Zuschauer um, wobei sie darauf achtete, nicht zu viel Haut zu zeigen. Sie trug einen hautengen Body, der lediglich ihre weiblichen Konturen preisgab. Sollte mehr als nötig zu sehen sein, konnte sie später einen Smiley oder irgendetwas anderes darüber blenden. Sie streifte das Glitzerkleid über und schwang sich lächelnd herum zur Kamera.

»Wow. Das ist es! Ich glaube echt, dass ich noch nie besser ausgesehen habe. Ich flipp voll aus!« Wieder strahlte sie in die Kamera und strich sich dabei betont über die schmalen Hüften.

»Hammermäßig. Der Schnitt ist der Wahnsinn. Ich bin total schlank!« Sie machte eine kurze Pause. An dieser Stelle würde sie später ein Vorher-nachher-Bild einblenden. Kim durfte die Modefirma nicht vergessen, die ihr das teure Stück kostenlos überlassen hatte, damit sie es auf ihrem YouTube-Kanal präsentierte. Sie liebte ihren Job. Seit sie sich auf ihre Karriere als YouTuberin konzentrierte, flogen ihr die Designerstücke nur so zu. Sie bekam nicht bloß die Sachen umsonst, sondern auch noch Geld obendrauf. Die Firmen standen Schlange, um sie dafür zu gewinnen, der Community ihre Produkte zu präsentieren. Egal, was sie vorführte, ihre Follower bedachten sie mit massenweise Gefällt-mir-Klicks und Kommentaren. Und, was noch wichtiger war, sie stürzten sich auf jeden Artikel, den sie unter ihren Videos verlinkte.

Sie zog den Bauch ein und lächelte, was das Zeug hielt. Dann drehte sie sich langsam um die eigene Achse.

»He, Kim, mach auf!« Mira, ihre Mitbewohnerin, klopfte an die Zimmertür.

Kim blieb stehen.

»Ich mache gerade ein Video. Was ist denn los?«, fragte sie, als Mira einfach hereinkam, und schaltete die Kamera aus. Mira war das genaue Gegenteil von ihr. Kurze Haare, sportlich, keine Schminke und viel zu weite Jeans.

»Ich bin jetzt weg. Wir sehen uns in einer Woche!« Mira hauchte ihr einen Kuss auf die Wange. »Du siehst großartig aus!« Sie deutete auf das neue Kleid und zwinkerte vergnügt. Dann wandte sie sich ab und verschwand aus der Tür. Im Flur schnappte sie sich eine große Reisetasche.

Kim sah ihr hinterher und seufzte. Wenn Mira sie doch nur einmal an ihre Haare lassen würde. Sie schüttelte den Kopf. Ihre Freundin legte überhaupt keinen Wert auf ihr Äußeres. Vielleicht musste man das als Zahnarzthelferin auch nicht. Trotzdem, mit etwas längerem Haar und einem Scheitel in der Mitte würde Miras Gesicht wesentlich besser zur Geltung kommen. Der Seitenscheitel und die kurzen Haare ließen ihr ohnehin schon kantiges Gesicht viel zu streng erscheinen. Dabei war Mira ein herzensguter und fröhlicher Mensch.

Kim schlug die Zimmertür zu und setzte sich wieder aufs Bett. Sie fuhr sich mit den Fingern durch eine Haarlocke und zog sie glatt. Als Friseurin kannte sie sich mit Haaren aus. Sie begutachtete ihre blonden Spitzen und schob sie zufrieden über die Schulter. Dann schaltete sie die Kamera wieder ein.

»So, ihr Lieben. Ich hoffe, mein Beitrag hat euch gefallen.« Sie sprang auf und drehte sich abermals im Kreis. »Die Party kann losgehen!« Sie zwinkerte ihren Zuschauern zu und deutete mit dem Zeigefinger auf eine imaginäre Stelle am unteren Bildschirmrand. »Ich habe für euch noch einmal alle Infos und den Link zum Shop unter dem Video in der Beschreibung zusammengefasst. Morgen zeige ich euch, wie ihr nach dem Aufstehen in weniger als fünf Minuten eure Haare bändigen könnt. Schenkt mir ein Like und seid beim nächsten Mal unbedingt dabei. Bis morgen und Küsse, eure Kim!« Sie sandte noch einmal ein strahlendes Lächeln in die Linse und beendete die Aufnahme.

Glücklich schlüpfte sie aus dem Glitzerkleid und sank in die Kissen. Geschafft. Zumindest die Aufzeichnung. Das Zusammenschneiden des Videos würde die nächsten Stunden in Anspruch nehmen. Aber das machte Kim nichts aus. Ihre Fans wollten sie sehen, das war alles, was zählte. Ihr Laptop gab ein paar helle Pieptöne ab. Schon wieder neue Kommentare für ihr letztes Video. Zufrieden seufzte sie. Im Augenblick lief es richtig gut.

Mit geschlossenen Augen dachte sie an Mira. Sie beneidete sie ein wenig. Für eine Woche fuhr sie mit ein paar anderen Mädchen nach Paris. Paris, die Stadt der Liebe. Vielleicht hätte sie mitfahren sollen. Fotos mit dem Eiffelturm im Hintergrund kämen bestimmt gut an. Aber sie hatte in nächster Zeit einfach viel zu viel zu tun. Paris würde sie sich ein anderes Mal vornehmen. Jetzt brauchte sie eine Pause. Sie fühlte sich irgendwie kraftlos. Ihr Magen knurrte laut. Sie ignorierte die quälende Leere im Bauch und fiel in eine Art Dämmerschlaf.

Als es im Flur direkt vor ihrer Zimmertür rumpelte, fuhr sie erschrocken hoch.

* * *

Kommissar Oliver Bergmann wünschte sich seit zehn Minuten, er hätte einfach Nein gesagt. Doch er konnte Emily so leicht nichts abschlagen. Zugegeben, die Vorstellung, seine Freundin nackt zu sehen, hatte seine

Entscheidung erheblich beeinflusst. Allerdings konnte er ihren wundervollen Anblick überhaupt nicht genießen. Dafür war ihm viel zu heiß. Aber nicht aufgrund seiner Gedanken, sondern wegen der mehr als achtzig Grad, die das Thermometer anzeigte. Warum hatte er sich überreden lassen, im Frühsommer in die Sauna zu gehen? Richtig, er hatte heute einen Tag frei. Emily hatte sich schon seit langer Zeit einen Wellnesstag mit ihm gewünscht. Sein Partner Klaus hatte ihn den kompletten gestrigen Tag damit aufgezogen. Er war tapfer geblieben und fest entschlossen, Emily nicht zu enttäuschen. Doch inzwischen bereute er seinen Entschluss.

Eine dicke Schweißperle tropfte ihm vom Kinn auf die Brust. Sie kitzelte ihn. Er wünschte sich ganz weit weg. Am besten an den Nordpol oder irgendwohin, wo es kalt war und ein frischer Wind blies. Die stickige Saunaluft kratzte ihn im Hals. Er hustete und gab Emily ein Zeichen, dass er kurz hinausgehen müsste. Sie schenkte ihm einen Augenaufschlag, der sofort ein schlechtes Gewissen in ihm weckte. Trotzdem hielt er es einfach keine Sekunde länger aus. Als er vor der hölzernen Saunahütte stand, atmete er tief durch. Über ihm schwebten Schäfchenwolken am tiefblauen Himmel. Die Luft roch nach dem Saunaaufguss und nach Sommer. Es war ein herrlicher Tag. Doch auch wenn er die Sauna hinter sich gebracht hatte, würde er nicht so schnell in die Natur kommen. Als Nächstes kam eine Massage an die Reihe. Für Emily eine Anti-Stress-Massage und er hatte sich die Hot-Stone-Massage ausgesucht. Er musste bloß an die heißen

Steine denken und fing gleich wieder an zu schwitzen. Er wäre viel lieber mit Emily ins Grüne gefahren. An eine ruhige Stelle am Rhein. Sie hätten ein Picknick machen können. Oliver seufzte und wollte gerade widerstrebend zurück in die Sauna gehen, als sein Handy klingelte.

Es steckte in seinem Bademantel, der an einem Haken neben dem Eingang hing. Hastig angelte er es heraus, damit die anderen Gäste sich nicht an dem lauten Schrillen störten. Oliver nahm ab, ohne vorher aufs Display zu schauen.

»Klaus hier«, meldete sich sein Partner. »Tut mir leid, dass ich dich an deinem Wellnesstag störe, aber Steuermark hat darauf bestanden, dass du sofort zu einem Tatort kommst. Es wurde eine Leiche im Martinsee bei Zons gefunden.«

Oliver stöhnte. Wie sollte er Emily nur beibringen, dass der Wellnesstag beendet war? Bevor er darüber nachdenken konnte, steckte Emily den Kopf aus der Saunatür heraus.

»War das dein Handy?«, fragte sie und musterte ihn. Ihr Blick blieb an seiner rechten Hand kleben, in der er noch das Telefon hielt. Die Enttäuschung stand ihr ins Gesicht geschrieben, ehe sie ein weiteres Wort herausbrachte.

»Es ... es tut mir leid«, stotterte Oliver. »Ein neuer Fall. Ich muss los. Aber wir holen das nach, versprochen.«

Er nahm sie in den Arm und drückte sie an sich.

Emily erwiderte nichts.

Das musste sie auch nicht. Oliver wusste, dass sie

unter seinem Job litt. Er küsste sie auf die Stirn und ließ sie schweren Herzens allein.

* * *

Der Martinsee vor den Toren von Zons gehörte zu einem Naturschutzgebiet. Hohe Bäume umgaben das idyllische Gewässer, das früher einmal eine Kiesgrube gewesen war. Von Schaufelbaggern oder anderen riesigen Geräten war nichts mehr zu sehen. Die Spuren, die sie im Erdreich hinterlassen hatten, waren längst durch die Natur zurückerobert worden. Oliver schaute auf die spiegelnde Oberfläche des klaren Sees und entdeckte ein paar Schwäne, die in aller Seelenruhe die Köpfe ins Wasser steckten, um nach Nahrung zu fischen. Einige Singvögel zwitscherten irgendwo über ihm in den Baumkronen. Dieser Ort eignete sich perfekt für ein Picknick mit Emily, wenn nicht links von ihm das Absperrband der Polizei flattern würde.

»Oliver, da bist du ja endlich.« Klaus winkte ihn zu sich heran. »Der Leichnam liegt hier drüben. Ist kein schöner Anblick.«

Oliver folgte Klaus' Finger, der auf die Böschung deutete.

»Die Tote ist offenbar ans Ufer getrieben worden und dann in ein paar Brombeersträuchern hängen geblieben. Ein Angler hat sie vor ungefähr zwei Stunden gefunden. Ich habe ihn gebeten, im Einsatzwagen zu warten.«

Oliver nickte knapp und hockte sich neben den Leichnam, der auf einer dunklen Plastikfolie lag. Die

Tote hatte lange Haare und trug ein Kleid, das am Bauch völlig zerfetzt war. Um ihren Hals hing eine zierliche Kette mit einer blauen Perle. Der grauenvolle Anblick raubte Oliver für einen Moment den Atem. Er zwang sich, weiter hinzuschauen, und betrachtete die aufgequollene und verfärbte Haut. Kleine grüne Punkte, vermutlich Algen, hatten sich bereits an etlichen Stellen angesiedelt. Das Gesicht war komplett entstellt. Dort, wo sich früher einmal die Lippen befunden hatten, klaffte ein großes Loch, durch das er die Zähne sehen konnte. Er wandte den Blick ab und erhob sich.

»Wie lange lag sie denn im Wasser?«, fragte er und spürte, wie ihm Säure aus dem Magen die Speiseröhre heraufschoss.

»Mindestens eine Woche«, erwiderte Ingrid Scholten, die plötzlich neben ihm stand.

Oliver nickte stumm zum Gruß. Die Leiterin der Spurensicherung sah wie immer perfekt aus. Obwohl sie auf die sechzig zuging, hatte sie die kerzengerade Körperhaltung eines jungen Mädchens. Ihre Frisur war makellos. Jedes Haar saß an seinem Platz, ganz im Gegensatz zu Olivers. Er hatte sich nach dem Saunabesuch nicht einmal gekämmt.

»Es gibt nichts Schlimmeres als Wasserleichen im fortgeschrittenen Verwesungsstadium«, bemerkte Scholten und tätschelte Oliver die Schulter.

»Ich bin keine Rechtsmedizinerin, aber die Waschhautbildung an Händen und Füßen ist ja nicht zu übersehen.« Scholten deutete auf die Verletzungen im Gesicht. »Wenn ein Mensch ertrinkt, sinkt er zunächst auf den Grund des Gewässers. Wasserleichen treiben meist in Bauchlage. Kopf und Extremitäten hängen herab. Durch die Bewegungen des Wassers wird der Körper über den Boden geschleift. Das verursacht starke Abschürfungen an Stirn, Nase und Mund. Sie sehen es auch an ihren Knien. Durch die einsetzende Fäulnis und die dabei entstehenden Gase wird der Leichnam nach einer Weile wieder an die Oberfläche geschwemmt. Daraufhin ist er wohl im Brombeerstrauch gelandet. Die restlichen Verletzungen stammen von Tierfraß, würde ich sagen. Ich hörte, in diesem See schwimmen ein paar Raubfische, wie Hechte und Zander.« Ingrid Scholten ging nachdenklich um den Leichnam herum.

Oliver folgte ihr. »Könnte die Frau durch einen Unfall ertrunken sein?«, fragte er und dachte zugleich an Emily. Hoffentlich war sie ihm nicht allzu böse.

Scholten verzog grübelnd das Gesicht. »Ertrunken ist sie meiner Meinung nach nicht. Ich kann im Bereich von Mund und Nase keinen Schaumpilz erkennen. Normalerweise sammelt sich in diesem Fall ein weißlicher bis rosaroter Schaum an. Der gehört eigentlich zu den typischen Ertrinkungszeichen. Auf mich wirkt es so, als wäre die Frau nach ihrem Tod in den See geworfen worden. Schließlich trägt sie noch ihr Kleid. Wer geht denn schon mit Klamotten ins Wasser?«

»Es könnte sie ja jemand unter Wasser gedrückt haben«, entgegnete Klaus. »Ich kann mir allerdings auch nicht vorstellen, dass sie einfach so in den See gefallen ist. Schließlich ist das Gelände umzäunt und für die Öffentlichkeit eigentlich nicht zugänglich.«

Oliver rieb sich nachdenklich das Kinn. »Da wir

weder einen Unfall noch ein Verbrechen ausschließen können, müssen wir wohl oder übel die Obduktion abwarten. Dann wissen wir hoffentlich, woran sie gestorben ist und ob Gewalt mit im Spiel war.« Er blickte Ingrid Scholten an. »Haben Sie persönliche Gegenstände von ihr gefunden? Vielleicht die Handtasche oder ihren Ausweis?«

Scholten schüttelte den Kopf. »Meine Leute sind noch nicht ganz durch. Die Uferböschung ist recht steil und außerdem wachsen hier überall diese dornigen Sträucher. Das macht es nicht gerade leicht, das Gelände abzusuchen. Bisher hatten wir keinen Erfolg. Wir haben weder Spuren vom Opfer noch von einem potenziellen Täter.«

Oliver nickte und ließ den Blick abermals über den See schweifen. Wie konnte ein so schöner Ort nur solch einen grausamen Tod bringen? Er ging ein paar Schritte am Ufer entlang. Eine Angel steckte im sandigen Untergrund. Der Campinghocker lag umgekippt daneben. Offenbar hatte sich der Angler gewaltig erschrocken. Kein Wunder. Oliver bückte sich und betrachtete ein kleines Messer und eine Dose mit Ködern.

Eine Ente schnatterte im Wasser und musterte ihn kritisch. Sie kam ein Stückchen näher, hielt jedoch gebührenden Abstand. Vermutlich hoffte sie auf ein paar Brotkrumen. Oliver zeigte ihr seine leeren Hände. Die Ente verharrte noch einen Moment und schwamm wieder davon. Er blickte ihr hinterher und lauschte dem leisen Plätschern des Wassers. Eine Handvoll Blätter und vereinzelte Zweige trieben auf der Oberfläche. Eine flache Welle beförderte das dickste Stöckchen ganz dicht ans Ufer. Es tanzte im seichten Wasser auf und ab. Oliver hielt den Atem an. Es hatte eine merkwürdige Farbe. Er sprang hoch und sah sich um. Neben der Angel lag ein Kescher. Schnell griff er ihn und fischte das Ding heraus. Als er es genauer betrachtete, hatte er keinen Zweifel mehr.

»Wir brauchen sofort Taucher«, rief er und winkte seinen Partner heran.

III

VOR FÜNFHUNDERT JAHREN

Bastian presste den Schal fest auf Nase und Mund. Unruhig lief er vor der Kammer auf und ab. Ein Stöhnen drang durch die Tür und er erschauderte unwillkürlich. Was um Himmels willen geschah bloß mit seinem Freund? Bastian blieb stehen und lauschte. Abermals vernahm er ein schwaches Stöhnen. Er wusste nicht, ob er lachen oder weinen sollte. Immerhin schien Wernhart wieder bei Bewusstsein, doch was half es, wenn der Schwarze Tod ihn gezeichnet hatte? Wie hatte Wernhart sich überhaupt so schnell anstecken können? Was sollte er Wernharts Weib erzählen? Die Gedanken kreisten in Bastians Kopf, sodass ihm ganz schwindlig wurde. Verzweifelt ließ er sich auf einen Stuhl sinken und schlug die Hände vors Gesicht.

Die Holztür öffnete sich knarrend und der Arzt Josef Hesemann erschien im Türrahmen.

»Tretet ein, mein Freund«, bat er und winkte Bastian herein.

Bastian erhob sich mit schweren Gliedern und einem Kloß im Hals.

»Wie geht es ihm?«, fragte er leise, wobei er immer noch den Schal auf Mund und Nase presste.

Der Arzt lächelte und legte eine blutige Zange beiseite.

»Bastian, macht Euch nicht solche Sorgen. Euer Freund wird wieder. Es ist nicht die Pest, die ihn hat ohnmächtig auf der Straße zusammensacken lassen. Es war ein fauliger Zahn. Habt Ihr den schlechten Atem nicht gerochen? Dazu kam eine Menge Met, mit der Wernhart sich betäuben wollte, und die Hitze. Ihm sind einfach die Sinne geschwunden.«

Bastian brauchte eine Weile, bis die Worte des Arztes in sein Hirn vordrangen. Erleichtert ließ er den Schal sinken.

»Keine Pest?«, fragte er zur Sicherheit noch einmal. Als Josef Hesemann den Kopf schüttelte, stürzte er auf seinen Freund zu, der auf einem Strohsack am Boden hockte.

»Wernhart, du wirst wieder!« Er wollte ihm auf die Schulter klopfen, hielt jedoch im letzten Augenblick inne. Wernhart war kreidebleich und in seiner rechten Ellenbeuge glänzte immer noch der dunkle Fleck.

»Was ist das?«, fragte Bastian besorgt.

Der Arzt hob die Augenbrauen. »Eine Prellung, völlig harmlos. Ihr dachtet doch nicht etwa, es wäre eine Pestbeule?«

Bastian zuckte mit den Achseln. »Ich hatte schon etwas Sorge deswegen«, gab er zu.

Josef hob den Zeigefinger. »Ihr dürft nicht gleich das Schlimmste annehmen. Euer Freund braucht jedenfalls ein paar Tage Ruhe. Ich habe ihm den Backenzahn gezogen. Die Wunde blutet noch stark.« Er drehte sich zu Wernhart um. Der nickte schwach und sank sogleich zurück auf das Strohlager.

»So ist es recht. Ihr müsst Euch schonen. Am besten bleibt Ihr über Nacht hier. Dann kann ich mal nach Euch schauen.« Josef Hesemann trat zum Tisch und griff die blutige Zange, die er zuvor abgelegt hatte.

»Die Zange muss ich später noch mit Feuer reinigen«, murmelte er und sortierte ein paar weitere Instrumente in die Schale. »Im Blut stecken oft Krankheiten. Wer es berührt, der kann sich anstecken.«

Bastian nickte ehrfürchtig und hielt sich von den schmutzigen Instrumenten fern.

»Ich danke Euch für Eure Hilfe«, sagte er lächelnd. »Ich werde jetzt die Metzgerbrüder in den Krötschenturm geleiten. Hoffentlich sind sie einsichtig und leisten keinen weiteren Widerstand. Sie haben mir immerhin versprochen, das Haus nicht zu verlassen, solange ich mich um Wernhart kümmere.«

Er wollte sich gerade abwenden, als Josef ihn zurückhielt.

»Ihr habt doch neuerdings diesen neuen Burschen bei Euch in der Stadtwache?«, fragte der Arzt.

»Welchen meint Ihr?«

»Den, der aus dem Kloster kam und der des Zeichnens mächtig ist.«

»Ihr meint Balthasar?«

Josef nickte. »Genau den. Nehmt ihn mit Euch, und falls jemand die Pest hat, dann soll er die schwarzen Beulen zeichnen. Ich weiß noch nicht, ob es uns hilft. Aber dann können wir sehen, wie die Krankheit verläuft. Der Bursche soll aber niemanden berühren und Abstand halten.«

»Das ist eine gute Idee«, sagte Bastian und verabschiedete sich.

Draußen sah er in den dunklen Himmel hinauf, der unheilvoll über Zons hing. Ob Gott sie alle bestrafen wollte? Er hatte inzwischen die Wachen an sämtlichen Stadttoren verdoppelt und sie angewiesen, Fremde genauestens zu kontrollieren. Die Soldaten sollten nach Anzeichen von Fieber oder dunkel verfärbten Schwellungen Ausschau halten. Dabei durfte das Wörtchen Pest nicht über ihre Lippen kommen, denn Bastian wollte eine Panik unter den Bewohnern verhindern. Er schlich durch eine enge Gasse zum Hohen Örtchen. Von hier aus waren es nur noch wenige Schritte bis zum Krötschenturm. Bastian hoffte, Pfarrer Johannes dort anzutreffen. Bestimmt würde er beim Einbruch der Dunkelheit ein Gebet für die alte Alwine sprechen.

Tatsächlich hörte er die tiefe, ruhige Stimme des Pfarrers bereits von Weitem. Johannes kniete vor der schweren Pforte des Turms, das Kinn Richtung Himmel gereckt und die Hände vor der Brust gefaltet.

»Der Herr schütze uns«, murmelte er und beendete sein Gebet. Der rundliche Pfarrer erhob sich erstaunlich flink und kam auf Bastian zu.

»Wo sind die Männer, die wir in den Krötschenturm schaffen wollten?«, fragte er und ergriff Bastians Arm.

Bastian erzählte Johannes von Wernharts fauligem Zahn und seiner Ohnmacht. Er versprach, die vier Männer noch in der Nacht in den Turm zu bringen.

»Geht es Alwine gut?«, erkundigte er sich.

»Soweit ich es sehen konnte, ja. Sie wirkte lebendig, ihre Stimme klang fest, und sie lief in den engen Mauern herum, ohne zu schwanken.« Pfarrer Johannes kam dicht an Bastian heran. »Soll ich Euch helfen, die übrigen Männer herzuschaffen? Auf mein Wort hören sie vielleicht mehr als auf das Eurer Untergebenen.«

»Ihr seid sehr willkommen«, entgegnete Bastian und winkte den Pfarrer mit sich.

* * *

Er duckte sich hinter einem Mauervorsprung. Schwere Stiefel donnerten an ihm vorüber. Es waren bestimmt an die zehn Soldaten unterwegs. Er fragte sich, ob sie ihn bereits suchten. Das Herz rutschte ihm beinahe in die Hose. Er hatte doch noch nicht einmal richtig angefangen. Wenn er Gott besänftigen wollte, dann gab es viel zu tun. Er wusste von der Pest, die vor den Toren der Stadt lauerte, denn er war gerade aus dem Nachbarort zurückgekehrt. Dort hatte er von der Aussendung des erzbischöflichen Boten erfahren.

Er verharrte mucksmäuschenstill im Schatten. Die Stadtsoldaten marschierten so dicht an ihm vorbei, dass der Mantel eines von ihnen sein Gesicht streifte. Er hielt den Atem an und beobachtete den großen Blonden. Sein Name war Bastian Mühlenberg, ein kräftiger, gut aussehender Bursche. In dem kleinen Dicken neben ihm erkannte er den Pfarrer, und er fragte sich, was der mit der Sache zu schaffen hatte.

Der Trupp schritt eilig die Schloßstraße hinauf. Vor dem Haus der Metzgerbrüder teilten sie sich auf. Ein paar Soldaten verschwanden hinter dem Gebäude. Andere stellten sich rechts und links von der Metzgerei auf. Bastian hämmerte energisch gegen die Tür.

Nichts geschah.

Vielleicht war er auch zu weit entfernt, um etwas erkennen zu können. Es war stockdunkel. Nur die Fackeln der Soldaten strahlten ein wenig Licht aus. In kleinen Schritten schlich er näher. Er verschmolz beinahe mit den Schatten der Nacht. Was die Metzgerbrüder wohl angestellt hatten, dass gleich die gesamte Stadtwache vor ihrer Tür auftauchte? Möglicherweise sollte er sich ihrer annehmen. Er war die Hand Gottes. Gott selbst hatte es ihm gesagt.

Erstaunlicherweise wehrten sich die Brüder nicht, als sie abgeführt wurden. Der Trupp marschierte abermals vorbei, nun mit den beiden Gefangenen, ohne ihn zu bemerken. Er wartete noch so lange, bis sie sich weit genug entfernt hatten, und wandte sich ab.

Schnurstracks lief er zum Hafen. Er hörte die Wellen des Rheins schmatzen. Das Wasser klatschte rhythmisch gegen die Planken der Schiffe. Der Mond sandte seine Silberstrahlen auf die Erde und spiegelte sich auf dem Fluss. Die Wellen verzerrten sein Antlitz, als er sich über die Wasseroberfläche beugte. Die Nacht hatte nicht Gott erschaffen, sondern der Teufel. Er sah es an allen Dingen, die sich in der Dunkelheit veränderten. Nicht nur der Mond gehörte zu den Dienern der Hölle, auch die Dirnen, die im Freudenhaus ihren Körper für die fleischlichen Gelüste von Hurenböcken darboten. Sie passten nicht nach Zons, denn sie verdarben mit ihrer Wollust die guten Männer, die ihren Reizen nicht widerstehen konnten.

Er selbst hatte erleben müssen, wie wenig dagegen auszurichten war. Trotz dieses schrecklichen Erlebnisses spürte er das Verlangen erneut in seinen Adern. Zwischen seinen Beinen erhob sich die teuflische Lust. Er atmete tief durch und dachte an die Hure, die ihn mit ihren drallen Brüsten willenlos gemacht hatte. Er musste sein Fehlverhalten wiedergutmachen. Gott würde ihm erst vergeben, wenn er die Hure bestraft hätte.

* * *

Die Gebrüder Albrecht und Wulf hatten sich ohne Gegenwehr in den Krötschenturm begeben. Im Gegenzug hatte Bastian ihnen versprochen, sie jeden Tag mit ausreichend Met zu versorgen. Auch der Schneiderlehrling Hubert war einsichtig gewesen und hatte sich nicht gewehrt. Bisher zeigte keiner der Eingesperrten Anzeichen von Fieber oder schwarzen Beulen am Leib. Bastian hoffte, der Seuche rechtzeitig Einhalt geboten zu haben. Doch er durfte nicht nachlässig werden. Also war er mit seinen Begleitern zum Haus von Conrad weitergezogen.

Der Schlosspförtner wohnte gegenüber vom Juddeturm. Er hatte drei erwachsene Söhne, die allesamt bewaffnet waren. Sie hatten sich vor ihrem Vater aufgebaut und blitzten Bastian feindselig an. Es sah nicht so aus, als würde Conrad freiwillig mitkommen.

Bastian hielt sein Kurzschwert schützend vor sich.

»Wir sind in der Überzahl. Geht beiseite und bleibt friedlich«, verlangte er.

Der Älteste, ein Glatzkopf mit breitem Kreuz, schüttelte den kahlen Schädel.

»Unser Vater ist nicht krank. Wir haben ihn angeschaut. Keine Beulen, keine Pest, rein gar nichts. Ihr werdet ihn nicht zu den Sterbenden in den Krötschenturm stecken. Dort wird ihn der Schwarze Tod mit Sicherheit holen.«

Pfarrer Johannes drängte sich dazwischen. »Niemand im Turm ist bisher dem Tod geweiht. Seid vernünftig und schickt Euren Vater für sieben Tage dorthin. Ihr habt alle Familie. Wollt Ihr, dass Eure Weiber und Kinder von der Seuche heimgesucht werden?«

Die Mundwinkel des Glatzkopfs zuckten. Für einen Moment glaubte Bastian, der Pfarrer hätte ihn überzeugt.

Doch Conrads Ältester schüttelte abermals den Kopf.

»Nein. Das ist mein letztes Wort. Ihr müsst uns schon alle aus dem Weg räumen, wenn Ihr unseren Vater holen wollt.«

Bastian schob Pfarrer Johannes aus dem Weg und holte blitzartig mit seinem Schwert aus. Die Waffe des

Glatzkopfs fiel scheppernd zu Boden. Bastian stieß ihm das Knie zwischen die Beine.

Der Mann landete stöhnend im Dreck. Er versuchte sich an Bastians Füßen festzuklammern, aber zwei Soldaten ergriffen den Mann und zerrten ihn weg.

Bastian drehte sich ein kleines Stück und wiederholte das Manöver. Seine Klinge kreuzte die des jüngsten Sohnes. Bastian duckte sich geschwind, als dessen Klinge über seinen Kopf hinwegsauste. Im selben Augenblick stieß er ihm den Griff seines Schwertes in die Magengrube. Der Kerl sackte wie ein schlaffer Mehlsack zusammen. Bastian sprang über ihn hinweg und wollte sich den dritten Sohn des Schlosspförtners vornehmen. Doch der war nur mit einem Knüppel bewaffnet und konnte gegen seine Schwertkünste nicht viel ausrichten. Bereits nach wenigen Hieben ging auch er zu Boden. Die Soldaten hielten ihn fest, Bastian schnappte sich den unbewaffneten Schlosspförtner und zog ihn auf die Straße.

»Ich komme nicht mit«, schnaubte der dreifache Vater. »Ich werde über Euer grobes Verhalten mit dem Schöffen sprechen. Der bringt Euch an den Galgen. Ich könnte mich ebenso beim Erzbischof beschweren. Euch ist bekannt, dass einer meiner Neffen in seinem Gefolge dient?«

Bastian ließ sich von der Drohung nicht einschüchtern. »Macht, was Ihr nicht lassen könnt«, erwiderte er und schob den Mann vor sich her. »Jetzt geht es ab in den Krötschenturm. Nach sieben Tagen seid Ihr hoffentlich wieder draußen.«

»Ihr habt kein Recht dazu!«, beharrte der Schlosspförtner, blieb jedoch nicht stehen. »Ich bin ein freier Mann.«

»Das seid Ihr«, entgegnete Bastian ruhig. »Doch wir haben beschlossen, Zons vor der Pest zu bewahren. Ihr hattet Kontakt zum Wirt vom *Durstigen Schiffer* und deshalb müsst Ihr Euch für eine gewisse Weile von Eurer Familie und den anderen Bürgern der Stadt fernhalten.«

»Alternativ dürft Ihr die Stadt verlassen«, fügte Pfarrer Johannes hinzu, der mit flinken Schritten neben Bastian herlief. »Ihr dürft Euch in diesem Fall sieben Tage lang weder den Stadtmauern noch einem Zonser Bewohner nähern.«

»Und in der Zeit stiehlt das Gesindel mein Hab und Gut? Wollt Ihr mich zum Narren halten?«

Johannes zuckte mit der Schulter. »Es ist Eure Entscheidung«, murmelte er und bekreuzigte sich.

»Was ist mit Heinrich, dem Gerichtsboten? Er war gestern Abend ebenfalls im *Durstigen Schiffer*.« Der Schlosspförtner blinzelte Bastian garstig an. »Soweit ich weiß, reicht ein flüchtiger Kontakt, um sich mit der Pest anzustecken.«

Doch Bastian winkte ab. »Heinrich hat nicht mit Gottfried gesprochen und ist nicht in seine Nähe gelangt. Wenn wir den Gerichtsboten in den Krötschenturm stecken würden, müsste das auch für den Rest Eurer Familie gelten. Eure Söhne samt Weibern und Kindern. Besteht Ihr darauf?«

Conrad spuckte wütend aus und ging daraufhin stumm vor ihnen her.

Alwine, das Weib des verstorbenen Wirtes, hatte

berichtet, dass der Gerichtsbote am Abend eine Nachricht für Gottfried überbracht hatte. Er sollte ein Fest für eine Adelsfamilie ausrichten. Bastian hatte sich ausführlich mit dem Arzt beraten und schließlich entschieden, den Boten nicht in den Krötschenturm zu schaffen. Der Grund hierfür war einfach: Alwine hatte die Botschaft entgegengenommen und nicht ihr Gatte. Da Heinrich überhaupt nicht mit dem Wirt gesprochen hatte, konnte er sich gar nicht angesteckt haben.

Sie erreichten die Mauerstraße und wandten sich nach links. Im Augenwinkel nahm Bastian eine Bewegung wahr. Er starrte in die düstere Gasse, die nach rechts abging. Der Trupp marschierte unbeirrt weiter zum Krötschenturm, während er stehen blieb. Auch Johannes verlangsamte seine Schritte. Das flackernde Licht der Fackeln entfernte sich. Ganz plötzlich umfing sie die Dunkelheit. Nur der Mond schickte ab und an ein paar schwache Lichtstrahlen durch die dicke Wolkendecke.

»Was ist?«, fragte Pfarrer Johannes, der ebenfalls stehen geblieben war.

»Ich dachte, ich hätte jemanden gesehen«, flüsterte Bastian und runzelte die Stirn. Ob der Schwarze Tod des Nachts durch die Gassen wanderte und die Seuche von einem Haus zum nächsten trug? Ihn fröstelte. Irgendwo in der Ferne schepperte es. Bastian konnte nicht sagen, ob es ein zu Bruch gegangener Krug war oder etwas anderes. In Zons gab es viele Wirtshäuser, in denen es zu dieser Uhrzeit turbulent zuging. Er wollte gerade weitergehen, als ein gellender Schrei durch die Nacht drang. Kurz darauf vernahm er einen dumpfen

Schlag. Sofort stürmte Bastian los. Die Geräusche waren vom Krötschenturm gekommen. Schon von Weitem sah er seine Männer vor dem Turm stehen. Ungläubig starrten sie auf etwas am Boden. Bastian war mit wenigen Schritten bei ihnen. Was er sah, ließ ihm das Blut in den Adern gefrieren.

IV

GEGENWART

Oliver konnte seinen Blick nicht von dem bläulichen und blutleeren Fund abwenden. Er roch modrig, ein wenig nach Verwesung. Einfach ekelhaft. Eben noch war er von einem Unfall ausgegangen. Nun schien sich das Gegenteil zu bewahrheiten. Was sonst sollte der Finger in dem Kescher zu bedeuten haben? Die Tote aus dem See hatte zwar aufgrund der Liegezeit im Wasser etliche Verletzungen und ein zerfetztes Gesicht, aber Gliedmaßen fehlten ihr nicht. Der zierliche Finger im Kescher musste also zu einem weiteren Opfer gehören.

Klaus kam herangeschossen.

»Was ist los?«, fragte er und verstummte, als er den Inhalt des Keschers bemerkte.

Ingrid Scholten kletterte ebenfalls die steile Böschung hinab und musterte den Finger. »Keine glatte Schnittfläche. Sieht so aus, als sei er abgerissen worden. Die Verwesung ist noch nicht so weit vorangeschritten wie bei der Leiche. Auf den ersten Blick würde ich sagen, höchstens ein paar Tage. Wenn überhaupt.« Die Leiterin der Spurensicherung sah auf den See hinaus. »Der Finger gehört meines Erachtens zu einer Frau. Ob sie noch lebt oder nicht, kann ich nicht sagen. Jedenfalls gibt es hier keine starken Strömungen. Sollte da unten eine Leiche liegen, dann vermutlich ziemlich dicht am Ufer.« Sie deutete in die Richtung und marschierte ohne ein weiteres Wort los. Einer ihrer Mitarbeiter folgte ihr.

Oliver ließ den Kescher sinken und beförderte den Finger in eine Asservatentüte. Er betrachtete den Fund und verzog das Gesicht.

»Ich will gar nicht wissen, wie der Rest der Leiche aussieht.« Er kletterte die Böschung hinauf und verfrachtete die Tüte in eine Box. Klaus lief zwischen den Bäumen auf und ab, das Handy fest ans Ohr gedrückt. Er war gerade dabei, Polizeitaucher zu organisieren. Oliver stieg wieder hinab und begab sich zu Ingrid Scholten und ihrem Mitarbeiter, die ungefähr fünfzig Meter entfernt am Ufer hockten und auf den See starrten.

»Haben Sie etwas entdeckt?«, fragte Oliver und blickte ins Wasser. Der helle Sand fiel bereits nach einem Meter steil ab. Kein Wunder. Der See war früher eine Kiesgrube gewesen und kein natürliches Gewässer. Wer hier hineinfiel und nicht schwimmen konnte, hatte schlechte Karten. Für die Entsorgung einer Leiche war die tiefe Grube ohne starke Strömung hingegen bestens geeignet. Ein toter Körper sank auf den Grund und blieb dort liegen. Vorausgesetzt, dass der Leichnam vorher ordentlich beschwert wurde. Bei der zuvor gefundenen Toten war dies offenbar nicht der Fall gewesen.

»Wir brauchen wirklich das Taucherteam«, erklärte Scholten und erhob sich. »Der See ist ziemlich groß. Das sind locker zwanzig Hektar. Wenn alles abgesucht werden soll, dauert es mindestens einen Tag.« Sie deutete auf einen Trampelpfad, der sich rechts von ihr im Gras abzeichnete.

»Da vorne liegt ein Boot und irgendwo dahinter befindet sich bestimmt ein weiterer Zugang zum See. Der Täter könnte von dort gekommen sein.«

Oliver ging sofort den Trampelpfad entlang. Scholten und ihr Mitarbeiter folgten ihm. Der See war zwar eingezäunt, aber es gab in regelmäßigen Abständen Tore, damit Angler Zutritt hatten. Er warf einen kurzen Blick auf das Boot. Es wirkte unbenutzt. Die Farbe blätterte an etlichen Stellen ab. Sie liefen weiter und erreichten ein Brombeerdickicht am Ende des Trampelpfades. Oliver schob ein paar Zweige beiseite und schließlich gelangten sie zu einem Zaun und einem breiten, mit einer Eisenkette gesicherten Tor. Das Schloss daran war nicht aufgebrochen, es stellte jedoch auch keinen Widerstand für jemanden dar, der es öffnen wollte. Vermutlich genügte sogar ein einfacher Dietrich.

»Wir werden hier alles absuchen«, erklärte Scholten und gab ihrem Mitarbeiter Anweisungen, woraufhin sich dieser im Eilschritt wieder durch das Dickicht davonmachte.

»Okay«, erwiderte Oliver. »Ich werde mir jetzt mal diesen Angler vornehmen.« Er wandte sich ab, lief zurück und kletterte die Böschung abermals hinauf. Über einen schmalen Pfad zwischen den Bäumen gelangte er von dort nach wenigen Minuten wieder auf die Straße. Der Einsatzwagen blinkte unablässig und zerstörte das beruhigende Gefühl, das die Natur normalerweise auf ihn ausübte. Oliver stieg in den Wagen.

»Guten Tag. Ich bin Oliver Bergmann von der Kriminalpolizei in Neuss. Mein Partner Klaus Gruber wird gleich noch hinzukommen, aber ich wollte schon einmal mit Ihrer Befragung beginnen.«

Der Angler war ein junger, schmächtiger Mann mit schütterem dunklem Haar und Brille. Auf seiner Stirn prangten ein paar Pickel, die Narben auf seinen Wangen ließen auf eine starke Akne während der Pubertät schließen.

»Ich bin Marcel Diekhoff«, erwiderte der Angler schüchtern und senkte sofort den Blick.

»Sind Sie oft hier zum Angeln?«, fragte Oliver freundlich und holte sein Notizbuch aus der Tasche.

»Einmal in der Woche, allerdings war ich heute zum ersten Mal an dieser Stelle.«

Oliver nickte. »Wann genau waren Sie hier?«

»Ich bin gleich nach dem Frühstück los. Ich wohne in der Nähe und brauche zu Fuß nur fünfzehn Minuten. So gegen halb neun war ich hier.«

»Ist Ihnen auf dem Weg hierher jemand begegnet?«

Marcel Diekhoff dachte nach. »Bis auf die vielen Pendler, die auf die Landstraße wollten, eigentlich niemand.« Er kratzte sich am Ohr. »Vielleicht ein oder zwei Fahrradfahrer«, fügte er schließlich hinzu.

»Haben Sie die Fahrradfahrer erkannt?«

»Nein. Ich war ehrlich gesagt damit beschäftigt, meine Ausrüstung zum See zu bekommen. Ich wollte heute länger bleiben, deshalb habe ich auch einen Campinghocker mitgebracht.« Er zuckte mit den Achseln. »Daraus wird jetzt wohl nichts mehr.« Er schluchzte laut auf und schlug die Hände vors Gesicht. »Verdammt! Ich habe noch nie so etwas Schlimmes gesehen. Zuerst habe ich die Tote gar nicht bemerkt. Ich hatte mir eine geeignete Stelle am Ufer ausgesucht und setzte mich auf meinen Hocker. Alles war still. So früh am Morgen ist nicht viel los, schon gar nicht unter der Woche. Ich saß da und träumte vor mich hin, als ich dieses Klatschen hörte. Es machte mich stutzig, weil es irgendwie anders klang als sonst. Ich wusste gleich, dass irgendetwas im Wasser liegt. Ich sprang auf und sah mich um. Anfangs fand ich nichts und lauschte weiter. Als mir klar wurde, aus welcher Richtung das Geräusch kommt, bin ich zwei, drei Schritte in den See rein. Durch die Sträucher konnte ich vom Ufer aus nichts sehen. Das Erste, was ich erblickte, waren ihre Beine.« Er schüttelte den Kopf, ohne die Hände vom Gesicht zu nehmen. »Ich habe augenblicklich gewusst, dass dort eine Tote liegt. Ich konnte ihr Kleid erkennen und ganz plötzlich stieg mir dieser Geruch in die Nase. Ich bin sofort abgehauen und habe die Polizei gerufen.« Jetzt nahm er die Hände hinunter und blickte Oliver an. »Wer um Himmels willen tut so etwas?«

Oliver musterte den jungen Mann. »Was glauben Sie denn, was passiert ist?«

Marcel Diekhoff rollte die Augen. »Keine Ahnung.

Jemand hat sie umgebracht. Von alleine ist sie da bestimmt nicht hingekommen.«

Oliver fragte sich, ob der Mann ihn anlog oder ob seine Betroffenheit echt war. Dass er sofort von einem Mord ausging, war jedenfalls ungewöhnlich.

»Sie haben also heute auf Ihrem Weg zum See und auch am See niemanden bemerkt, außer der Toten natürlich?«

Der Mann nickte mehrmals, sah ihn dabei jedoch nicht an.

»Wann waren Sie das letzte Mal hier?«

Marcel Diekhoff nickte immer noch vor sich hin. Es dauerte eine Weile, bis er aufhörte und antwortete: »Sonntag vor einer Woche.«

»Und wo genau haben Sie an dem Tag geangelt?«

Der junge Mann sah auf. Seine Augen wirkten feucht.

»Auf der anderen Seite des Sees, dort, wo die Vereinshütte steht.«

Die Tür vom Wagen öffnete sich und Klaus steckte den Kopf herein. Er stellte sich kurz vor und fragte: »Haben Sie den ersten Schock schon überwunden?«

Marcel Diekhoff sah ihn mit großen Augen an. Er wirkte irgendwie verloren.

»Diesen Anblick werde ich wohl nie vergessen.«

Klaus setzte sich neben Oliver und flüsterte ihm ins Ohr: »Die Spurensicherung hat einen Zettel im Rachen des Opfers gefunden. Du solltest dir das ansehen. Ich mache hier weiter.«

Oliver fuhr überrascht hoch und stürmte hinaus.

* * *

»Verdammt, du hast mich zu Tode erschreckt«, stieß Kim aus und funkelte Mira wütend an. »Ich dachte wirklich, ein Einbrecher poltert hier rum.« Sie ließ ihren Baseballschläger sinken und fing an zu lachen. »Voll krass. Ich hatte echt Schiss.« Glucksend fiel sie Mira um den Hals. »Mach das nicht noch mal, hörst du? Ich bekomme sonst einen Herzinfarkt.«

»Tut mir leid«, murmelte Mira. »Ich bin gegen die Kommode gestoßen.«

In diesem Moment bemerkte Kim die Tränen in ihren Augen. Vor wenigen Minuten war Mira noch die Glückseligkeit in Person gewesen. Jetzt sah sie aus, als wäre jemand gestorben.

»Was ist denn los?«, fragte sie überrascht. »Ich dachte, du sitzt längst im Zug nach Paris?«

»Es ist nichts«, schniefte Mira und wand sich aus ihrer Umarmung. »Ich habe nur was vergessen.«

Kim ließ sie in ihr Zimmer gehen und folgte ihr. Im Türrahmen blieb sie stehen und beobachtete, wie Mira die Schubladen durchsuchte.

»Soll ich dir helfen?«, fragte sie, doch Mira verneinte.

»Hab es gerade gefunden«, sagte sie und hielt ein Bahnticket hoch. »Ich muss los, sonst verpasse ich auch noch den Zug.«

Kim stellte sich vor die Tür. »Aber nicht, bevor du mir nicht sagst, was passiert ist. Ich sehe es dir doch an. Du hast etwas.«

Mira presste die Lippen aufeinander. Eine typische Reaktion, wenn sie nicht sprechen wollte.

»Du kannst mir alles erzählen. Das weißt du doch.«

»Fabian hat mit mir Schluss gemacht«, hauchte Mira mit Tränen in den Augen.

»Fabian?« Kim versuchte, ihre Gedanken zu sortieren. »Wie das denn? Gerade eben? Du hast ihn doch heute noch gar nicht gesehen, oder?« Ihr Blick wanderte zu Miras Handy, das sie die ganze Zeit umklammerte.

»O nein«, stieß sie aus. »Jetzt sag nicht, er hat es am Telefon getan!«

Mira zuckte traurig mit den Achseln. »Schlimmer«, flüsterte sie heiser. »Er hat mir nur eine Nachricht geschickt.«

»Nicht dein Ernst!« Kim schlug entsetzt die Hände vors Gesicht. »Fabian? Der nette, zuvorkommende Fabian?«

Sie nahm Mira das Handy ab und las fassungslos die Mitteilung: *Tut mir leid. Es ist aus. Wir können nach Paris reden.*

»Das gibt es nicht. Wie ist der denn drauf?«, schimpfte sie drauflos. »Soll ich mit dem mal sprechen?«

Mira schüttelte heftig den Kopf. »Bloß nicht. Ich regle das schon, wenn ich zurück bin.« Für einen Augenblick war sie wieder die Alte. Sie sah auf die Uhr. »Ich muss jetzt wirklich zum Bahnhof.« Sie machte auf dem Absatz kehrt und rannte regelrecht aus der Wohnung.

Kim sah ihr schockiert hinterher. Die Tür knallte zu. Sie blieb bewegungsunfähig zurück. Ihr Hirn versuchte, die Informationen über Fabians Aktion zu verarbeiten. Aber sie bekam sein nettes Gesicht einfach nicht mit der Nachricht überein. Ausgerechnet der ein wenig langweilige Fabian, der schüchterne, zuvorkommende Typ. Was war nur plötzlich in ihn gefahren? Kim konnte es nicht glauben. Das passte doch gar nicht zu ihm. Nachdenklich ging sie wieder in ihr Zimmer und setzte sich aufs Bett. Der Laptop stand noch aufgeklappt davor. Kim konnte es nicht lassen und öffnete Fabians Facebook-Profil. Ein dunkelhaariger, junger Mann mit flaumigem Ziegenbärtchen erschien und blickte sie aus blauen Augen an. Seine Lippen waren zu einem vorsichtigen Lächeln verzogen. Er wirkte nicht sonderlich attraktiv, aber nett. Das war das erste Wort, das Kim zu Fabian einfiel, sobald sie ihn sah.

Sie klickte sich durch seine letzten Posts, die allesamt aus der Uni stammten. Fabian studierte in Köln. Irgendetwas mit Geschichte. Dann überprüfte sie die Seite mit seinen persönlichen Angaben und stellte verblüfft fest, dass er tatsächlich seinen Beziehungsstatus geändert hatte. Sie blinzelte mehrmals, weil sie nicht glauben konnte, was sie da las: *Single*.

Sie schaute auf die Uhr. Er hatte vor noch nicht mal einer Stunde mit Mira Schluss gemacht, und das Erste, was er tat, war, seinen Beziehungsstatus bei Facebook anzupassen? Kim schüttelte ungläubig den Kopf und wechselte zum Messenger. An dem kleinen grünen Punkt neben seinem Profilbild sah sie, dass er anscheinend online war. In ihren Fingern zuckte es.

Hi, was geht? Sie tippte die Worte automatisch, ohne nachzudenken. Ihr rechter Daumen landete auf der

Entertaste, bevor sie es verhindern konnte. Ihre Nachricht wurde sofort gelesen, innerhalb weniger Sekunden erschien ein Smiley als Antwort.

Danach folgte ein kurzer Text:

Bin unterwegs zu euch. Muss Mira sprechen. Ist sie noch da?

Kims Finger flogen unsicher über die Tastatur. Aber sie berührten die Buchstaben nicht. Was sollte sie bloß antworten? Wenn sie ihm schrieb, dass Mira längst auf dem Weg zum Bahnhof war, überlegte er es sich womöglich anders. Bestimmt wollte er seinen Fehler rückgängig machen. Sollte sie einfach behaupten, Mira wäre noch hier? Doch was dann? Er wäre sicherlich sauer. Vielleicht konnte sie ihn zu einem Videoanruf überreden. Er könnte mit Mira sprechen und sie um Verzeihung bitten. Kims Herz flatterte aufgeregt in der Brust. Mira wäre total erleichtert. Sie könnte Paris genießen. Es konnte sich schließlich bloß um einen dummen Fehltritt handeln. Alles andere passte nicht zu Fabian.

Ja, tippte sie ein und wartete auf eine Antwort. Sie starrte bestimmt eine ganze Minute lang auf den Bildschirm. Nichts rührte sich. Der grüne Punkt war auch verschwunden. Wahrscheinlich steckte Fabian in einem Funkloch. Kims Blase drückte unangenehm. Sie sprang auf und ging auf die Toilette. Gerade als sie spülte, klingelte es an der Tür. Fabian war schneller als die Feuerwehr. Eilig wusch sie sich die Hände und sprintete dann durch den Flur. Sie öffnete und blickte in ein leeres Treppenhaus. Hastig machte sie einen Schritt zurück und betätigte den Türöffner. Schon hörte sie schwere Schritte, die sich die Treppe heraufkämpften.

Das Erste, was Kim sah, war ein glänzender Motorradhelm.

* * *

»Das steckte ganz tief in ihrem Rachen.« Ingrid Scholten überreichte Oliver eine durchsichtige Asservatentüte, in der sich ein kleiner weißer Zettel befand. Das Papier war in eine Folie eingeschweißt und mit einem einzigen Satz bedruckt.

Aber einem, der für Oliver absolut keinen Sinn ergab.

»Wenn die Pest ausgerottet werden soll, muss das Übel an der Wurzel gepackt werden.« Er wiederholte den Satz mehrmals mit gerunzelter Stirn und dachte dabei an die Tote aus dem See, die inzwischen auf dem Weg ins Leichenschauhaus war.

»Fragen Sie mich nicht, was das zu bedeuten hat«, sagte Scholten und kam ihm zuvor. »Ich habe mir mit Ihrem Partner schon den Kopf zerbrochen. Wer auch immer das getan hat, ist total krank.« Sie nahm die Tüte wieder an sich und legte sie in eine Box. »Wir werden Papier, Schrift und die Folie, in die das Papier eingeschweißt war, untersuchen. Wenn Sie mich fragen, wurde ein Laserdrucker benutzt. Die Schriftart sieht nach Arial aus. Das Labor kann uns sicherlich mitteilen, was für ein Drucker das war, und auch, was für ein Laminiergerät. Vielleicht bringt uns das irgendwie weiter.« Sie zuckte mit den Achseln. »Ich befürchte allerdings, eher nicht. So einen Drucker bekommt man heutzutage in jedem Discounter.«

»Vermutlich liegen Sie mit dieser Annahme richtig«, erwiderte Oliver und rieb sich nachdenklich das Kinn. »Ich finde es interessant, dass der Zettel eingeschweißt wurde. Es wollte also jemand sichergehen, dass seine Nachricht auch ankommt. Normalerweise hätte das Papier keine zwei Tage im Wasser überstanden.«

Ingrid Scholten hob den Zeigefinger. »So habe ich es bisher gar nicht betrachtet. Der Zettel war übrigens so tief in den Rachen geschoben, dass er nicht herausfallen konnte.«

Oliver sah dabei zu, wie die Leiterin der Spurensicherung ein paar Beweisstücke ordentlich beschriftete und anschließend die Box verschloss. Sie stellte den Behälter auf einen Wagen. »Ich versuche die ganze Zeit, eine harmlose Erklärung für diesen abgetrennten Finger zu finden. Vielleicht gab es einen Badeunfall oder irgendetwas in der Art.« Sie seufzte. »Aber die Hoffnung stirbt wohl zuletzt.«

Oliver gab ihr recht. Auch er wollte keinesfalls auf eine weitere Leiche stoßen.

»Ich hoffe, die Taucher sind schnell fertig«, sagte er deshalb und half ihr, den Handwagen zu ihrem Fahrzeug zu schieben und die Boxen zu verstauen.

Ein Transporter rollte langsam heran und parkte hinter dem Auto der Spurensicherung. Ein breitschultriger Mann sprang aus der Beifahrertür und kam direkt auf Oliver zu.

»Dennis Rössner«, stellte er sich vor. »Ich leite den Tauchgang. Wir gehen gleich rein.«

Sieben weitere Männer stiegen aus dem Wagen. Drei von ihnen holten die Taucherausrüstung heraus.

Neoprenanzüge, Masken, Sauerstoffflaschen. Alles wurde sorgfältig auf dem Boden ausgebreitet. Die Taucher zogen sich um und begannen damit, die Funktionsfähigkeit der Ausrüstung zu überprüfen.

»Wie lange werden Sie schätzungsweise brauchen?«, fragte Oliver und musterte die breite Narbe auf der Wange des Leiters.

»Schwer zu sagen«, erwiderte Rössner und schnallte sich eine Sauerstoffflasche auf den Rücken. »Es kann ein paar Stunden oder auch drei Tage dauern. Die Sicht ist jedenfalls gut, vermutlich geht es eher schneller.«

»Genauer können Sie das nicht einschätzen?«

Rössner schüttelte den Kopf. »Man weiß nie, was einen da unten erwartet. Wir beginnen an der Stelle, an der Sie den Finger gefunden haben, und arbeiten uns von dort weiter vor. Bisher gab es in diesem See keine Tauchaktionen. Es ist also völliges Neuland für uns.« Dennis Rössner hob die Hand und gab seinen Kollegen ein Zeichen. »Wir bilden Zweier-Teams, jeder Taucher hat einen Leinenführer. Sobald wir etwas haben, machen wir Bilder und Videoaufnahmen.« Er deutete auf eine kleine Kamera an seinem Kopf. »Ich gebe Bescheid, falls wir auf etwas stoßen. Das wird ja kein schöner Anblick sein.« Er rümpfte die Nase und ergriff seine Tauchflossen. Dann schritt er, gefolgt von seinen Kollegen, auf das Ufer zu. Jeder von ihnen war an eine gelbe Leine festgebunden. Die Leinenträger verteilten sich hinter ihnen.

Rössner streifte sich die Flossen über und watete langsam ins Wasser. Nach kurzer Zeit waren alle vier

Taucher im See verschwunden. Nur die gelben Leinen zeugten noch von ihrer Anwesenheit.

Oliver grübelte über die Nachricht, die in der Kehle des Opfers gesteckt hatte. Was konnte die Frau verbrochen haben, dass jemand beschloss, sie zu vernichten? Und weshalb sollte sie die Wurzel eines Übels sein, wenn man es so interpretierte? Er drehte die Worte von links nach rechts, suchte irgendeinen Sinn – ein greifbares Motiv oder etwas, was ihn auf die Fährte des Täters bringen konnte. Doch ihm fiel nichts ein. Der Satz war zu allgemein gehalten. Er passte auf fast alles. Natürlich mussten Dinge, die falsch waren, von Grund auf bereinigt werden. Es gab eine Menge Sprichwörter mit derselben Bedeutung. Zudem war die Pest, wenn er den Text wörtlich nahm, inzwischen beinahe auf der ganzen Welt ausgerottet. In Madagaskar war sie vor Kurzem zwar wieder ausgebrochen. Aber in der heutigen Zeit ließ sich die Krankheit mit den entsprechenden Antibiotika sehr gut behandeln.

»Wir sind so weit fertig«, sagte Ingrid Scholten.

Oliver fuhr überrascht herum. Er hatte sie gar nicht bemerkt.

»Ich will die Fundstücke sofort ins Labor bringen. Wir sehen uns im Revier.« Die Leiterin der Spurensicherung verabschiedete sich.

Oliver blieb am Seeufer stehen und starrte grübelnd auf die Wasseroberfläche. Nach ein paar Minuten ging er gedankenverloren zum Einsatzwagen zurück. Klaus schien noch immer mit dem Angler zu sprechen. Neugierig öffnete Oliver die Tür und hörte zu.

»Sie sagen also, jedes Mitglied verfügt über einen

Schlüssel?« Klaus hatte sein Notizbuch gezückt und schrieb eifrig darin.

Der Zeuge wirkte blass und müde. Er nickte kaum merklich.

»Und die Mitgliederliste händigen Sie uns gleich aus?«, hakte Klaus nach.

»Ja, ich frage den Vorstand«, entgegnete Marcel Diekhoff und ließ den Kopf in den Nacken sinken. Er drehte ihn langsam von einer zur anderen Seite, als wollte er Verspannungen lösen.

Klaus blickte zu Oliver auf.

»Der Anglerverein hat eine Menge Schlüssel an seine Mitglieder verteilt«, erklärte er und schüttelte den Kopf. »Aber es kommt noch viel schlimmer ...« Er fuhr sich durchs Haar und seufzte. »Herr Diekhoff hat gerade eine Skizze vom See angefertigt.« Klaus tippte auf eine gelbe Markierung. »An dieser Stelle gibt es keinen Zaun. Dort kann also jeder ungehindert bis ans Ufer gelangen. Der Leichenfundort ist nur fünfzig Meter entfernt.«

Oliver kletterte in den Wagen und setzte sich. »Das ist schlecht, insbesondere jetzt, wo wir wissen, dass es sich um einen Mord handelt«, stellte er fest und betrachtete dabei die Zeichnung vom See. Auf einer Strecke von gut siebzig Metern fehlte die Umzäunung. Parallel dazu verlief eine schmale Straße, die mit dem Auto befahrbar war. Ein Reitstall befand sich in unmittelbarer Nähe. Vermutlich kamen täglich viele Menschen hierher. Ein geschickter Täter konnte sich in dieser Umgebung also unauffällig bewegen. Niemand würde so leicht Notiz von ihm nehmen.

Noch bevor er weiter nachdenken konnte, wurde die Tür des Einsatzwagens aufgerissen. Ein Polizist mit hochroten Wagen schaute herein.

»Die Taucher ...«, stotterte er atemlos. »Die Taucher haben etwas gefunden.«

V

VOR FÜNFHUNDERT JAHREN

»Alwine?«, rief Bastian und rüttelte die leblose Frau. »Alwine?« Er ließ sie wieder zu Boden gleiten und legte ihren Kopf vorsichtig ab. Josef Hesemann hockte neben ihm und leuchtete mit einer Fackel.

»Seht, Eure Hand«, stieß Josef entsetzt aus und deutete mit einem Kopfnicken auf Bastians Rechte.

Bastian schluckte. Frisches Blut klebte an seinen Fingern. Auf einmal spürte er die warme Flüssigkeit. Er erschauderte. Die Wunde war ihm in all der Aufregung entgangen. Allmählich begriff er, dass Alwine mit dem Kopf aufgeschlagen sein musste. Er blickte in ihr bleiches Gesicht. Josef tastete nach ihrem Puls und schüttelte den Kopf.

»Sie ist tot«, murmelte er leise.

Bastian fuhr schockiert hoch und warf einen wütenden Blick zum oberen Fenster des Kröt-schenturms.

»Sagt mir sofort, was sich hier abgespielt hat«,

brüllte er zornig und stürzte zum Eingang. »Wenn Ihr Alwine aus dem Fenster gestoßen habt, werdet Ihr Euch vor dem Henker verantworten müssen!« Er hämmerte gegen die Tür, jedoch ohne sie zu öffnen. Schließlich atmete er tief durch und trat ein paar Schritte zurück. Josef Hesemann hielt die Fackel weit in die Höhe. Die Eingesperrten hatten sich offenbar verkrochen.

»Zeigt Euch«, forderte Bastian. »Oder ich komme herein. Doch ich warne Euch. Es wird Euch nicht gut bekommen!«

Das wutverzerrte Gesicht des Schlosspförtners tauchte am rechten Rand des Fensters auf.

»Seht Euch die schwarze Beule an ihrem Hals an«, rief Conrad hinunter. »Dann wisst Ihr, warum wir sie aus dem Turm hinausbefördert haben. Wollt Ihr, dass wir allesamt draufgehen? Sie wäre sowieso verreckt.« Erbittert spuckte er aus.

Conrads Speichel landete auf Bastians Arm. Angewidert wischte er ihn weg.

»Dafür werdet Ihr Euch vor dem Schöffen verantworten müssen.« Bastian funkelte den Schlosspförtner zornig an. »Es steht Euch nicht zu, über Leben oder Tod zu entscheiden.«

»Mir steht aber zu, mich selbst zu schützen«, zischte Conrad. »Die lästige Alte hätte uns alle verseucht. Sollen wir etwa tatenlos zusehen, wie der Schwarze Tod uns ins Verderben zieht?«

»Lasst ihn«, flüsterte Josef Bastian ins Ohr. »Sie haben Angst um ihr Leben. Ihr könnt sie nicht belehren. Der Mensch wird zum Tier, sobald er in Bedrängnis gerät.«

Bastian öffnete den Mund. Er wollte protestieren. Doch Josef hatte recht. Die Männer im Turm hatten Angst. Ihre Ohren nahmen die Worte der Vernunft längst nicht mehr wahr. Das änderte allerdings nichts an ihrer schweren Schuld.

»Sehen wir uns Alwines Hals an«, schlug Josef vor und ging abermals in die Hocke.

Bastian hielt die Fackel. Die Flammen gaben Alwines blassem Gesicht etwas an Lebendigkeit zurück. Sie lag da vor ihnen, mit weit geöffneten Augen und aufgerissenem Mund. Der Tod hatte sie so schnell geholt, dass ihre Miene wie ein erstarrter Schrei wirkte. Josef wickelte zum Schutz einen Schal über sein Gesicht und drückte Alwines Lider zu. Dann drehte er ihren Kopf zur Seite. Tatsächlich schimmerte eine runde, pechschwarze Stelle am Hals, doppelt so groß wie eine Silbermünze.

»Es scheint mir aber keine Beule zu sein«, murmelte Josef und zog ein Leinentuch aus der Tasche seines Wamses. Behutsam wischte er über den Fleck. Darunter kam helle Haut zum Vorschein.

»Verflucht. Das ist nur Dreck oder irre ich mich?« Bastian rutschte näher an die Tote heran.

»Sieht ganz danach aus«, bestätigte Josef nach einer Weile. »Es ist nicht die Pest. Diese verdammten Feiglinge haben in ihrer Kopflosigkeit überhaupt nicht richtig hingesehen.«

Bastian schwieg mit zusammengepressten Zähnen. Für diese Tat würde Conrad büßen, das schwor er sich.

* * *

Er lauschte in die Nacht hinein und grinste zufrieden. Es war mucksmäuschenstill. Das einzige Geräusch, das er hörte, war das Pochen seines eigenen Herzens. In Windeseile huschte er durch die nächtlichen Gassen. Außer ihm, den Soldaten der Stadtwache und vielleicht noch dem Nachtwächter war keine Menschenseele unterwegs. Er hatte die Dirne bereits seit einiger Zeit beobachtet. Nun war sie ganz bestimmt allein. Um diese Uhrzeit verirrten sich keine liebeshungrigen Besucher mehr zum Hafen. Jetzt schliefen sie in ihren eigenen Betten. Einige wurden vermutlich vom Eheweib gewärmt. Er hasste diese Schurken. Verheirateten Männern war der Besuch eines Freudenhauses verboten. Es war eine Sünde. Doch diese Regel schien bis auf ihn kaum jemanden zu interessieren.

Er versteckte sich hinter einem Mauervorsprung und verharrte eine Weile. Als er nach wie vor niemanden wahrnahm, rannte er auf Zehenspitzen hinüber zum Freudenhaus. Davor stand ein Baum, über den er in die Kammer der Hure gelangen konnte. Er schwang sich auf den untersten Ast und kletterte mühelos den Stamm hinauf. Bevor er auf den Fenstersims sprang, lauschte er erneut. Dann landete er lautlos auf dem Sims und öffnete den rechten Fensterflügel. Tiefe Atemzüge drangen an sein Ohr. Er wäre nie darauf gekommen, dass die zierliche Dirne derartig schnarchte. Kein Wunder, dachte er bei sich, sie war ja eine Ausgeburt der Hölle. Er tappte vorsichtig auf das Bett zu und hockte sich direkt vor sie. Ihr warmer Atem streifte seine Wange. Ihr Geruch erzeugte sündige Bilder in seinem Kopf. Das konnte er keinen Augenblick länger ertragen.

Er griff ein Leinentuch und stopfte es ihr blitzschnell in den Mund. Dabei setzte er sich rittlings auf sie und drückte ihren Schädel in die Kissen. Die Dirne wehrte sich aus Leibeskräften, doch sie hatte gegen ihn nicht den Hauch einer Chance. Er schnürte zuerst ihre Hände und dann ihre Füße zusammen.

»Wenn du nicht gleich ruhig bist, töte ich dich auf der Stelle«, drohte er und tatsächlich gehorchte sie ihm.

Sie wimmerte nur und versuchte etwas zu sagen, jedoch viel leiser.

»Psst!«, sagte er und presste eine scharfe Klinge an ihre Kehle, damit sie merkte, dass er es ernst meinte. Die Dirne verstummte völlig.

Er packte die zierliche Frau und legte sie sich über die Schulter. Eilig verließ er die kleine Kammer und trug sie die Stufen hinunter und aus dem Freudenhaus. Niemand bemerkte sie. Er huschte durch die Dunkelheit, immer darauf bedacht, sich dicht an den Häuserwänden zu halten. Auf keinen Fall wollte er den Stadtsoldaten in die Arme laufen. Er hatte schließlich noch einiges vor.

* * *

Bastian lag hellwach im Bett und starrte an die Decke. Alwines tote Augen und ihr blasses Gesicht im Fackelschein gingen ihm nicht aus dem Sinn. Ob er richtig gehandelt hatte? Die Unterbringung von Pestkranken in Siechhäusern war ein übliches Vorgehen. Jedermann wusste, dass die Seuche von einem zum anderen übersprang. Man musste sich fernhalten, mit einer Maske schützen und man sollte Erkrankte überdies nicht berühren. Doch Alwine war gar nicht krank gewesen. Genauso wenig wie vermutlich die Metzgerbrüder, der Schlosspförtner und der Schneiderlehrling, die in der Nacht vor dem Tod des Wirtes im *Durstigen Schiffer* zugegen gewesen waren. Trug er also eine Mitschuld an Alwines Tod? Er hatte schließlich im vorauseilenden Gehorsam auf die Botschaft des Erzbischofs reagiert und diese Maßnahmen getroffen. Normalerweise sperrte man nur die tatsächlich Erkrankten weg. War Conrad allein für Alwines Tod verantwortlich oder waren die anderen drei im Turm beteiligt gewesen? Durfte er Vernunft erwarten, nachdem er sie im Krötschenturm zusammengepfercht und sich selbst überlassen hatte? Bastian seufzte zwiegespalten. Niemand hatte das Recht, ein anderes Leben einfach auszulöschen. Er rief sich das Antlitz des toten Wirtes ins Gedächtnis. Gottfried lag bereits begraben auf dem Kirchhof. Von Pest Befallene mussten sofort unter die Erde gebracht werden. So sah es die Pestordnung vor.

Bastian wälzte sich herum und betrachtete sein Weib. Maries blondes Haar schimmerte silbern im Mondlicht. Sie war wunderschön. Er spürte die tiefe Zuneigung zu ihr. Sie kannten sich schon ihr ganzes Leben lang und waren einander früh versprochen worden. Sie, die Tochter des Bäckers, und er, der sechste Sohn des Zonser Müllers. Marie machte einen tiefen Atemzug. In ihren Zügen lag auf einmal Traurigkeit. Ob sie von ihm träumte? Ob sie ahnte, dass sein Herz auch an einer anderen Frau hing? Sogleich erschien ein Bild von Anna mit ihren smaragdgrünen Augen in seinem

Inneren. Sein Pulsschlag beschleunigte sich. Seit Langem hatte er sie nicht mehr so klar vor sich gesehen. Früher, da hatte er so intensiv von ihr geträumt, dass er beinahe überzeugt davon gewesen war, ein zweites Leben zu führen. Von dieser Frau, die so seltsam gekleidet war. Die Hosen trug. Die ihn mit einem einzigen Lächeln so verzauberte, dass er an nichts anderes denken konnte als an sie. Ob sie glücklich war in der Welt, in der sie lebte? Ob sie ihn auch vergessen wollte, damit ihr das Herz nicht mehr schwer von Sehnsucht wäre?

Wie oft hatte er versucht, sie aus seinem Kopf zu streichen. Doch alle Versuche endeten erfolglos. Gottes Wege waren unergründlich, hatte Pfarrer Johannes zu ihm gesagt. Der Pfarrer kannte sein Geheimnis. Er verurteilte ihn deswegen nicht. Er bezeichnete ihn auch nicht als Narren oder gar im Geist Verwirrten. Er glaubte ihm. Johannes wusste, dass es diese unbekannte Frau gab, deren Antlitz er in seinem Notizbuch festgehalten hatte. Ohne es zu merken, sank Bastian immer tiefer in den Schlaf. Er wollte die Frau seiner Träume festhalten. Doch sie verschwand so schnell, wie sie gekommen war. Stattdessen erblickte er diesen anderen Mann, der ihm ähnlich sah. Vielleicht einer seiner Nachfahren. Jemand, der bei Anna sein konnte, während er in seiner Welt gefangen blieb. Allerdings war sein Verstand viel zu müde, um die Dinge zu begreifen. Er glitt weiter ab, hinein in einen schrecklichen Albtraum. Er lief durch Zons. Jedes zweite Haus trug ein schwarzes Kreuz, das auf die Eingangstür gemalt war. Das Pestzeichen. Die Bewohner der gezeichneten

Häuser waren von der Seuche befallen. Die Pestordnung forderte, dass sie zu Hause blieben und sich keinesfalls unter die anderen Bürger mischten. Jeder in der Stadt konnte das Zeichen sehen und sich fernhalten. Bastian ging durch die Schloßstraße und bog in die Mühlenstraße ein. Sein Herz blieb stehen, als er vor seinem eigenen Haus ankam. Auch auf seiner Tür prangte ein großes schwarzes Kreuz. Er stürmte hinein und fand Marie und die Kinder im Bett vor. Ihre schweißbedeckten Gesichter waren so blass, dass er schon befürchtete, sie wären alle tot. Doch dann richtete Marie die Augen auf ihn. Sie glühten vor Fieber. Bastian fühlte, wie sein Hals trocken wurde. Sein Magen krampfte sich zusammen.

»Lauf«, röchelte Marie mit seltsam rauer Stimme. »Lauf, Bastian. Rette dich!«

Bastian stand stocksteif da. Er konnte sich nicht rühren. Er wollte nicht ohne sie leben. Nicht ohne Marie und nicht ohne die Kinder. Er schüttelte den Kopf und machte ein paar unbeholfene Schritte auf das Bett zu. Schließlich legte er sich zu ihr hinein. Er roch den Tod. Eitrig und faulig waberte er über dem Bett und nahm ihm die Luft. Das ekelhafte Gift kroch ihm in die Nase und in den Mund. Ein bitterer Geschmack fuhr durch seine Kehle hinunter in den Magen. Ihm wurde kalt und schwindlig. Alles drehte sich. Er schloss die Augen und wollte sie nie wieder öffnen.

* * *

Balthasar hatte sich ein Tuch über Mund und Nase

gebunden und lief eilig durch die engen Gassen. Die Sonne stand bereits am Himmel, aber ihre Kraft genügte zu dieser frühen Stunde nicht, um ihn zu wärmen. Fröstelnd schlang er die Arme um sich. Bis zum Kloster war es nicht mehr weit und er musste unbedingt mit Bruder Nicolas sprechen. Noch bis vor Kurzem hatte er selbst zu den Novizen des Klosters gehört. Doch dann hatte Bastian Mühlenberg ihm einen Ausweg aus diesem eintönigen und beengenden Dasein geboten und ihn in die Zonser Stadtwache aufgenommen. Balthasar war sehr glücklich über diese Möglichkeit gewesen. Der Abt ließ ihn widerwillig gehen unter der Bedingung, dass er weiterhin Illustrationen für das Kloster anfertigte. Auch wenn ihn diese Aufgabe forderte, hatte er sie gern übernommen. Er musste täglich mit den Stadtsoldaten seine Kampfkünste trainieren und zudem für das Kloster zeichnen. Manchmal saß er bis tief in die Nacht, um all der vielen Aufträge Herr zu werden. Oft fühlte er sich müde und erschöpft, aber auch glücklich. Für ihn hätte es nicht besser kommen können. Er war frei, verdiente sich sein Auskommen als Stadtsoldat. Trotzdem durfte er das Kloster aufsuchen und so in Gottes Nähe bleiben. Manchmal vermisste er die gemeinsamen Gebete mit den Mönchen und Novizen. Hiervon hatte man ihn ausgeschlossen. Doch damit würde er zurechtkommen.

Balthasar gelangte an die geschlossene Klosterpforte und klopfte an. Es dauerte eine Weile, bis sie sich knarrend öffnete.

»Ach, Ihr seid es, Balthasar«, murmelte Bruder

Theodor, ein Mönch mit völlig ergrautem Haar, und ließ ihn mit einem Kopfnicken ein.

Balthasar ging schnurstracks zum Kräutergarten. Bruder Nicolas kniete vor einem Kräuterbeet und zupfte Rosmarinblätter, die er in einem Korb sammelte.

»Seid gegrüßt, mein lieber Junge«, sagte der Mönch, ohne aufzusehen. »Was führt Euch zu so früher Stunde zu mir?«

Balthasar fiel neben ihm auf die Knie. »Der Schwarze Tod geht um, Bruder Nicolas«, erwiderte er und bekreuzigte sich. »Sie haben die Kranken in den Krötschenturm gesperrt. Es sind schon zwei Menschen gestorben.«

Der Mönch blickte auf, musterte ihn kurz und wandte sich dann wieder seiner Tätigkeit zu.

»Wir haben bereits davon erfahren. Pfarrer Johannes hat beim ersten Sonnenstrahl mit dem Abt gesprochen. Es liegen schwere Zeiten vor uns. Sagt mir, wie kann ich Euch behilflich sein?«

Balthasar faltete die Hände ineinander. Das Herz klopfte ihm bis zum Hals. Nervös kratzte er sich am Kopf. Er trug eine bleierne Last mit sich herum. Denn die Aufgabe, die Bastian Mühlenberg ihm aufgetragen hatte, ängstigte ihn.

»Ich wollte Euch fragen, ob Ihr vielleicht ein Heilmittel kennt. Eines, von dem die Welt womöglich noch nicht gehört hat, das aber dennoch hilft?«

Bruder Nicolas stieß ein hohes Lachen aus.

»Diese Macht besitze ich nicht«, erwiderte er nach einigen Momenten des Schweigens. »Niemand kann die Pest heilen. Das liegt in der Hand unseres Herrn.«

»Und doch habt Ihr mir von diesem Kloster erzählt in der Nähe von Köln. Dort, wo Ihr früher als Mönch gelebt habt. Ihr sagtet, dass dieses Kloster dem Ansturm des Schwarzen Todes standgehalten hätte.«

»Mein lieber Junge, wir hatten uns dort über Wochen abgeschottet. Am Ende waren all unsere Vorräte an Speis und Trank bis auf den letzten Tropfen erschöpft. Einige der älteren Brüder haben diese Tortur nicht überlebt. Wir haben keine Menschenseele hereingelassen und so konnte uns die Pest nicht erreichen. Ich habe in all meinen Jahren nie erlebt, dass ein Arzt einen Pestkranken zurück ins Leben geholt hätte. Gott allein entscheidet, wen er zu sich nimmt. Die Seuche ist eine Prüfung. Nur wer dem Herrn würdig erscheint, der darf auf Erden bleiben.«

Balthasar schüttelte energisch den Kopf. »Bruder Nicolas, Ihr selbst habt mir doch von dem Pestarzt berichtet, der mit einer Tinktur aus Knabenurin einen Kranken geheilt hat. Bastian Mühlenberg macht sich die allergrößten Sorgen. Er will Zons beschützen.«

Bruder Nicolas winkte ab. »Ich habe Euch auch von einem Pestarzt erzählt, der die schwarzen Beulen aufschnitt und lebende Hühner auf die Wunden legte. Bei den meisten Erkrankten brachten diese Behandlungen rein gar nichts. Ich glaube, dass diejenigen, die überlebt haben, es auch ohne ärztliche Hilfe geschafft hätten. Denn es ist der Herr, der auswählt.«

»Ihr spracht auch von einer Kräutertinktur, in die ein Schwamm oder Leinentuch eingelegt werden soll, damit man es sich sodann schützend vor Mund und Nase halten könne.« Balthasar genügten die Antworten von Bruder Nicolas einfach nicht. Er brauchte ein wirksames Heilmittel.

Bruder Nicolas studierte ihn von Kopf bis Fuß. »Der beste Rat, den ich Euch geben kann, ist, Euch von der Seuche fernzuhalten.« Er kniff die Augen zu schmalen Schlitzen zusammen. »Da Ihr unbedingt ein Mittel gegen die Pest wollt, gehe ich davon aus, dass Ihr mir längst nicht alles erzählt habt. Was also verlangt Bastian Mühlenberg von Euch? Ich liege doch richtig in der Annahme, dass Euer neuer Brotgeber dahintersteckt?«

Balthasar schlug die Augen nieder. Er fühlte sich ertappt. »Ich soll für den Arzt Josef Hesemann die Pestbeulen der Erkrankten zeichnen, damit er den Verlauf der Krankheit zu beurteilen vermag. Ich will ihm gerne zur Seite stehen, doch ich habe Angst davor, dem Schwarzen Tod zu nahe zu kommen.«

Bruder Nicolas schwieg und zupfte weiter Rosmarinblätter in seinen Korb. Balthasar kannte das von ihm. Bruder Nicolas dachte nach. Deshalb blieb er geduldig neben ihm sitzen.

»Ich fertige eine Essenz für Euch, in der Ihr Euren Schal tränken könnt. Sie hält Krankheiten fern«, erwiderte der Mönch nach einer geraumen Weile. »Versprecht mir dennoch, keinen Erkrankten oder sein Hab und Gut zu berühren. Es bleibt dabei, ein wirksames Heilmittel ist nicht bekannt. Ich denke, Ihr seid zu jung, um zu Gott zu gehen.«

Balthasar nickte froh und bedankte sich bei Bruder Nicolas. Auf dem Rückweg schlenderte er am Gefängnisturm von Zons vorbei. Der höchste Turm in der Stadt wurde auch Juddeturm genannt. Er beherbergte ein

Verlies, das tief hinab in die Erde reichte – beinahe vierzig Fuß – und in das die Gefangenen durch eine schmale Luke an einer Kette hinabgelassen wurden. Einen anderen Eingang gab es nicht. Selbst das Essen wurde durch die Öffnung im Boden abgeseilt. Bisher war niemandem die Flucht aus den sechs Fuß dicken Mauern gelungen.

Balthasar hörte ein merkwürdiges Röcheln aus einem der oberen Fenster und beschleunigte seine Schritte. Der Turm war ihm unheimlich und die eingeschlossenen Gefangenen noch viel mehr. Er hatte gehört, dass derzeit ein Mörder im Verlies auf seine Hinrichtung wartete. Balthasar bog um die Ecke und gelangte auf die Schloßstraße. Er erreichte den Marktplatz, der zu dieser Stunde nicht sehr belebt war, und schaute sich um. Ein Gewürzhändler pries fremdartig duftende Pulver an. Er schnupperte an einigen Proben und bewunderte dann am Nachbarstand die Seidentücher. Zwei Tische weiter entdeckte er ein bekanntes Gesicht. Sein Herz machte unwillkürlich einen Satz. Er beobachtete unauffällig die junge Frau, die lachend ein paar Äpfel in ihren Korb legte. Ihre beiden Begleiterinnen kannte er nicht. Rebecca trug ihr Haar hochgesteckt und geflochten. Das brachte ihr herzförmiges Gesicht mit den großen blauen Augen noch mehr zur Geltung. Balthasar starrte sie fasziniert an. Er konnte kaum die Augen von ihr abwenden, bis sie ihn bemerkte und er spürte, wie ihm die Röte ins Gesicht schoss.

»Balthasar?« Rebecca hatte ihn entdeckt und kam in seine Richtung.

Er wäre am liebsten im Boden versunken. Was sollte sie nur von ihm denken? Dass er ihr nachstellte?

»Was treibt Ihr so früh auf dem Markt?« Sie zog die Nase kraus und neigte den Kopf. »Seid Ihr auf dem Weg zu meinem Vater?«

Balthasar nickte heftig. Ihm fehlten die Worte. Verzweifelt suchte er nach einer Antwort, doch seine Zunge verweigerte ihm den Dienst. Sie lag wie ein schwerer Stein in seinem Mund und ließ sich nicht bewegen.

»Er ist sehr angetan von dem, was er bisher gesehen hat«, verriet Rebecca lächelnd.

»Lasst uns noch Brot besorgen«, raunte ihr eine der Begleiterinnen zu und blickte Balthasar scharf an. »Kommt mit«, befahl sie und schob Rebecca von ihm weg.

Rebecca wandte sich jedoch nach ein paar Schritten wieder zu ihm um.

»Ich treffe Euch später bei meinem Vater.« Sie strahlte ihn an. Balthasar bekam weiche Knie. Stumm glotzte er sie an und zog die Lippen auseinander. Er war sich nicht sicher, ob sie diese Grimasse als Lächeln deuten würde.

Rebecca drehte sich um und verschwand in der Menschenmenge.

»Wollt Ihr den Schal nun haben oder nicht?«, fragte der Händler und stemmte misstrauisch beide Fäuste in die Seiten. »Lang genug haltet Ihr ihn ja schon in den Händen.«

Balthasar hatte das gar nicht bemerkt. Hastig schüttelte er den Kopf und legte den Schal zurück. Rasch überquerte er den Markt Richtung Zollturm. Er brauchte frische Luft. Das Herz schlug ihm bis zum Hals. Er wusste genau, dass er sich soeben wie ein Trottel benommen hatte. Mit hängendem Kopf rannte er an einer Wache vorbei durch das offene Tor des Zollturms. Zu seiner Erleichterung kontrollierten die Soldaten derzeit nur Besucher, die in die Stadt hineinwollten. Kurz darauf hielt er an. Er beugte sich nach vorn und stützte die Hände auf den Oberschenkeln ab. Nachdem er ein paarmal durchgeatmet hatte, richtete er sich wieder auf. Sein Blick glitt über das glitzernde Wasser des Rheins. Insekten flirrten durch die Luft. Auf den Bäumen ringsum zwitscherten Vögel. Die Landschaft gab eine perfekte Vorlage für ein neues Gemälde ab. Balthasar prägte sich die Einzelheiten sehr genau ein. Vielleicht würde er in ein paar Wochen Gelegenheit zum Malen dieser Kulisse bekommen. Zuerst musste er allerdings das Porträt von Rebeccas Vater beenden. Dederich von Rockel gehörte als Schöffe der Stadt zu den wichtigen, wenn auch nicht unbedingt gerne gesehenen Bürgern von Zons. Er sollte sich lieber sputen. Es standen für heute noch Waffenübungen an. Während Balthasar völlig in Gedanken versunken einen Fuß vor den anderen setzte, stolperte er über einen Ast. Ärgerlich wollte er ihn wegstoßen. Doch als er hinabsah, bemerkte er, dass er sich getäuscht hatte. Vor seinen Füßen lag kein Ast.

Seine Zunge, die eben noch schwer wie Stein gewesen war, löste sich mit einem Schrei.

Dann rannte er los.

VI

GEGENWART

Oliver stürmte wortlos aus dem Einsatzwagen. Viel mehr war aus dem Zeugen sowieso nicht rauszuholen. Eigentlich gar nichts, außer dass sich im Grunde jeder Zugang zum See verschaffen konnte. Er kletterte die steile Böschung hinab und stoppte vor dem breitschultrigen Mann im schwarzen Neoprenanzug, der sich gerade die eng anliegende Haube vom Kopf zog.

»Wir sind noch nicht fertig. Aber ich muss Ihnen dringend etwas zeigen«, erklärte Dennis Rössner.

»Haben Sie eine Leiche gefunden?«, fuhr Klaus dazwischen. Er war Oliver gefolgt, nachdem er den Angler verabschiedet hatte. Er keuchte ein wenig, da er die Böschung sehr schnell hinuntergeklettert war.

Der Polizeitaucher antwortete nicht gleich, stattdessen hob er etwas vom Boden, das hinter den Sauerstoffflaschen gestanden hatte.

»Keine Leiche, aber das hier.« Er hielt einen triefenden Koffer hoch.

Oliver zog sich Gummihandschuhe über und nahm ihm das Fundstück ab.

»Haben Sie schon hineingesehen?«, fragte er und ruckelte an dem Reißverschluss, der sich nur schwer öffnen ließ.

»Nein, das wollte ich Ihnen überlassen«, erwiderte Rössner und stieg aus seinem Neoprenanzug. »Wir machen jetzt eine halbe Stunde Pause und dann nehmen wir uns den nächsten Abschnitt vor. Vielleicht treibt dort der Leichnam.«

Oliver zerrte stärker an dem Reißverschluss und half schließlich mit einem Messer nach. Er steckte die Spitze zwischen die Zähne des Reißverschlusses und öffnete den Koffer.

Klaus hockte neben ihm.

»Was ist denn das für Zeug?«, stieß er aus und griff hinein. »Das sind Kleider.«

»So ein Mist, das hat bestimmt überhaupt nichts mit der Toten oder dem Finger zu tun«, sagte Klaus und fuhr sich durch die Haare, die in den letzten Monaten immer grauer geworden waren.

Oliver schürzte die Lippen. »Besser als wenn wir eine zweite Leiche gefunden hätten. Die Spurensicherung soll sich das genauer anschauen. Vielleicht finden sie im Koffer ein brauchbares Haar oder etwas Ähnliches für einen DNS-Test.« Er holte ein tropfnasses Kleid aus dem Koffer und breitete es aus. »Das sieht ziemlich schmal und kurz aus. Wer soll da bloß reinpassen?«, murmelte er und ließ es in eine Box für die Spurensicherung gleiten. Anschließend untersuchte er die restlichen Kleidungsstücke.

»Schade, es sind nur diese fünf Kleider drin und nirgendwo klebt eine Adresse. Der Koffer scheint auch kein Markenprodukt zu sein. Den bekommt man vermutlich bei jedem zweiten Discounter.« Er drehte ihn herum und betrachtete die abgefahrenen Rollen.

»Jedenfalls wurde er schon häufiger benutzt«, stellte er schulterzuckend fest, da ihn diese Erkenntnis keinen Schritt weiterbrachte.

Klaus, der sich auch Gummihandschuhe übergestreift hatte, musterte das oberste Kleid vorsichtig. Er griff ein weiteres Kleid und runzelte die Stirn. Dann holte er das dritte Kleid aus der Box und blickte Oliver an.

»Die sind alle von derselben Marke. Sieh mal.« Er hielt Oliver das Schild vor die Nase, das an der Rückseite des Halsausschnittes angenäht war.

»LS Fashion«, murmelte Oliver. »Davon habe ich noch nie gehört.« Ob Emily vielleicht diese Marke kannte? Er trug seit Jahren die gleiche Jeansmarke und je nach Wetter eine schwarze Lederjacke. Das Einzige, was er regelmäßig variierte, waren seine T-Shirts.

»Ich auch nicht«, brummte Klaus und strich sich dabei über seine leichte Bauchwölbung. »In meinem Alter ist eh nichts mehr zu retten.« Er grinste belustigt. »Ich trage nie besondere Klamotten, sondern das, was passt.«

Oliver erhob sich und griff zum Telefon. »Auch wenn es höchstwahrscheinlich nichts mit unserem Fall zu tun hat, überprüfe ich den Namen mal.«

* * *

Mira öffnete leise die Wohnungstür und lehnte sich mit geschlossenen Augen in den Türrahmen. Zwei, drei Minuten lang stand sie so da, ohne sich zu rühren. Sie atmete einfach nur. Tief und gleichmäßig. Es war Sonntagabend. Sie kam gerade aus Paris zurück. Inzwischen hatte sie sich ein klein wenig gefangen und fing an zu akzeptieren, dass Fabian schlicht nicht der Richtige für sie war. Doch das Letzte, was sie im Augenblick wollte, war, mit Kim darüber zu sprechen. Sie mochte Kim. Schließlich wohnten sie zusammen und kannten sich in- und auswendig. Aber sie besaß nicht Kims Leichtigkeit. Sie konnte nicht fünf Minuten nach einem Atombombeneinschlag so tun, als sei nichts gewesen, und zur Tagesordnung übergehen. Der Schock saß tief. Mira hatte sich in ihrem ganzen Leben noch nie so sehr in einem Menschen getäuscht. Sie hatte Fabian vertraut, an seine aufrichtige Liebe geglaubt. Vor allem war ihr überhaupt nicht aufgefallen, wie er sich veränderte. Sie hatte nicht bemerkt, dass er irgendwann aufgehört haben musste, sie zu lieben. Wie hatte ihr das bloß entgehen können?

Sie löste sich mucksmäuschenstill vom Türrahmen, schlüpfte aus den Schuhen und schlich auf Zehenspitzen vorbei an Kims geschlossener Tür in ihr Zimmer. Sie würde später mit Kim sprechen. Jetzt fand sie einfach nicht die Kraft dazu. Außerdem wollte sie kein Mitleid. Dadurch fühlte sie sich höchstens noch schlechter. So wie eine Verliererin. Eine, die aussortiert wurde, weil sie nicht mehr liebenswert war. Mira schloss die Zimmertür und kroch ins Bett. Seufzend ließ sie den Kopf ins Kissen sinken und schloss die Augen.

Hinter ihrer Stirn hämmerte ein unangenehmer Schmerz. Er hatte sie das ganze Wochenende über begleitet. Paris, die Stadt der Liebe, war für sie zur Stadt des Kummers geworden. Nie wieder würde sie den Eiffelturm mit Staunen oder Bewunderung und Freude ansehen können. Der Schmerz lag wie ein grauer Schleier darüber. Und ständig bohrten all diese Fragen in ihrem Kopf. Warum? Sollte sie sich mit Fabian aussprechen? *Wir reden nach Paris*, hatte er geschrieben. Doch wollte sie überhaupt noch wissen, weshalb er sich von ihr trennte? Vermutlich hatte er eine Neue. Diese Information würde sie bloß weiter herunterziehen. Womöglich kannte sie diese Frau sogar. Sie fühlte sich jetzt schon so unendlich erniedrigt. Wie sollte sie sich dann erst fühlen? Ein Abgrund würde sich unter ihr auftun, aus dem sie vielleicht nie wieder herauskam.

Mira seufzte und schaute auf ihr Handy. Keine Nachrichten. Das war ja klar. Wie konnte Fabian bloß so fies sein? Mit einer SMS ihre zweijährige Beziehung zu beenden. War er so feige oder einfach nur gefühlskalt? Sie warf das Handy ans Fußende und drehte sich auf die Seite. Sie brauchte Schlaf. Sie musste aufhören, sich Fragen zu stellen. Selbst wenn sie Antworten darauf bekäme, so würde es an ihrer Situation letztendlich nichts ändern. Es war aus und vorbei. Nie mehr würde ihr Leben so sein wie vorher.

* * *

»Willst du nicht langsam mal Schluss machen?«

Oliver schrak hoch, entspannte sich jedoch, als

Emilys Fingerspitzen ihm den steif gewordenen Nacken massierten.

»Du hockst schon das ganze Wochenende vor deinem Computer. Es ist Sonntagabend. Ich dachte, wir essen wenigstens noch etwas zusammen?« Emily verzog die Lippen zu einem Schmollmund.

Oliver wirbelte auf seinem Drehstuhl herum, zog sie zu sich auf den Schoß und küsste sie auf den Mund. Das schlechte Gewissen, das immer noch wegen des verpatzten Wellnesstages auf ihm lastete, verstärkte sich augenblicklich.

»Wie war dein Tag?«, flüsterte er und knabberte an ihrem Ohrläppchen.

»Prima. Ich habe unseren Wellnesstag mit Anna nachgeholt.« Sie rekelte sich in seinen Armen und blitzte ihn aus ihren nussbraunen Augen an. »Mit dir wäre es natürlich schöner gewesen. Aber so wie ich dich einschätze, bist du die nächsten Wochen mit deinem neuen Fall beschäftigt, und so lange wollte ich nicht warten. Wir können es ja jederzeit nachholen.« Sie zwinkerte ihm zu und löste sich aus seiner Umarmung.

»Oder willst du gar keinen Wellnesstag?«, fragte sie und musterte ihn intensiv.

Oliver biss sich auf die Zunge. Er wollte sie nicht enttäuschen. Allerdings lag es ihm fern, sie anzulügen.

»Doch, doch …«, stotterte er ein wenig hilflos. »Für dich mache ich das.«

Emily neigte den Kopf zur Seite. »Ich dachte es mir schon. Anna hat mir heute klargemacht, dass das nichts für Männer ist. Jedenfalls für die meisten nicht. Sie hat auch versucht, mit Maximilian eine Verwöhnoase zu besuchen. Pustekuchen. Er hatte kurz vorher einen Notfall im Krankenhaus.«

»Er kann doch nichts dafür, wenn es ein Notfall war«, entgegnete Oliver. Er mochte den Kinderarzt, der schon seit einigen Monaten mit Emilys bester Freundin Anna zusammen war. Die beiden passten perfekt zueinander. Emily verzog das Gesicht. Für einen Augenblick glaubte Oliver, ihr italienisches Temperament würde gleich die Oberhand übernehmen.

Aber ganz unerwartet lächelte Emily und drückte ihm einen Kuss auf die Stirn.

»Wir machen einfach was anderes. Etwas, was uns beiden Spaß macht.« Sie strich ihm kurz über den Arm und verließ den Raum.

Oliver blickte ihr überrascht hinterher. Er wollte keinen Streit. Emily konnte sehr dickköpfig sein, wenn es um die Durchsetzung ihrer Interessen ging. Irgendwie kam es ihm merkwürdig vor, dass sie auf einmal auf den Wellnesstag mit ihm verzichten wollte. Er folgte einem plötzlichen Instinkt und sprang auf, um mit ihr darüber zu reden. Doch dann hörte er einen Piepton, der eine neue E-Mail ankündigte. Er drehte sich wieder um.

Die Rechtsmedizinerin hatte am Wochenende ebenfalls gearbeitet und ihm ihren vorläufigen Bericht gesendet. Oliver öffnete das angehängte Dokument in ihrer Mail und überflog die Zeilen. Wie bereits zuvor von der Leiterin der Spurensicherung vermutet, hatte die Tote schon längere Zeit im Wasser gelegen, wahrscheinlich für einen Zeitraum von zwei Wochen. Die Todesursache konnte nicht hundertprozentig ermittelt werden. Fest stand nur, dass die Frau weder ertrunken noch durch äußere Gewalteinwirkung gestorben war. Die Rechtsmedizinerin ging von Multiorganversagen infolge starker Dehydrierung als Todesursache aus. Aufgrund des erheblichen Verwesungsgrades konnte sie dies allerdings nicht mit Sicherheit bestätigen. Oliver rieb sich die Schläfen und las weiter. Fesselmale konnten am Körper der Toten nicht nachgewiesen werden. Er fragte sich, warum die Frau sich nicht gewehrt hatte. Hätte nicht die Nachricht des Täters in ihrem Hals gesteckt, könnte man beinahe an einem Verbrechen zweifeln. Aber wie schaffte es ein Täter, eine erwachsene Frau verdursten und verhungern zu lassen, ohne sie dabei zu fesseln? Reichte dafür ein abgeschlossener Raum? Oliver suchte im Bericht nach der Beschreibung der Fingernägel. Vielleicht fanden sich dort Abwehrverletzungen. Aber leider waren die Kuppen durch Tierfraß zerstört worden. Die wenigen vorhandenen Fingernägel wiesen zahlreiche Risse und Brüche auf. Diese konnten jedoch auch nach Eintritt des Todes durch das Schleifen über den Grund des Sees entstanden sein.

Oliver seufzte. Streng genommen wussten sie kaum etwas. Einen Augenblick lang fragte er sich, ob die Frau sich die Nachricht womöglich selbst in den Mund geschoben haben könnte, doch wenigstens das schloss die Rechtsmedizinerin aus. Die Identität der Toten stand ebenfalls noch nicht fest. Die Analyse der DNS erforderte mehr Zeit, genau wie die des Gebisses. Er öffnete den zweiten Bericht und studierte die Ergebnisse zu dem Finger, den er am Ufer des Sees gefunden hatte. Interessanterweise war der Finger mit einem scharfen Gegenstand abgeschnitten worden. Die ausgefransten Ränder, die er gesehen hatte, waren der Verwesung und dem Tierfraß geschuldet. Er gehörte definitiv zu einer Frau. Ob es überhaupt einen Leichnam gab? Und wenn ja, handelte es sich dann um denselben Täter? Jemanden, der seine Opfer tötete und anschließend im See entsorgte? Er zweifelte. Die meisten Täter gingen immer in der gleichen Art und Weise vor. Der Modus Operandi verriet den Ermittlern, ob sie es mit einem oder unterschiedlichen Tätern zu tun hatten. Doch in diesem Fall schien alles unklar.

Der Koffer mit den Kleidern befand sich seit gestern in der Analyse. Die Taucher würden auch erst am Morgen wieder mit ihrer Arbeit beginnen. Ungefähr ein Viertel des Sees hatten sie noch vor sich. Ob die Leiche, der Finger und der Koffer überhaupt zusammenhingen? Was, wenn es einfach nur Zufall war, dass alles im selben See zur selben Zeit gefunden wurde? Verschwendete er etwa seine Zeit mit der Ermittlung unwichtiger Details?

Er schloss den Bericht der Rechtsmedizin und las noch einmal die Nachricht des Killers.

Wenn die Pest ausgerottet werden soll, muss das Übel an der Wurzel gepackt werden.

Er tippte den Satz in die Suchmaschine ein und bekam etliche Ergebnisse. Eines war nichtssagender als das andere. Er suchte ein Buch oder eine andere Quelle, aus der dieser Satz vielleicht zitiert wurde, doch den genauen Wortlaut fand er nirgendwo. Vielleicht war es kein Zitat und der Satz stand auch nicht im Netz. Oliver nahm sich die Ergebnisse des Labors vor. Wie befürchtet, konnte das Labor zwar sogar die Marke des Laserdruckers und des Papiers feststellen. Aber die Beschaffung war denkbar einfach, da es sich um überall erhältliche Artikel handelte. Auch die Schriftart gehörte zum Standard jedes Schreibprogramms, und die Herkunft der Folie, in die das Papier eingeschweißt war, konnte nicht festgestellt werden.

Er seufzte und widmete sich erneut der Suchmaschine, die er schon geöffnet hatte. LS Fashion hieß der Hersteller der Kleider aus dem Koffer. Es schien eine ganz normale Firma zu sein. Sie war im Handelsregister eingetragen. Die Website machte einen professionellen Eindruck. Es gab eigentlich nichts, was ihn misstrauisch werden ließ – außer seinem Bauchgefühl. Auch wenn er es noch nicht mit Fakten belegen konnte, so vermutete er einen Zusammenhang. An einen Zufall glaubte er nicht. Oliver klickte durch die vielen Modelle. Der Online-Shop bot schier unendlich viele Kleider an. Bei den Angeboten handelte es sich um die vollständige Kollektion der letzten fünf Jahre. Leider hatte Oliver sich keine Artikelnummer oder Ähnliches notiert. Er besaß lediglich die Fotos aus der Akte. Verzweifelt versuchte er, die Kleider aus dem Koffer im Shop wiederzufinden. Er wollte wissen, ob es sich tatsächlich um Modelle von LS Fashion handelte und wie lange es sie schon gab. Erst als ihm fast die Augen zufielen, gab er auf. Es war zwecklos. Er würde am nächsten Morgen weitermachen.

* * *

Mira schlug die Augen auf. Entsetzt stellte sie fest, dass sie angezogen auf dem Bett lag. Ihr Blick glitt zum Wecker auf dem Nachttisch. Sie fuhr hoch. Es war bereits Montagmorgen. Zeit aufzustehen. Neugierig überprüfte sie ihr Handy und legte es enttäuscht beiseite. Fabian hatte sich nicht gemeldet. Mira sprang vom Bett und tapste hinaus in den Flur. Sie sog die lauwarme Luft ein und wunderte sich über den fehlenden Kaffeeduft. Normalerweise konnte Kim es keine Sekunde ohne Koffein aushalten. Sie gehörte zu den Frühaufstehern und kochte jeden Morgen frischen Kaffee.

Mira schlurfte schlaftrunken in die Küche. Die Kaffeemaschine war aus. Ein paar schmutzige Teller standen in der Spüle. Ansonsten wirkte alles sehr aufgeräumt, nahezu unberührt.

»Kim?«, rief Mira und machte kehrt. Sie drückte langsam die Klinke zu Kims Zimmer hinunter. Bestimmt war ihre Freundin schon wieder online. Mira wollte auf keinen Fall stören und öffnete die Tür nur ein kleines Stückchen. Sie linste durch den Spalt. Überrascht stieß sie die Tür ganz auf. Kim war überhaupt nicht in ihrem Zimmer. Mira sah sich um. Kims Handy fehlte, genauso wie ihre Handtasche. Mira ging zum Schreibtisch und blätterte in Kims Kalender. Stirnrunzelnd studierte sie die Einträge und atmete auf, als sie einen Termin am frühen Morgen entdeckte. Kim wollte ihren YouTube-Kanal bei einem Modehersteller vorstellen. Sie hatte sogar einen dicken Smiley hinter den Termin gemalt. Mira klappte das Buch zu und begab sich zurück in die Küche. Irgendwie hatte sie plötzlich keine Lust mehr auf Filterkaffee. Ob sie Kim überraschen sollte? Vielleicht war ihre Freundin sauer, weil sie gestern einfach an ihr vorbei ins Zimmer geschlichen und bis eben nicht hinausgekommen war.

Mira hatte heute einen freien Tag. Warum nicht zusammen in einem gemütlichen Café frühstücken? Sie schnappte sich ihre Tasche, stopfte das Handy hinein und schwang die Wohnungstür hinter sich zu.

Knapp dreißig Minuten später stand sie in Düsseldorf vor einem frisch sanierten Altbau und bewunderte die Designerklamotten, die sie durch dic riesige Glasscheibe hindurch sehen konnte. Sie drückte die Nase an die Glastür. Die Repräsentanz der Modefirma bestand offenbar aus mehreren Etagen. Mira erblickte eine Treppe am hinteren Ende des Empfangsbereiches. Vermutlich steckte Kim irgendwo da oben auf einer Konferenzetage und präsentierte dem Management ihren Video-Channel. Influencer bekamen heutzutage viel Geld für die Vermarktung von Modeprodukten. Kims letzten Kontoauszug hatte Mira mit großen Augen betrachtet. Der Betrag, den Kim innerhalb von vier Wochen gutgeschrieben bekommen hatte, überstieg ihr monatliches Einkommen um ein Vielfaches.

»Entschuldigung. Dürfte ich einmal vorbei?«, fragte eine tiefe Stimme hinter ihr.

Mira fuhr herum und sprang zur Seite. Ein hochgeschossener muskulös erscheinender Mann mit schwarzem Haar und auffällig blauen Augen sah sie freundlich an. Wahrscheinlich arbeitete er hier. Sie schämte sich plötzlich dafür, dass sie wie ein Kleinkind durchs Fenster spioniert hatte.

»Na … na klar«, brachte sie stockend heraus und senkte den Blick. Der Mann lächelte und spazierte an ihr vorbei ins Gebäude. Mira schaute ihm einen Moment lang hinterher und entfernte sich. Sie würde jetzt in ihr Lieblingscafé fahren und Kim von dort aus anrufen, sobald ihr Termin zu Ende wäre.

* * *

Oliver folgte seinem Instinkt. Er hatte sich die halbe Nacht hin und her gewälzt. Kurz nach sechs war er aufgestanden, hatte sich einen Kaffee gemacht und die wenigen Fakten zu der Toten aus dem See erneut studiert. Er kam zu dem Entschluss, dass er jedem noch so unscheinbaren Hinweis nachgehen musste. Da die Identifizierung der Leiche und die Zuordnung des Fingers auf sich warten ließen, hatte er entschieden, sich zunächst auf den Inhalt des Koffers zu konzentrieren.

LS Fashion lag im Herzen von Düsseldorf. Vor der gläsernen Eingangstür stand unschlüssig eine junge Frau. Er bat sie, ihn vorbeizulassen, und betrat die beeindruckende Eingangshalle, die vollgepackt mit Designerstücken war. Hinter dem Tresen in der Mitte saß eine Mitarbeiterin, die im Gegensatz zu den ausgefallenen Klamotten eher unscheinbar wirkte. Ihr Gesicht schien kaum geschminkt, bis auf schwarze Wimperntusche und einen dezenten Lippenstift.

Die Frau lächelte. »Was kann ich für Sie tun?«, fragte sie und wackelte mit den dunkelrot lackierten Fingernägeln.

»Oliver Bergmann, Kriminalpolizei Neuss. Ich hätte ein paar Fragen zu Ihrer Firma und möchte gerne mit einem Verantwortlichen sprechen.«

Die Augen der Empfangsdame weiteten sich. Sie tippte hektisch auf die Tasten ihres Telefons und nuschelte anschließend aufgeregt in den Hörer. Dann blickte sie ihn wieder an.

»Luise Steinfels ist sofort bei Ihnen«, erklärte sie mit bebenden Lippen.

Kurz darauf hörte Oliver Schritte aus der oberen Etage. Eine hochgewachsene, extrem schlanke Frau mit modernem Kurzhaarschnitt stieg die Stufen hinab. Sie trug ein knöchellanges Kleid. Erst als sie vor ihm stand, fiel ihm auf, dass ihre Haare bereits ergraut waren.

»Herr Bergmann?«, fragte sie und reichte ihm die Hand.

Er nickte knapp und begrüßte sie.

»Ich bin die Inhaberin. Wenn Sie mir bitte folgen würden.« Luise Steinfels ging die Treppen wieder hinauf, und Oliver fragte sich, wie sie das mit ihren High Heels fertigbrachte. Die Absätze waren bestimmt zehn Zentimeter hoch. Bewundernd stellte er fest, dass Steinfels nicht ein kleines bisschen schwankte. Ihre Schritte waren so sicher und kraftvoll wie ihr Handschlag. Sie führte ihn in ein helles, freundliches Büro, in dem mehrere Kleiderständer mit Designerstücken standen. An den Wänden hing moderne Kunst. Der komplett gläserne Schreibtisch fügte sich nahtlos ein. Nur ein Blatt Papier lag darauf, ansonsten wirkte er unberührt. Oliver bemerkte einen Laptop auf der Fensterbank. Daneben verschönerten frische Blumen das

Ambiente. Luise Steinfels hatte Geschmack. Das musste man ihr lassen.

»Wie kann ich Ihnen helfen?«, fragte die Inhaberin und wies ihm mit einer knappen Handbewegung einen Platz auf einem schwarz lackierten Stuhl zu.

Oliver verzichtete darauf, sich zu setzen. Stattdessen nahm er die mitgebrachten Fotos aus der Tasche und breitete sie auf dem Schreibtisch aus.

»Ich möchte gerne wissen, ob Sie diese Kleider kennen. In Ihrem Online-Shop habe ich keines davon entdeckt. Vielleicht hat jemand Ihr Label benutzt.«

Luise Steinfels kräuselte die Nase. »Was ist mit den Kleidern passiert?«, fragte sie und setzte eine Lesebrille auf.

»Wir haben sie auf dem Grund eines Sees, verschlossen in einem Koffer, gefunden.«

Die Inhaberin von LS Fashion starrte ihn eine Weile fassungslos an. Ihre rechte Hand zitterte ganz leicht.

»Ich ...« Steinfels holte tief Luft und hielt sich die Hand an die Brust. Sie atmete plötzlich so schwer, dass Oliver sich Sorgen machte. »Also ich weiß nicht, was ich dazu sagen soll.« Sie verzog das Gesicht und schüttelte den Kopf. »Ich habe keine Erklärung, wie das passieren konnte.«

»Was genau meinen Sie?«, fragte Oliver verwirrt. Er verstand überhaupt nicht, wieso sich Luise Steinfels so aufregte.

Steinfels deutete mit spitzen Fingern auf die Fotos. »Sie konnten diese Kleider nicht in unserem Online-Shop finden. Und ich sage Ihnen auch, warum.«

VII

VOR FÜNFHUNDERT JAHREN

Balthasar rannte, so schnell seine Füße ihn trugen. Der fürchterliche Anblick hatte ihn gehörig in Panik versetzt. Die Pest war in Zons angekommen. Er hatte sie mit eigenen Augen gesehen. Sie ließ sich nicht mehr leugnen. Er keuchte vor Anstrengung. Sein Gesicht brannte, als er am Mühlenturm ankam. Hoffentlich traf er Bastian Mühlenberg an, der direkt davor wohnte. Völlig außer Atem hämmerte er gegen die Eingangstür des Wohnhauses.

Die blonde Frau, die ihm öffnete, musste Bastians Weib Marie sein. Balthasar gehörte erst seit Kurzem zur Stadtwache, deshalb hatte er sie bisher nicht kennengelernt. Sie war noch viel schöner, als die Soldaten munkelten.

»Was kann ich für Euch tun?«, fragte sie freundlich.

»Ist Euer Gatte zugegen? Ich muss unbedingt mit ihm sprechen!«, stieß Balthasar aus und schlug sich mit der Hand an die Stirn. »Entschuldigt bitte. Ich vergaß, mich vorzustellen. Mein Name ist Balthasar und ich bin ganz neu in der Stadtwache.«

»Ich weiß, wer Ihr seid. Mein Gatte hat Euch mehrfach erwähnt. Ihr könnt sehr gut zeichnen. Aber deswegen seid Ihr bestimmt nicht hier.« Marie lächelte und betrachtete ihn von oben bis unten.

Balthasar senkte den Blick. Er war zu lange im Kloster gewesen und hatte während dieser Zeit kaum eine Frau zu Gesicht bekommen. Ihre Nähe machte ihn unsicher. Er schluckte und seine Kehle fühlte sich auf einmal ganz ausgedörrt an.

»Wo kann ich ihn denn finden?«, fragte er heiser. »Es ist sehr wichtig. Ich …« Er hielt inne. Keinesfalls wollte er Marie mit seiner grausigen Nachricht erschrecken.

Sie blickte ihn fragend an.

Als er weiter schwieg, sagte sie: »Er wollte seinen Freund Wernhart besuchen. Der ist bei Josef Hesemann. Versucht es dort.« Sie nickte ihm zu und schloss die Tür vor seiner Nase.

Balthasar atmete tief durch. Ihm war immer noch heiß von seinem Lauf und von seiner Entdeckung. Er musste Bastian Mühlenberg unbedingt davon berichten. Also lief er zurück, überquerte die Schloßstraße und eilte weiter Richtung Kirche. Daneben, in der Grünwaldstraße, wohnte der Arzt Josef Hesemann. Als er gegen die Tür hämmern wollte, bemerkte er das Tor zum Innenhof. Es stand nur einen Spaltbreit offen, doch es zog ihn magisch an. Er linste ins Innere des Hofes und schlüpfte leise durch das Tor hinein. Niemand war da. Von Bruder Nicolas kannte er ein wenig von der Kräuterheilkunde. Der Innenhof des Arztes erinnerte ihn an das Kloster. Von einem Querbalken über ihm hingen getrocknete Kräuter herab. Ein kurzes Dach schützte sie vor Regen. Auf einem Regal an der Wand reihten sich Tontöpfe aneinander. Sie waren allesamt mit lateinischen Namen beschriftet. Auch wenn die Kräuter über ihm herrlich dufteten, war ihr Geruch doch völlig anders, als er es vom Klostergarten kannte. Eine düstere, leicht faulige Note hatte sich daruntergemischt. Balthasar rümpfte die Nase und wollte dem Ursprung des Gestankes nachgehen. Er betrachtete den Tisch in der Mitte des Hofes und erblickte merkwürdige Instrumente auf einem Tablett. Ein Messer, eine kleine Säge und ein Werkzeug, das ihn an einen Meißel erinnerte. Diverse Pinsel lagen daneben und andere Dinge, deren Funktion er sich nicht erklären konnte. Wo der Geruch herkam, konnte er auch nicht ermitteln. Ein Windstoß verwirbelte die Richtung, aus der er zu kommen schien. Obwohl er Bastian Mühlenberg dringend von seinem Fund vor dem Rheintor berichten musste, studierte er neugierig jedes Detail auf dem Tisch. Die hölzerne Platte war stark verfärbt. Dunkel. Er bemerkte ein wenig Blut. Es schauderte ihn. Er hatte schon viel von den Machenschaften der Ärzte gehört. Sie scheuten vor nichts zurück. Sie verabreichten Medizin, nahmen jedoch auch Gliedmaßen ab oder schnitten Leichen auf. Josef Hesemann wollte, dass Balthasar die Pestbeulen von Kranken zeichnete. Vermutlich plante er eine größere Untersuchung, die am Ende vielleicht sogar ein Heilmittel hervorbrachte. Balthasar war stolz darauf, an etwas Sinnvollem mitzuwirken. Doch in seinem Innersten fühlte er auch eine tiefe Abneigung gegen all die Instrumente, die der Arzt auf seinem Behandlungstisch hortete.

Ein neuer Windzug brachte einen intensiven fauligen Geruch mit sich. So stark, dass Balthasar erschrak. Er machte instinktiv ein paar Schritte rückwärts und hielt sich die Nase zu. Doch seine Bewegungen waren unbedacht. Hinter ihm stand ein weiterer Tisch, vollgepackt mit Tongefäßen. Er stieß gegen einen Krug, der krachend zu Boden fiel. Balthasar zuckte zusammen und riss entsetzt die Augen auf. Eine dunkelrote Flüssigkeit breitete sich zu seinen Füßen aus. Es stank nach Eiter und Erbrochenem. Er konnte sich nicht rühren. In der Flüssigkeit bewegte sich etwas. Starr vor Angst sah er zu, wie sich mehrere fette, längliche Kreaturen mit ihren glitschigen Körpern an seinen Knöcheln hochzogen. Ihre großen, runden Mäuler öffneten sich und bissen sich an ihm fest. Balthasar hatte nie zuvor solche Biester gesehen. Panik wallte in ihm auf. Er schrie und versuchte, die widerlichen Geschöpfe abzuschütteln. Doch es gelang ihm nicht. Seine Kräfte schwanden. Schwärze umfing ihn. Er sank zu Boden. Das letzte Bild, das sich in sein Bewusstsein drängte, war die tote Frau vor dem Rheintor. Sie starrte ihn aus stumpfen Augen an. Er hatte Bastian Mühlenberg noch immer nicht Bescheid gesagt. Sein Herz rumpelte. Ihm stockte der Atem. Dann verließen ihn die Sinne.

* * *

Vor dem großen Kreuz ging er nieder und betete. Er

hoffte auf ein Zeichen seines Herrn, aber heute wollte ihm einfach keines erscheinen. Vielleicht lag das an der anstrengenden Nacht, die er hinter sich hatte. Es war alles andere als leicht gewesen, der Dirne die Sünden auszutreiben. Das Miststück hatte sich mit Händen und Füßen gewehrt. Ihm war sofort klar gewesen, dass der Teufel von ihrem Leib Besitz ergriffen hatte. Woher sollten auch sonst ihre drallen Brüste und der üppige Hintern stammen? Das Weib war von Gott nur erschaffen worden, um die Männer auf die Probe zu stellen. Er hatte gekämpft, vor allem mit seiner eigenen Lüsternheit. Es wäre so einfach gewesen, sich an ihr zu versündigen. Am Ende lag sie völlig wehrlos vor ihm auf dem Boden. Obwohl sie unrein war, hatte er sie begehrt. Immer noch ekelte er sich deswegen vor sich selbst. Vor diesen teuflischen Gefühlen, hinter denen nichts als das nackte Böse steckte. Der Grund, warum die Menschen aus dem Paradies vertrieben wurden.

Er atmete tief durch und betrachtete das Gerät, auf dem er der Hure ihre Sünden ausgetrieben hatte. Starke Balken und feste Riemen machten ein Entkommen unmöglich. Er berührte die Kurbel, die den Mechanismus in Gang setzte, der jedem Menschen die sündhaften Gedanken für immer aus dem Kopf verbannte. Stattdessen übernahm der Schmerz die Oberhand. Ein Schmerz, den Gott erschaffen hatte, um den Geist wieder zu klären. Ihn zu reinigen und vom Bösen zu befreien. Nur in einem solchen Zustand nahm der Herr die Seinen zu sich und empfing sie mit offenen Armen. Er hatte es am Ende in den Augen der Dirne gesehen. Die Sünderin war geläutert und auf dem Weg in den

Himmel. Er hoffte es für sie. Langsam und genüsslich drehte er an der Kurbel. Die Riemen strafften sich. Der Mechanismus zog an und mit ihm der Schmerz. Ein tiefes Stöhnen drang zu ihm herauf und er kurbelte ein bisschen weiter. Das Stöhnen verwandelte sich in einen gedämpften Schrei. Der Knebel saß gut. Er hatte ihn vorher überprüft. Niemand würde den Mann hören, der jetzt den Platz der Dirne eingenommen hatte. Er drehte weiter und der Mann auf der Streckbank stöhnte gequält. Die Augen quollen ihm fast aus dem Kopf. Die geschwollene Ader an seinem Hals pulsierte hektisch. Der Mann bettelte ihn mit glühenden Pupillen an. Doch das war ihm egal. Er diente nur dem Herrn, und der verlangte, dass er das Übel an der Wurzel anpackte.

Kraftvoll kurbelte er weiter. Die Gelenke des Mannes knirschten. Er hatte zuvor gar nicht gewusst, wie viele Geräusche ein Körper machte, wenn die Gliedmaßen gedehnt wurden. Etwas krachte grauenvoll. Schweißperlen rannen von der Stirn des Mannes, dessen Gesicht dunkelrot angelaufen war. Für einen kurzen Moment hielt er inne und betrachtete sein Werk. Der Körper auf der Streckbank hatte sich in eine Fratze des Schmerzes verwandelt. Er drehte weiter. Das Holz knarzte. Die Ader am Hals des Mannes schwoll bedrohlich an, so als würde sie gleich platzen. Doch darauf konnte er keine Rücksicht nehmen. Er kurbelte weiter und weiter und weiter ...

* * *

Bastian stand wie erstarrt vor dem Krötschenturm.

Ungläubig starrte er auf den Spalt zwischen Mauersteinen und Holzpforte. Jemand hatte sie aufgebrochen. Große Zacken säumten den Rand, wo sie mit Gewalt zerstört worden war. Bastian stürmte in den Turm. Im Erdgeschoss fand er niemanden. Er nahm die Treppe, mehrere Stufen auf einmal, und durchsuchte das Obergeschoss. Anschließend rannte er hinauf aufs Dach. Auch hier keine Menschenseele! Bastian fluchte. Die Metzgerbrüder Albrecht und Wulf, der Schneiderlehrling Hubert und der Schlosspförtner Conrad waren geflüchtet.

Wütend schnappte Bastian nach Luft. Eigentlich hatte er nach seinem Besuch bei Wernhart bloß einen kurzen Abstecher zum Turm machen wollen. Nie und nimmer hätte er gedacht, dass die Gefangenen es tatsächlich wagen würden, sich aus dem Krötschenturm zu befreien. Augenblicklich bereute er seine Gutmütigkeit. Er hatte auf die Vernunft der Männer gesetzt, doch spätestens mit Alwines Tod hätte er seine Einstellung ändern müssen. Jetzt war nicht nur die Frau des Wirtes tot, sondern es liefen vier mögliche Pestkranke durch die Stadt. Wenn er Pech hatte, verbreiteten sie die Seuche in Windeseile. Ihm graute vor den Folgen seiner Fehleinschätzung. Sein Magen fühlte sich an, als hätte er gerade ein paar Feldsteine verschluckt. Wutentbrannt rannte er die Treppe wieder hinunter. Ein paar Meter neben der Tür lag eine Axt. Damit hatten die Gefangenen sich offenbar befreit. Wie, verdammt, waren sie überhaupt an das Werkzeug gekommen? Seine Soldaten hatten die Männer mit Sicherheit durchsucht. Bei Conrad hatte er selbst zugesehen.

Zornig griff er die Axt und jagte mit ihr durch eine Gasse an der Stadtmauer entlang zum Rheinturm. Er suchte seine Soldaten, aber das Tor schien verlassen. Niemand bewachte es, und das, obwohl er klare Anweisungen erteilt hatte. Bastians Wut stieg ins Unermessliche. Er schwang die Axt in der Hand und hätte sie am liebsten in die Pforte des Turmes geschlagen. Doch im letzten Moment hielt er inne und atmete tief aus. Plötzlich hörte er aufgeregte Stimmen und zu seiner Erleichterung erblickte er Hugo und den zweiten Soldaten Peter, die er zur Wache am Rheinturm eingeteilt hatte. Die Männer standen in einiger Entfernung jenseits des Tores über irgendetwas gebeugt, das auf der Wiese lag.

Bastian eilte zu ihnen. Das Erste, was er sah, waren die nackten Füße einer Frau. Abrupt blieb er stehen. Sein Blick wanderte hinauf über grobes Leinen zu ihrem Gesicht. Er kannte dieses Weib. Ihre Augen blickten stumpf in den Sommerhimmel. Bastian musterte die verdrehten Arme, die neben ihrem Rumpf lagen, als gehörten sie gar nicht dazu. Er wandte sich ab, nur um sofort wieder hinzusehen. Henrike, die Hure, hatte ihr Leben ausgehaucht, und er erkannte auch, warum. Seine Kehle wurde eng. Er schluckte.

»Sie hat die Pest«, stieß er aus und schaute zu seinen Männern, die zitternd danebenstanden, unfähig, auch nur ein Wort zu sagen. Ihre blassen Gesichter sprachen Bände.

Bastian machte einen Satz rückwärts und hielt sich sein Leinentuch vor die Nase.

»Ihr rührt sie nicht an. Verstanden?«

Die Männer nickten eifrig.

»Ihr sorgt dafür, dass sich ihr niemand nähert, und deckt sie zu«, befahl Bastian und blickte Hugo eindringlich an. »Ich hole den Arzt. Er soll sich die Leiche anschauen.«

Bastian rannte in die Grünwaldstraße und klopfte gegen Josefs Tür.

»Josef, Josef«, rief er. »Macht auf. Ich brauche Euch sofort.«

Der Arzt öffnete und sah ihn überrascht an.

»Was ist los? Ihr seid doch eben erst gegangen?«

»Wir haben eine Tote vor dem Rheintor«, erzählte Bastian atemlos. »Sie hat ein paar dicke Pestbeulen am Hals. Wenn das so weitergeht, müssen wir die Stadttore für alle schließen.« Er schüttelte bedrückt den Kopf. »Die Männer aus dem Krötschenturm sind allesamt geflüchtet. Ich fürchte, der Schwarze Tod breitet sich längst unter uns aus.«

Josef Hesemanns Gesicht versteinerte sich. Einen Moment lang erwiderte er nichts. Dann winkte er Bastian zu sich ins Haus.

»Ich nehme meine Instrumente mit. Wir sollten die Leiche auf keinen Fall in die Stadt holen, sondern gleich dem Totengräber übergeben. Er soll sie außerhalb der Stadtmauern begraben.«

Josef steckte ein scharfes Messer und ein paar Tücher in seine Tasche. Schließlich öffnete er die Tür zum Innenhof. Die Türklinke in der Hand, hielt er mitten in der Bewegung an.

»Was um Himmels willen ...« Weiter sprach er nicht. Er stürzte in den Hof. Bastian eilte hinterher. Josef hockte sich vor einen Mann, der reglos in einer Blutlache lag.

»Balthasar?«, rief Bastian ungläubig. Was machte sein junger Stadtsoldat im Hof des Arztes? Allmählich wurde ihm alles zu viel. Zwei Pesttote, die tote Frau des Wirtes, die Flüchtigen aus dem Krötschenturm und nun auch noch ein ehemaliger Novize, der ihm offenkundig nicht gehorchte. Balthasar sollte heute das Porträt des Schöffen beenden. Dederich von Rockel zahlte einen Berg Gulden dafür und die Stadtwache musste ihre Kassen auffüllen.

»Kommt zu Euch, Bursche!« Josef schüttelte Balthasar und richtete ihn ein Stück auf.

Balthasar stöhnte mit geschlossenen Augen. Nur langsam kam er zu sich. Er öffnete die Lider und blickte wild umher. Als er das Blut zu seinen Füßen sah, geriet er in Panik und rappelte sich auf. Er schwankte und taumelte auf Bastian zu.

»Tief durchatmen«, befahl Bastian und griff Balthasar unter die Arme.

Josef Hesemann lächelte ein wenig mitleidig.

»Euer junger Soldat scheint mir kein Blut sehen zu können und auch keine Blutegel.«

Balthasar hob das rechte Bein. »Befreit mich von diesem Biest«, flehte er ängstlich. Er streckte die Hand nach einem Blutegel aus, einem besonders großen Exemplar, das länger als Bastians Hand war.

Josef hielt Balthasars Arm fest.

»Das geht leider nicht. Der Egel muss von alleine abfallen. Er hat sich festgebissen. Wenn du ihn jetzt rausreißt, bleiben seine Zähne in deiner Wade stecken.«

Balthasars Augen wurden so groß wie Mühlsteine. Angewidert betrachtete er den fetten braunen und vollgesogenen Wurm.

Der Anblick war nicht gerade schön, das musste Bastian zugeben.

»Es ist nur ein Blutegel«, sagte er und schlug Balthasar aufmunternd auf die Schulter. »Hast du noch nie einen gesehen?«

Der große Kehlkopf seines jungen Soldaten bewegte sich auffällig hoch und runter. Er schluckte ein paarmal und sah Bastian an.

»Ich habe Euch gesucht. Vor dem Rheintor liegt ein totes Weib. Sie hat die Pest.«

Von einem zum anderen Augenblick schien Balthasar sich wieder unter Kontrolle zu haben. Er griff Bastians Arm und wollte ihn zum Tor ziehen.

Doch Bastian blieb stehen.

»Immer mit der Ruhe«, entgegnete er. »Wir haben die Tote bereits gefunden. Josef begleitet mich gleich dorthin. Doch was hattest du hier überhaupt zu suchen? Solltest du nicht von Rockels Porträt fertigstellen?«

Balthasar senkte schuldbewusst das Haupt. »Ich ... ich hatte die Tote entdeckt und wollte Euch benachrichtigen. Euer Weib schickte mich hierher und dann sah ich den offenen Innenhof ...« Er murmelte noch etwas, das Bastian nicht mehr verstand, und verstummte schließlich.

»Nimm deine Malsachen mit«, erwiderte Bastian, während er überlegte, ob er Balthasar bestrafen sollte. »Du zeichnest jetzt zuerst die Pestbeulen. Josef braucht so viele Informationen wie möglich über die Pest.

Vielleicht findet er einen Weg, die Seuche zu überlisten.«

Bastian beschloss, Balthasar vorerst in Ruhe zu lassen. Der Bursche war noch jung, und er benötigte Zeit, um in sein neues Leben hineinzufinden. Außerdem hatte er momentan wichtigere Dinge zu tun. Henrikes Leichnam sollte schnellstmöglich unter die Erde und er musste die aus dem Krötschenturm Entkommenen wieder einfangen.

»Auf gehts«, sagte er.

Zu dritt passierten sie die Gasse an der Stadtmauer und den Rheinturm. Auf der Wiese vor der Stadtmauer hatte sich eine kleine Menschentraube gebildet. Hugo und Peter hatten alle Hände voll zu tun, die neugierigen Leute von der Toten fernzuhalten. Als der dickbäuchige Schmied versuchte, sich dem Leichnam zu nähern, hob Hugo drohend die Lanze.

Der Schmied stieß einen Fluch aus und machte einen Schritt zurück.

Als er Bastian erblickte, rief er: »Woran ist die Dirne verendet? Hat ein Freier sie gemeuchelt?«

Bastian baute sich vor ihm auf. »Woher wollt Ihr wissen, dass es eine Dirne ist?«

Der Schmied grinste. »Ihr Kleid schaut unter dem Tuch hervor. Ich kenne es. Das trug sie letzte Nacht.« Er zog die Augenbrauen in die Höhe und lachte anzüglich.

»Tretet beiseite«, erwiderte Bastian unwirsch und schob sich am Schmied vorbei. »Ich möchte, dass Ihr jetzt alle geht und Euch um Euer Tagewerk kümmert.« Er wedelte mit den Armen in der Luft, bis sich die Menschentraube langsam, wenn auch grollend, auflöste. Erst danach nahm er das Tuch von der Leiche und winkte Balthasar heran.

»Los, zeichne die Pestbeulen – und beeile dich. Ich will sie hier schnell wegschaffen.«

Balthasar kramte einen Kohlestift hervor und wickelte sich ein Tuch um Mund und Nase, bevor er zu zeichnen begann. Josef Hesemann, der ebenfalls ein Tuch trug, hatte sich direkt neben die Tote gehockt. Entsetzt stellte Bastian fest, dass der Arzt keine Handschuhe anhatte. Plötzlich legte er auch das Tuch ab und beugte sich dicht über das Gesicht der toten Frau.

»Wollt Ihr Euch anstecken?«, schrie Bastian und zog ihn an den Schultern von der Leiche weg.

Josef Hesemann schüttelte ihn ab und reagierte nicht auf seine Worte. Er schien völlig in Gedanken versunken zu sein.

»Ich muss etwas nachprüfen«, murmelte er schließlich und holte eine lange Nadel aus seiner Tasche. Er hockte sich wieder neben den Leichnam und stach mitten in eine große Pestbeule an dessen Hals. Eine dünne schwarze Flüssigkeit lief heraus und tropfte ins Gras.

Bastian verzog angewidert das Gesicht und drückte sein Tuch fester auf Nase und Mund.

Josef Hesemann schien mit seiner Untersuchung noch nicht fertig zu sein. Er schüttelte den Kopf und streckte den bloßen Finger aus, um ihn in die geöffnete Pestbeule zu stecken.

Balthasar stieß einen erschrockenen Schrei aus.

»Um Himmels willen, was tut Ihr da?«, rief Bastian

und wollte Josef gleich wieder von der Pesttoten wegreißen.

Doch Josef hob die Hand und brachte ihn mit dieser Geste zum Stehenbleiben. Bastian starrte ihn verständnislos an. Entsetzt sah er, wie sich dieser den Finger mit der schwarzen Flüssigkeit an der Kuppe in den Mund steckte. Ihm wurde übel und er wich unwillkürlich zurück. Der Teufel hatte das Böse nach Zons gebracht.

VIII

GEGENWART

Die Inhaberin des Modeunternehmens LS Fashion holte tief Luft. Für einen Augenblick wurde sie so blass, dass Oliver fürchtete, sie könne in Ohnmacht fallen. Doch sie fing sich wieder. Die schlanke Frau erhob sich aus ihrem Bürostuhl und deutete mit spitzen Fingern auf die Tatortfotos.

»Es handelt sich um Kleider der allerneuesten Kollektion. Sie ist so neu, dass sie noch geheim ist, und deshalb konnten Sie diese Stücke natürlich nicht in unserem Online-Shop finden.«

Oliver zeigte auf die ausgebreiteten Fotos. »Und wie kommen diese Kleider dann in den Martinsee bei Zons, verpackt in einem Koffer?«

Luise Steinfels setzte sich wieder und bedeckte die Augen mit den Händen. »Sie wurden mir gestohlen. Das ist nun schon zwei Wochen her.«

»Haben Sie den Diebstahl angezeigt?«, fragte Oliver und notierte sich ihre Angaben.

Steinfels schüttelte den Kopf und ließ die Hände

sinken. »Nein. Habe ich nicht. Ich wollte keinen großen Wind darum machen und habe einen Privatdetektiv beauftragt.«

»Einen Privatdetektiv?«, stieß Oliver aus. Er fasste es nicht. Hatte denn heutzutage niemand mehr Vertrauen in die Fähigkeiten der Polizei?

»Und? Hat dieser Detektiv etwas herausgefunden?«

Luise Steinfels schüttelte abermals den Kopf, ohne ihn dabei anzusehen.

»Bisher leider nicht. Diese Aktion war dumm von mir, oder?«, flüsterte sie erstickt. »Aber ich konnte ja nicht ahnen, dass Teile meiner Kollektion gleich bei der Kriminalpolizei landen.« Sie schob Oliver eine Visitenkarte über den Tisch.

»Hier, das sind der Name des Privatdetektivs und seine Kontaktdaten.«

Oliver steckte die Karte ein.

»Erzählen Sie mir doch bitte mehr über den Diebstahl. Können Sie den Vorfall eventuell zeitlich eingrenzen und haben Sie vielleicht einen konkreten Verdacht?«

Luise Steinfels goss sich Wasser aus einer Karaffe ein. Nachdem sie Oliver ebenfalls ein Glas angeboten hatte, begann sie zu berichten: »Vor ungefähr zwei Wochen habe ich eine große Party in meinem Haus in Meerbusch veranstaltet. Es kamen zahlreiche Gäste aus der Modebranche. Designer, Models, Fotografen und jede Menge andere Leute, die mit der Branche zu tun haben. Zwei Tage später fiel mir auf, dass fünf Kleider fehlten. Meine Haushaltshilfe hat alles auf den Kopf gestellt, sie aber nirgendwo gefunden. Die Kollektion besteht aus zwanzig einzigartigen Stücken. Warum ausgerechnet diese fünf gestohlen wurden, kann ich mir nicht erklären.«

»Und wo haben Sie diese Kollektion aufbewahrt? Hatten die Gäste Ihrer Party dort so einfach Zutritt?«

»Nein, natürlich nicht. Mein Atelier befindet sich im Dachboden und ist eigentlich abgeschlossen. Aber es ist auch nicht schwer, sich den Schlüssel aus der Schale zu nehmen.« Steinfels öffnete die Handflächen nach oben. »Ehrlich gesagt ist es in unserer Branche unvorstellbar, dass geklaut wird. Ja, man schaut sich andere Designs an und lässt sich hie und da inspirieren, doch Teile der Kollektion zu stehlen, das bringt nichts.«

»Wieso nicht?«, fragte Oliver.

»Weil das sofort eine Klage nach sich zieht. Der Dieb würde sozusagen keine zehn Meter weit kommen, falls er versucht, das Design auf dem Markt zu verkaufen. Mein Privatdetektiv hat Läden, Messen und das halbe Internet nach den Kleidern durchkämmt, aber absolut nichts gefunden.« Luise Steinfels seufzte. »Konnte er ja auch nicht, da jemand meine Kollektion auf dem Grund eines Sees versenkt hat.«

Oliver nickte nachdenklich. Der Diebstahl ergab auf den ersten Blick tatsächlich überhaupt keinen Sinn.

»Haben Sie einen konkreten Verdacht?«

»Nein, habe ich nicht, und ich schwöre Ihnen, dass ich jedem möglichen Verdächtigen auf alle Fälle kräftig die Ohren langgezogen hätte. Niemals würde eine solche Person wieder in unserer Branche Fuß fassen können. Dafür sorge ich höchstpersönlich.«

Steinfels schleuderte ihre letzten Worte mit solcher

Wut hinaus, dass Oliver keinen Zweifel an ihnen hegte. Mit dieser Frau legte man sich besser nicht an.

»Wann sollte die neue Kollektion denn präsentiert werden?«

»Das ist auch geheim«, flüsterte Steinfels und lehnte sich zu Oliver vor. »Es gibt einen Stufenplan. Früher hat man einfach ein paar Models auf den Laufsteg geschickt. Heutzutage muss man sich ein wenig mehr einfallen lassen. Wir haben ein Multiplikatorenkonzept ausgearbeitet. Das bedeutet, wir arbeiten mit einflussreichen Influencern zusammen. Der Laufsteg ist nur noch Beigabe.«

»Verstehe«, sagte Oliver. »Könnten Sie mir trotz allem eine Liste mit Ihren Partygästen geben? Ich möchte gerne jedem Hinweis nachgehen.«

»Natürlich«, entgegnete Luise Steinfels und griff zum Telefon. Sie beauftragte ihren Assistenten mit dem Ausdrucken der Liste und legte wieder auf. »Fahnden Sie denn jetzt nach dem Dieb?«

Oliver schüttelte den Kopf. »Nein. Ich kläre einen Mordfall auf, und in diesem Zusammenhang muss ich Sie bitten, sich ein weiteres Foto anzusehen.« Oliver holte langsam ein Foto der Toten aus dem See aus der Tasche. »Es sieht ziemlich schlimm aus. Ich muss aber dringend wissen, ob Sie diese Frau kennen.«

Luise Steinfels riss die Augen schon auf, bevor Oliver ihr das Foto überhaupt gegeben hatte.

»Ein Mordfall? Meine Kollektion soll in einen Mordfall verwickelt sein? Warum haben Sie das denn nicht gleich gesagt?« Sie wurde kreidebleich. »Ich muss Ihnen sagen, ich kann überhaupt kein Blut sehen.«

»Schon gut«, entgegnete Oliver sanft. »Die Tote hat keine äußeren Verletzungen, allerdings hat sie länger im See gelegen und ist deshalb sehr stark verwest. Unser Spezialist hat mit einem Computerprogramm das ursprüngliche Gesicht so gut wie möglich wiederhergestellt. Doch der Anblick ist für einen Laien sicherlich immer noch erschreckend.« Vorsichtig schob er das Foto über den Tisch.

Steinfels starrte wortlos darauf. Aus ihrer regungslosen Mimik konnte Oliver absolut nicht lesen, ob sie die Tote erkannte oder nicht. Geduldig wartete er auf eine Antwort und versuchte, nicht mit den Fingerspitzen auf die gläserne Tischplatte zu klopfen.

Nach einer Weile regte sich Luise Steinfels, schweigend ging sie zu einem mannshohen Regal an der gegenüberliegenden Wand. Sie nahm einen roten Ordner heraus und blätterte darin. Dann kehrte sie um und legte ihn vor Oliver auf den Tisch.

»Es könnte Lara sein«, sagte sie mit belegter Stimme und ging um den Schreibtisch herum, um sich wieder zu setzen. Das Foto der Toten schob sie von sich.

Oliver musterte die hübsche, junge Frau, von der sich mehrere Fotos auf der aufgeschlagenen Seite befanden. Daneben standen Angaben zu Größe, Alter und Gewicht. Die Ähnlichkeit zu der Toten war verblüffend. Die Körpergröße passte, das angegebene Alter mit zweiundzwanzig ebenfalls.

»Das könnte sie sein. Ich überprüfe das sofort. Wann haben Sie sie zuletzt gesehen?«

»Auf meiner Party, aber ich hoffe ganz ehrlich, dass es nicht Lara ist. Sie ist eines meiner besten Models. Sie läuft seit drei Jahren für mich und ich mag sie wirklich sehr gern.« Luise Steinfels knetete nervös die Hände. Immerhin hatte sie die Kleider jetzt komplett vergessen.

»Haben Sie ihre Handynummer?«

Luise Steinfels nickte.

»Dann rufen Sie bitte bei ihr an. Vielleicht irren wir uns und sie hebt ab«, bat Oliver und wartete, bis Steinfels die Nummer in ihr Telefon eingetippt hatte. Es klingelte so laut, dass er es hören konnte.

Ein Mal, zwei Mal … fünf Mal. Die Mailbox sprang an. Luise Steinfels blickte ihn besorgt an und legte auf.

»Ich danke Ihnen für Ihre Auskünfte«, sagte Oliver, er hatte es plötzlich eilig und fotografierte die Seite des Ordners mit seinem Handy ab. Zum Abschied reichte er Luise Steinfels die Hand.

»Sollte Ihnen noch etwas einfallen, rufen Sie mich bitte an. Ich gebe Ihnen so schnell wie möglich Bescheid, ob es sich um Lara Hübner handelt.«

* * *

Ein Jahr und acht Monate zuvor

Sie drehte sich vor dem Spiegel und verzog das Gesicht. Das Kleid saß nicht so, wie sie es sich vorgestellt hatte. Sie verlagerte ihr Gewicht auf das rechte Bein und streckte die Hüfte raus.

»Du bist fett«, sagte sie zu ihrem Spiegelbild. So würde nie etwas aus ihr werden. Ihre Maße sprengten jede Toleranzgrenze. Wahrscheinlich warf ihr Catwalk-

Trainer sie schneller aus dem Programm, als sie bis drei zählen konnte. Sie musterte sich kritisch, ging ganz nah an den Spiegel heran und nahm eine Haarsträhne zwischen die Fingerspitzen.

»Zu fettig«, murmelte sie und schüttelte missmutig den Kopf. Erst am Morgen hatte sie Ewigkeiten unter der Dusche verbracht. Der neue Conditioner hielt jedenfalls nicht, was er versprach. Sie ließ die Strähne los und betrachtete ihre Fingernägel. Eine Rille entstellte den ansonsten makellosen Nagel. Sie hasste diesen Anblick, aber wenigstens konnte sie dieses Problem mit Nagellack beheben. Die Haare würde sie ebenfalls noch in den Griff bekommen, doch ihr Gewicht, das verringerte sich nicht über Nacht. Selbst wenn sie die nächsten vierundzwanzig Stunden kein Essen anrührte, würde die Waage ihr nicht den Gefallen tun und weniger anzeigen.

»So ein Mist«, fluchte sie und zog das Kleid aus.

Offenbar hatte sie zu laut geschimpft. Die Zimmertür öffnete sich und ihr Vater warf einen Blick hinein.

»Alles in Ordnung?«, fragte er besorgt.

So besorgt, dass sie auf der Stelle wütend wurde. Hatte sie denn nicht schon genug Probleme?

»Du stalkst mich! Das ist eine Straftat«, stieß sie heftiger aus, als sie eigentlich vorgehabt hatte.

Die Augen ihres Vaters verdunkelten sich. Er machte den Mund auf, sagte jedoch nichts. Wenigstens zog er sich zurück und schloss die Tür wieder.

Sie seufzte und betrachtete sich erneut im Spiegel. Verdammt! Ohne das Kleid sah sie noch schlimmer aus.

Über ihren Hüften hatte sich Fett angesammelt. Die Rundungen konnte nicht einmal ein Blinder übersehen. Ihr Trainer würde sie hassen. Sie hatte ihm versichert, das Gewicht zu halten, und was war jetzt? Verflucht noch mal! Dabei riss sie sich wirklich zusammen, zählte jede Kalorie, hungerte, verzichtete auf Süßes ... Die Liste könnte sie endlos fortführen.

Sie konnte nicht anders. Nichts schien zu helfen. Dies war ein Notfall. Sie stürmte in die Toilette und verschloss die Tür. Anschließend steckte sie sich den Finger so tief in den Hals, wie es ging. Sie würgte, versuchte aber, so leise wie möglich zu sein. Ihr Vater würde sonst die Tür aufbrechen. Dann könnte sie einpacken. Er würde sie nie wieder zum Catwalk-Training lassen und ihr Leben wäre vorbei.

Sie kitzelte den Gaumen mit der Fingerspitze, weil einfach nichts passierte. Sie würgte erneut, aber das Mittagessen blieb drin. Es war ohnehin nicht viel gewesen. Doch jetzt ging es um jedes verdammte Gramm. Sie drückte sich die Faust in den Magen und schob sich abermals den Finger tief in den Hals.

Endlich.

Flüssiger Brei schoss ihr die Speiseröhre herauf. Er schmeckte bitter. Trotzdem war es wunderbar. Danach setzte sie sich erleichtert auf den Klodeckel und fühlte sich wie neugeboren.

* * *

Mira schlürfte an ihrem Cappuccino, wobei sie ununterbrochen auf ihr Handy starrte. Es sah Kim überhaupt nicht ähnlich, so lange offline zu sein. In der Messaging-App konnte sie sehen, wann sich Kim zum letzten Mal eingeloggt hatte. Ob sie ihr böse war, weil sie gestern Abend nicht mehr mit ihr geredet hatte und stattdessen einfach in ihrem Zimmer verschwunden war?

Mira seufzte. Verständlich wäre es. Andererseits gehörte Kim nicht zu den nachtragenden Menschen. Sie hätte es sicherlich auch verstanden, wenn sie sich nach ihrer Reise erst einmal ausruhen wollte. Im Gegensatz zu ihr war Kim der reinste Sonnenschein. Und selbst wenn sie sauer wäre, warum ging sie nicht mehr online? Kim tauschte sich vermutlich mit Hunderten Kontakten regelmäßig aus. Das brachte ihre Tätigkeit als Influencerin so mit sich.

Mira trank einen Schluck von ihrem Cappuccino und fragte sich, ob Kim vielleicht noch in ihrer Präsentation bei LS Fashion steckte. Sie sah auf die Uhr und schüttelte unwillkürlich den Kopf. Es war schon kurz nach zwölf. Sollte die Präsentation tatsächlich mehrere Stunden dauern? Unsicher rührte sie mit dem Löffel im Milchschaum und leckte ihn ab.

Und was, wenn Kim ganz woanders steckte? Der Eintrag in ihrem Terminkalender musste ja nicht aktuell sein. Vielleicht war Kim auch etwas dazwischengekommen. Aber was? Mira hielt es plötzlich nicht länger aus. Sie leerte die Kaffeetasse und legte ein paar Münzen auf den Tisch. Beunruhigt verließ sie das Café und versuchte im Gehen wiederholt, Kim zu erreichen. Doch jedes Mal Fehlanzeige.

Mira beschleunigte ihre Schritte und erreichte nach ungefähr zehn Minuten das Gebäude von LS Fashion.

Hinter der großen Glastür konnte sie niemanden mehr sehen. Der Empfangsbereich wirkte wie leer gefegt. Verdutzt drückte sie die Klinke hinunter. Es war abgeschlossen. Merkwürdig, sie war doch erst vor einer Stunde hier gewesen. Über der Klingel hing eine Kamera. Mira sah ein rotes Licht aufleuchten, als sie schellte, trotzdem passierte nichts. Sie wartete eine Weile ab und wollte gerade gehen, als die Empfangsdame zur Tür gehuscht kam und sie einen Spalt öffnete.

»Wir haben heute eine interne Veranstaltung. Kann ich Ihnen helfen?«

»Ja, ich suche meine Freundin Kim Leidinger, ist sie da?«

Die Frau schüttelte den Kopf. »Nein. Es sind nur noch Mitarbeiter hier. Wie gesagt, wir haben jetzt ein internes Meeting.«

»Aber Kim hatte heute Morgen einen Termin bei Ihnen.«

Die Empfangsdame zuckte mit den Schultern. »Das kann sein. Leider kann ich jetzt nicht mehr nachsehen, weil ich den Computer schon heruntergefahren habe. Fragen Sie doch bitte morgen wieder nach.«

Mira wandte sich ab und machte sich unentschlossen auf den Rückweg.

Als sie wieder in der Wohnung stand, war Kim immer noch nicht da. Sie überprüfte ein weiteres Mal das Handy. Keine Nachrichten, weder von Kim und auch nicht von Fabian. Nachdenklich betrat sie Kims Zimmer und schaute sich um. Sie nahm Kims Laptop und klappte ihn auf. Sofort öffnete sich Kims Facebook-Profil, das über hundert neue Mitteilungen anzeigte.

Tolles Video letzte Nacht, danke für die Tipps, werde ich gleich mal ausprobieren – oder: *Hey, du siehst super aus. Mach weiter so.*

Das waren nur zwei Nachrichten, die Mira las. War Kim also doch online gewesen, während sie nebenan geschlafen hatte? Sie fand keinen Kommentar von ihr, aber im Verlauf konnte sie sehen, dass Kim die Profilseite von Fabian besucht hatte. Misstrauisch studierte sie Fabians Einträge und ärgerte sich auf der Stelle, als sie seinen Beziehungsstatus las: *Single*. Wie kindisch stellte er sich plötzlich bloß an? Hatte er nichts Besseres zu tun? Zum Beispiel persönlich mit ihr zu reden? Sie hatte schließlich ihr Leben mit ihm geteilt und all ihre Hoffnungen auf ihn gesetzt. Sie hatte ein Recht darauf, seine Beweggründe zu erfahren. Doch warum hatte sich Kim sein Profil angeschaut? Sie klickte auf den Messenger und las wie durch einen Schleier die letzten Nachrichten.

Kim hatte Fabian angeschrieben. Mira spürte, wie ihr gleichzeitig heiß und kalt wurde, als sie feststellte, dass Fabian sich offenbar mit Kim in der Wohnung getroffen hatte. Zu dieser Uhrzeit war sie unterwegs zum Bahnhof oder wartete gerade auf den Zug nach Paris.

Und jetzt waren beide wie vom Erdboden verschluckt.

Eine böse Vorahnung befiel Mira. Sie wählte auf der Stelle Fabians Nummer.

Natürlich hob er nicht ab. Genauso wenig wie Kim.

Mira hatte endgültig die Nase voll. Das würde sie sich nicht länger gefallen lassen.

* * *

»Das hätte ich nicht vermutet«, platzte es aus Klaus heraus. »Verdammt, Oliver. Echt gute Arbeit.« Er klopfte ihm kräftig auf die Schulter, ging dann um seinen Schreibtisch herum und setzte sich. Er gähnte theatralisch. »Ich habe den halben Tag damit verbracht, die Mitglieder des Anglervereins zu befragen. Ehrlich gesagt war ein Gespräch nutzloser als das andere. Es bleibt bei unserer bisherigen Erkenntnis, dass sich jeder zum See Zutritt verschaffen kann und dass es vermutlich keine Zeugen für einen Mord gibt.«

Oliver setzte sich zu ihm auf die Schreibtischkante. »Sind die Taucher wieder am Werk?«

Klaus seufzte. »Ja, doch bisher haben sie nichts weiter gefunden. Wir haben den Finger, aber keine Leiche. Der DNS-Abgleich hat übrigens in sämtlichen Datenbanken keinen Treffer ergeben. Welcher Person auch immer dieser Finger gehört, sie ist polizeilich noch nie in Erscheinung getreten.«

Klaus nahm ein Foto von Lara Hübner in die Hand.

»Verdammt. Das ist echt fürchterlich, so eine hübsche junge Frau. Wer um Himmels willen tut so etwas?« Er blickte zu Oliver hoch. »Hast du dir schon den Obduktionsbericht angesehen? Da steht drin, dass sie höchstwahrscheinlich verdurstet ist.«

Oliver erhob sich und ging zum Whiteboard, um den Namen des Opfers daraufzuschreiben.

»Ja, ich habe den Bericht gelesen. Außerdem wurden keine Abwehrspuren gefunden. Das ist wirklich schwer vorstellbar. Warum hat sie sich denn nicht gewehrt?«

Klaus rieb sich nachdenklich die Schläfen. »Das habe ich mich auch schon etliche Male gefragt. Keine Ahnung. Ich wäre allerdings auch nie darauf gekommen, dass die Kleider aus dem See etwas mit der Toten zu tun haben. Immerhin kennen wir deshalb jetzt höchstwahrscheinlich die Identität der Toten. Meinst du, sie hat die Sachen von der Party gestohlen?«

»Möglich wäre es.« Oliver malte ein Fragezeichen neben das Wort *Kleider* auf die Tafel. »Junge Frauen sind doch immer hinter der neuesten Mode her. Vielleicht haben sie ihr so gefallen, dass sie die Kleider mitgehen ließ.«

Klaus rutschte auf seinem Stuhl nach vorn und verschränkte die Finger ineinander. »Da stiehlt jemand deine neueste Kollektion. Verrät sie womöglich sogar an die Konkurrenz. Das kann einen schon ganz schön wütend machen, oder? Doch wie weit würde man gehen? Tötet man deswegen?«

Oliver überlegte, wozu Luise Steinfels, die ein sehr erfolgreiches Modeunternehmen leitete, imstande wäre, um ihr Business zu schützen. Die Modebranche war knallhart, das wusste jeder. Er traute Luise Steinfels eine Menge zu. Doch wäre sie in der Lage, einen Mord zu begehen? Die Inhaberin von LS Fashion war groß und sportlich. Außerdem hatte sie einen eisernen Willen. Dennoch erschien sie ihm nicht wie jemand, der zu einem Mord fähig war.

»Okay, wir sehen uns die Frau trotzdem genauer an«, sagte Oliver und heftete ein Foto von ihr an das Whiteboard.

»Bin schon dabei«, erklärte Klaus und rief die

Website von LS Fashion auf. »Die wirkt ja tatsächlich unheimlich tough.«

Oliver erwiderte nichts. Sein Telefon klingelte, und er beeilte sich, ranzugehen.

»Bergmann hier«, brummte er, während er die Augen weiter auf dem Whiteboard ruhen ließ.

»Hier ist Dennis Rössner«, hörte er. »Wir sind mit unseren Tauchgängen fertig. Im gesamten Martinsee haben wir keine Leiche oder weitere Körperteile entdeckt.«

Oliver atmete erleichtert auf. Allerdings würde es ohne Leiche sehr viel schwieriger werden, den Finger zu identifizieren. Vielleicht sollten sie in den umliegenden Krankenhäusern nach derartigen Verletzungen forschen.

»Haben Sie sonst etwas gefunden?«, fragte er und kritzelte auf einen Schreibblock. »Ich meine, weitere Koffer oder irgendetwas, das uns weiterhelfen könnte?«

»Leider nein. Keine Kleidungsstücke, keine Schuhe. Nichts, was auch nur annähernd nach Beweismaterial aussah. Tut mir leid.«

Oliver bedankte sich und legte auf.

Klaus starrte weiterhin gebannt auf seinen Bildschirm.

»Was schaust du da? Das muss ja interessant sein«, fragte Oliver. »Die Taucher haben alles abgesucht. Nichts.«

Klaus sah nicht auf. »Ich sehe mir eine Modenschau an. Lara Hübner war echt ein verdammt hübsches Model.«

»Wir wissen doch noch nicht mal mit Sicherheit, ob

sie überhaupt das Opfer ist«, entgegnete Oliver und warf Klaus ein zusammengeknülltes Stück Papier an den Kopf. »Hast du eigentlich nichts Besseres zu tun, als Frauen hinterherzuhecheln?«

Jetzt sah Klaus auf. Er presste beleidigt die Lippen aufeinander. »Ich bin kein alter geifernder Mann, wenn du das meinst. Liest du denn deine Nachrichten nicht? Die Rechtsmedizin hat die Identität gerade bestätigt. Lara Hübner wurde vor zehn Tagen als vermisst gemeldet. Vielleicht übernimmst du ja den Besuch bei ihren Eltern.« Klaus hob das zerknüllte Papier auf und schleuderte es schwungvoll zurück.

Oliver fing die Kugel auf. »Tut mir leid, Kumpel«, murmelte er. »War nicht so gemeint.«

»Schon gut«, knurrte Klaus. »Das hier musst du dir ansehen. Entweder meine Augen spielen mir einen Streich oder ich kenne diesen Typen.«

»Welchen Typen?«, fragte Oliver und ging um den Schreibtisch herum zu Klaus.

Auf dem Bildschirm liefen eine Reihe langbeiniger Frauen über den Laufsteg. Er konnte keinen Mann erkennen.

Klaus pausierte das Video und tippte auf ein Gesicht in der Zuschauermenge. Der Mann saß in der zweiten Reihe.

Oliver musterte ihn und dann machte es klick.

»Das ist doch unser Zeuge vom Anglerverein«, stieß er überrascht aus. »Wie hieß der doch gleich?«

Klaus zog bedeutungsvoll die Augenbrauen in die Höhe. »Marcel Diekhoff, und der Kerl wollte uns ernsthaft weismachen, er würde Lara Hübner nicht kennen.«

IX

VOR FÜNFHUNDERT JAHREN

»Seid Ihr völlig von Sinnen? Wollt Ihr sterben?«, fragte Bastian entgeistert, hielt aber weiterhin gebührenden Abstand zu Josef Hesemann.

Der Arzt schüttelte den Kopf und streckte seinen Zeigefinger nach ihm aus.

Bastian machte angewidert einen Satz rückwärts und schob das Leinentuch erneut vor Nase und Mund.

»Mein lieber Bastian, Ihr müsst Euch nicht fürchten. Vertraut mir und schaut genau hin«, bat Josef, wobei er ihm aufmunternd zunickte.

Bastian zögerte, trat dann jedoch an den Arzt heran. Er betrachtete Josefs schwarze Fingerkuppe und rümpfte die Nase.

»Ich sehe den Schwarzen Tod auf Eurer Haut«, sagte er. »Warum tut Ihr das?«

Josef seufzte. »Ihr lasst Euch von Eurer Angst leiten, nicht von Eurem Verstand. Seht Ihr, wie bläulich diese Flüssigkeit schimmert und wie sie auf meinem Finger haftet? Woran erinnert Euch das?«

Bastian überlegte. Er starrte dabei unentwegt auf Josefs Finger.

»Es sieht aus wie Tinte«, erwiderte er nach einer Weile.

Josef strahlte. »Ein Segen, die Vernunft hat Euch noch nicht verlassen. Diese Frau ist nicht dem Schwarzen Tod zum Opfer gefallen. Jemand hat ihr Tinte unter die Haut verbracht.« Er ging wieder in die Hocke und deutete auf eine Stelle mitten auf einer noch intakten Pestbeule. »Erkennt Ihr den Einstich hier?«

»Lieber Himmel, ja. Ich sehe ihn ganz deutlich«, stieß Bastian überrascht aus. »Aber wer in Gottes Namen tut so etwas und warum?«

»Das kann ich Euch nicht beantworten«, entgegnete Josef und schnitt die scheinbare Beule vorsichtig auf. Sofort ergoss sich eine dunkle Flüssigkeit über das Leinentuch, das er darunterhielt. »Die Tinte wurde jedenfalls mit Erde vermischt.« Er nahm einen Tropfen der Flüssigkeit zwischen Daumen und Zeigefinger und zerrieb sie langsam.

»Und wie hat jemand das Ganze unter die Haut bekommen?«, fragte Bastian, den bei diesem Gedanken die Übelkeit beschlich. Er ekelte sich bei der Vorstellung, etwas Fremdes im eigenen Körper zu haben. Er verband sie mit dem Teufel, der ebenfalls von manchen Menschen Besitz ergriff und mühsam wieder ausgetrieben werden musste.

»Ich vermute ein dünnes Röhrchen verbunden mit einer Schweins-Harnblase. Ähnlich wie ein Klistier, das ich für einen Darmeinlauf oder zur Blasenspülung benutze. Das Röhrchen muss nur ein wenig dünner sein.«

Bastian nickte nachdenklich. »Und woran ist sie gestorben? Ihre Glieder erscheinen mir merkwürdig verrenkt. Findet Ihr nicht auch?«

»Der rechte Arm ist ausgerenkt, die Hand verdreht. Vielleicht ist sie gestürzt?« Josef Hesemann schob Henrikes rechten Ärmel hoch und betrachtete ihre Haut. Schließlich schüttelte er den Kopf. »Also hingefallen ist sie nicht. Aber sie wurde gefesselt.« Der Arzt schaute sich den linken Arm an und auch die Fußgelenke.

»Ich erkenne Fesselmale an Hand- und Fußgelenken.« Er blickte Bastian durchdringend an. »Schätze, ein Freier hat ihr so zugesetzt. Andererseits ...« Er fuhr sich nachdenklich durchs Haar. »Warum hätte ein Freier ihre Haut mit Tinte malträtiert?«

Bastian überlief es eiskalt. Er kannte Henrike seit Jahren. Sie war früh zur Witwe geworden. Niemand hatte später um ihre Hand angehalten. Die Familie war mittellos und so hatte das Schicksal seinen Lauf genommen. Dem armen Mädchen war scheinbar nichts anderes übrig geblieben, als seinen Körper zu verkaufen. Bastian hasste es, wenn die Leute schlecht über sie sprachen.

»Falls der Schmied ihr das angetan hat, nehme ich ihn mir vor«, brummte er und studierte die tiefen Einschnitte in Henrikes Haut.

»Ich möchte sie nicht vor aller Welt entkleiden«, erklärte Josef und erhob sich. »Wir sollten sie zu mir in den Hof bringen. Dann beschaue ich mir ihren Leichnam noch einmal gründlich.«

Bastian winkte die beiden Stadtsoldaten, die in einiger Entfernung warteten, heran und befahl ihnen, einen Karren zu besorgen.

»Ich kümmere mich derweil um die entflohenen Männer aus dem Krötschenturm«, sagte er und wollte sich verabschieden.

Doch Josef hielt ihn auf.

»Ich fürchte, wir sollten vorher noch etwas anderes tun.«

Bastian verstand nicht, worauf der Arzt hinauswollte. »Was denn?«, fragte er stirnrunzelnd.

»Wir müssen den Wirt wieder ausgraben«, sagte Josef. Bastian sah ihn an und erstarrte.

* * *

Balthasars Fingers zitterten. Das lag nicht an der kühleren Luft, die der frühsommerliche Abend mit sich brachte. Es lag an dem, was seine Augen sahen, und an der Schaufel in seiner Hand. Er hasste Friedhöfe. Der Tod war für ihn viel zu endgültig, auch wenn er bedeutete, zurück in Gottes Schoß zu kehren. Balthasar hatte zwei Brüder und eine Schwester im Kindesalter verloren. Es war nicht außergewöhnlich, dass Kinder starben. Im Kloster hatte er ebenfalls mit ansehen müssen, wie einige Novizen aus dem Leben gerissen wurden. Sein Herz krampfte sich zusammen, wenn er sich erinnerte. Und hier auf diesem Pestfriedhof ein wenig außerhalb der Stadtmauern einen

Leichnam aus der Erde zu graben, kam ihm vor wie Verrat. Verrat an Gott. Niemand sollte die Totenruhe stören. Der arme Wirt tat ihm fürchterlich leid. Was, wenn Gott ihn nun an der Pforte zum Himmelreich abwies, weil seine Gebeine der Erde entrissen wurden? Und er trüge Mitschuld daran. Er und Bastian sowie Hugo und Peter.

»Nun mach schon weiter.« Hugo hieb ihm kräftig auf die Schulter.

Balthasar konnte ihn nicht leiden. Nicht nur, dass er grob wie ein Klotz war und keinen Sinn für die Schönheit besaß. Der Mann stank, als hätte er noch nie einen Wasserbottich gesehen. Balthasar rümpfte die Nase und bemühte sich, nicht auf Hugos verfaulte Zähne zu starren. Er umklammerte die Schaufel fester und rammte sie in die Erde. Er grub und grub, bis die Schaufel schließlich auf den Sarg stieß. Sie hievten ihn gemeinsam hoch und stellten ihn neben der Grube ab.

Hugo drängte ihn beiseite und hebelte den Deckel auf. Ein ekelerregender Gestank flog ihnen entgegen.

Balthasar schwankte und drehte sich weg. Den anderen schien der Verwesungsgeruch nichts auszumachen. Josef Hesemann ging vor dem Sarg in die Knie und betrachtete den Leichnam in aller Seelenruhe. Er holte ein Messer aus der Tasche und schnitt eine Pestbeule auf. Wieder trug er weder Handschuhe noch vor dem Mund ein Leinentuch zum Schutz. Das hätte Balthasar nie fertiggebracht. Seine Angst vor der Pest war viel zu groß. Woher wollte der Arzt überhaupt wissen, ob er auch dieses Mal richtiglag? Wer war schon so verrückt und benutzte Tinte, um sie in die Irre zu führen?

Fast den ganzen Weg hierher hatte Bastian Mühlenberg gerätselt, was es mit den falschen Pestbeulen auf sich haben könnte. Hatte jemand die Hure ermordet und wollte diese Tat mit der Krankheit vertuschen? Hätte Josef Hesemann nicht so genau hingeschaut, wäre es leicht gelungen. Balthasar war selbst bei dem Anblick der toten Dirne überzeugt davon gewesen, dass der Schwarze Tod sie geholt hatte. Er spürte noch immer die Angst in seinen Knochen, die ihn in dem Moment überwältigt hatte, als er sie entdeckte. Seine Knie waren seitdem weich wie Butter. Und der tote Wirt sah keinen Deut besser aus. Balthasar machte dennoch mutig einen kleinen Schritt nach vorn. Aus der Wunde rann dunkle Flüssigkeit. Der Arzt steckte den Finger hinein, zog ihn wieder heraus und roch daran. Er verzog das Gesicht. Kein Wunder, die Leiche sah ziemlich mitgenommen aus. Die Haut des Wirtes war bräunlich verfärbt. Seine Gliedmaßen merkwürdig verkrümmt. Die Haare standen stumpf in alle Richtungen ab. Fliegen stoben um den Leichnam. Sie setzten sich mit ihren fetten, schwarzen Beinen auf den aufgequollenen Leib, so als wären sie Satan persönlich. Balthasar wandte sich erneut ab.

»Dieser Mann hat ebenfalls keine Pestbeulen, jedenfalls keine echten«, erklärte der Arzt nach einer Weile und erhob sich. »Wer auch immer das getan hat, er wollte uns die Pest nur vortäuschen.«

Bastian Mühlenberg nickte nachdenklich. »Aber aus welchem Grund? Und was hat der Wirt mit der Hure zu schaffen? Hatten die beiden vielleicht einen gemeinsamen Kunden, der sich für irgendetwas an ihnen rächen wollte?«

»Dann hätte er die beiden doch einfach erschlagen können«, murmelte Hugo und hob dabei seine Schaufel in die Höhe.

»Auf Mord steht der Galgen, du Dummkopf«, entgegnete Bastian. »Der Täter ist jedenfalls nicht auf den Kopf gefallen. Ansonsten wäre ihm eine solche Täuschung sicherlich nicht in den Sinn gekommen. Er hat uns geschickt auf eine falsche Fährte gelockt und wäre beinahe damit davongekommen.«

»Also wenn ich etwas sagen dürfte«, hob Peter mit feuerrotem Gesicht an. »Also ich kenne Henrike.« Er kratzte sich auffällig am Kopf und blickte sich unsicher um. »Ich habe in der letzten Woche ihre Dienste in Anspruch genommen.«

Hugo lachte laut auf. »Du? Du trinkst doch noch Muttermilch, Bursche!« Er schüttelte ihn grob. »Woher hast du denn das Geld übrig?«

Peter senkte den Blick und nagte stumm an seiner Unterlippe.

Bastian gebot Hugo mit einer Handbewegung zu schweigen.

Sofort erstarrte Hugos Gesicht und er rührte sich nicht mehr.

Balthasar bewunderte Bastian für seine Stärke. Er wünschte, er hätte sein Leben ebenso im Griff.

»Warum erzählt Ihr uns das? Ist Euch etwas aufgefallen?« Bastian musterte Peter durchdringend.

Balthasar spürte, wie sein Herz auf der Stelle schneller schlug, obwohl er gar nicht angesprochen war.

Peter zappelte mit den Beinen. »Ich habe den Wirt gesehen. Er kam aus ihrem Zimmer, kurz bevor ich hineinging.«

»Wusste ich es doch«, sagte Bastian und rieb sich zufrieden die Hände. »Es gibt also eine Verbindung zwischen den beiden. Jetzt fehlt uns nur noch das Bindeglied zu ihrem Mörder. Weshalb tötet man eine Hure und einen Wirt?« Bastian dachte offenbar angestrengt nach. Auf seiner Stirn erschien eine tiefe Falte, während er vor dem Leichnam auf und ab schritt.

Balthasar überlegte ebenfalls, aber er hatte keine Idee. Viele Männer gingen ins Freudenhaus, um ihrer Lust zu frönen. Er verabscheute dieses Verhalten, wusste jedoch, dass es vielerorts hingenommen wurde. Dass der Wirt, obwohl er verheiratet war, die Dienste einer Hure in Anspruch nahm, würde ihn mit Sicherheit sofort in die Hölle katapultieren. Balthasar hatte genug Zeit im Kloster verbracht, um das zu wissen. Vor seinem geistigen Auge erschien ein dickes Buch, in dem es zahlreiche Illustrationen von der Hölle gab. Er beneidete den toten Wirt nicht um sein Schicksal.

Plötzlich fiel ihm doch etwas ein.

»Vielleicht war es der Vater von Henrike oder jemand, der sie zum Weib nehmen wollte.« Balthasar war sich auf einmal ganz sicher, dass der Mörder aus Henrikes Lebensumfeld stammen musste. Es lag auf der Hand. Aufgeregt spann er den Faden fort. »Es wäre auch die Mutter denkbar, wobei eine Frau den kräftigen Wirt wohl kaum überwältigen könnte. Aber was, wenn Henrike einen Bruder hat? Er wäre mit Sicherheit daran interessiert, die Ehre der Familie wiederherzustellen.«

Balthasar folgte Bastians Beispiel und schritt nachdenklich auf und ab.

»Das sind sehr gute Überlegungen, die du da anstellst«, lobte Bastian. »Wir müssen also mehr über Henrike herausfinden. Womöglich zählte auch der Mörder zu ihrer Kundschaft. Sie schien ja äußerst beliebt gewesen zu sein.« Bastian warf Peter einen scharfen Blick zu. Dann wandte er sich Josef Hesemann zu.

»Woran ist der Wirt denn tatsächlich gestorben?«

Der Arzt zuckte mit den Achseln. »Ich muss ihn genauer untersuchen. Bisher habe ich auch bei ihm nur Fesselmale an Armen und Beinen entdeckt. Seine Gliedmaßen sind ebenso verdreht wie die von Henrike. Sieht aus, als wäre Gottfried auf einer Streckbank gefoltert worden. Aber ich sehe keine tödlichen Wunden auf seinem Körper. Vielleicht war es Gift. Packt den Toten auf einen Karren und bringt ihn ebenfalls zu mir. Gleich morgen früh will ich mir die Toten ansehen.«

Hugo und Peter packten sofort die Arme des Leichnams. Bastian Mühlenberg packte ein Bein.

Balthasar griff angewidert nach dem anderen. Der verwesende Körper stank unerträglich. Zudem wog er Tonnen und kam ihm viel schwerer vor als ein lebender Mann. Mühsam hoben sie die Leiche an, wankten die paar Schritte auf den Holzkarren zu und hievten den Toten hinauf. Balthasar lehnte sich schnaufend an ein Rad, als er eine bekannte Stimme hörte.

»Balthasar, seid Ihr hier?«

Er fuhr hoch und erblickte Rebecca, die Tochter des

Schöffen. Sie rannte auf ihn zu, mit roten Wangen. Ihr langes Haar flog im Wind. Ihre Augen leuchteten und verwandelten den Friedhof in einen Ort der Freude. Balthasars Herz donnerte plötzlich in der Brust. Er ging auf sie zu, hielt dann jedoch inne. Er roch fürchterlich. Seine Kleidung starrte vor Dreck, ebenso die Hände. Hastig strich er sich mit dem Handrücken über die Haare. Doch sie fühlten sich an wie Stroh und richteten sich sicherlich sofort wieder auf. Er blickte hilflos um sich. Rasch sprang er hinter den Karren und duckte sich.

Aber es war zu spät, Rebecca hatte ihn bereits entdeckt.

»Balthasar?« Sie blieb vor dem Karren stehen und betrachtete den Toten. Schließlich wandte sie den Blick zu dem offenen Sarg, dann in seine Richtung.

Ihr Brustkorb hob und senkte sich. Er riss sich zusammen und erhob sich.

»Was wollt Ihr?«, fragte er abweisend, denn er wollte nicht, dass Rebecca ihn so sah.

»Mein Vater schickt mich. Habt Ihr ihn vergessen? Er ist außer sich vor Zorn über Euer Fernbleiben.«

Balthasar spürte, wie ihm die Schamesröte ins Gesicht stieg.

Rebecca musterte ihn von oben bis unten. Wenigstens ließ sie sich nichts anmerken.

»Es wäre besser, Ihr kommt mit mir und beendet das Porträt. Ich fürchte, mein Vater wäre anderenfalls für eine lange Zeit nicht gut auf Euch zu sprechen.«

»Ich ... ich kann nicht«, krächzte er erstickt und senkte den Kopf. Am liebsten wäre er im Erdboden versunken. Warum musste sie hierherkommen und ihn so sehen?

»Ich habe seine Hilfe gebraucht«, sagte Bastian Mühlenberg. »Richtet Eurem Vater bitte meine Entschuldigung aus. Balthasar wird sich kurz frisch machen und dann zu Euch kommen.«

Balthasar holte erleichtert Luft. Da ihm nicht einfiel, was er sagen sollte, nickte er einfach nur und sah, wie Rebecca lächelte und umkehrte.

»Wir sehen uns«, sagte sie noch und verschwand genauso schnell, wie sie gekommen war.

»Ich wusste gar nicht, dass Dederich von Rockel eine so hinreißende Tochter hat«, stichelte Hugo und kreiste obszön mit der Hüfte.

»Lass das!«, schrie Balthasar und ging mit erhobenen Fäusten auf ihn los.

»Das traust du dich nie, Bursche!« Hugo grinste breit und baute sich vor ihm auf.

»Das wirst du schon merken«, erwiderte Balthasar und wollte sich auf ihn stürzen.

Im letzten Moment fuhr Bastian Mühlenberg dazwischen.

»Du kennst deine Aufgabe. Beeile dich – oder willst du Ärger mit dem Schöffen der Stadt?«

Balthasar stieß wütend die Luft aus.

»Er soll nicht so über Rebecca sprechen«, sagte er und funkelte Hugo feindlich an.

»Ruhe«, brüllte Bastian so laut, dass er zusammenzuckte. »Ihr benehmt Euch ab sofort wie Männer. Ich will kein Wort mehr über das Mädchen hören.« Er warf

Hugo einen drohenden Blick zu und gab Balthasar einen Klaps.

»Los jetzt!«

Balthasar nahm die Beine in die Hand. Er hatte sowieso die Nase voll vom Tod. Er eilte zurück Richtung Stadt und blickte sich nicht ein Mal mehr um.

* * *

Bastian schaute seinem Neuling amüsiert hinterher. Der Bursche trug das Herz am rechten Fleck. Das gefiel ihm. Zudem ließ er sich von einem Raubein wie Hugo nicht einschüchtern, was ein weiterer Pluspunkt war.

»Tut mir leid, Bastian«, murmelte Hugo. »Aber habt Ihr gesehen, wie sie ihn angestarrt hat? Mich wundert, dass ihr Vater sie ohne Begleitung vor den Stadttoren herumlaufen lässt. Sie benimmt sich nicht gerade wie ein sittliches Weibsbild.«

»Sie ist die Tochter des Schöffen. Also behandelt sie mit dem gebührenden Respekt und hütet besser Eure Zunge. Ihr wisst selbst, dass Dederich von Rockel keinen Spaß versteht.«

Hugo schwieg betreten und zerrte mit Peter an dem schweren Karren, der nur langsam über die weiche Erde ruckelte.

Bastian gesellte sich zu Josef Hesemann, der nachdenklich hinter dem Karren herging.

»Habt Ihr eine Idee?«, fragte Bastian und glich sein Schritttempo an das des Arztes an.

Josef Hesemann warf ihm einen abwesenden Blick zu.

»Ich grübele die ganze Zeit über die falschen Pestbeulen nach. Zum einen wären sie ein kluger Schachzug, um die Morde zu vertuschen. Im Grunde genommen war es Zufall, dass mir die Beulen bei Henrike merkwürdig vorkamen. Hätten wir die Leiche nach Sonnenuntergang entdeckt, wäre sie sofort begraben worden und mir wären die Stellen gar nicht aufgefallen. Niemand hätte sich je darum geschert, ob Henrike wirklich an der Pest gestorben ist. Und andererseits besitzt nicht jedermann Tinte.«

»Da habt Ihr völlig recht«, bestätigte Bastian, den die Sache ebenfalls nicht losließ. »Allerdings verfügen dennoch recht viele Bürger von Zons über Tinte. Wir benutzen sie, ebenso der Pfarrer, die Mönche des Klosters, die Zollbeamten, ein paar Händler, die Schöffen, Gerichtsboten und auch beim Henker habe ich ein Schreibpult gesehen.«

»Zählt noch den Amtmann dazu und den Erzbischof, der von Zeit zu Zeit in Zons weilt. Hinzu kommen seine Berater, allesamt des Schreibens mächtig«, ergänzte Josef und rieb sich nachdenklich das Kinn.

»Der Täter muss jedoch nicht unbedingt schreiben können, er muss nur Zugang zur Tinte und sehr geschickte Hände haben. Was die Anzahl der Verdächtigen wieder ansteigen lässt.« Bastian schüttelte den Kopf. »Besser, wir beginnen bei der Verbindung vom Wirt und der Hure zu ihrem Mörder.«

»Richtig, und zuallererst muss ich herausfinden, wie die beiden wirklich zu Tode kamen«, entgegnete Josef.

Inzwischen hatten sie die Stadtmauer passiert und arbeiteten sich auf dem holprigen Pflaster voran. Die schmale Mauerstraße führte leicht bergauf. Hinzu kam, dass die Nacht hereingebrochen war und alles um sie herum in Dunkelheit lag. Die Fackel, die Hugo vorn am Karren befestigt hatte, gab nicht sonderlich viel Licht ab. Es reichte gerade einmal aus, um mit dem Karren nicht in die allzu großen Schlaglöcher zu geraten. Bastian half seinen Soldaten, indem er den Karren von hinten schob. Doch schon nach kurzer Strecke, ungefähr in der Mitte der Gasse, blieben die Soldaten abrupt stehen.

»Was zum Henker war das?«, flüsterte Hugo und kam um den Wagen gerannt. Er zog sein Schwert und duckte sich neben Bastian.

»Der Teufel«, kreischte Peter und huschte zu ihnen.

Bastian blickte sich verwirrt um. Er sah nichts.

Plötzlich löste sich eine Gestalt aus dem Schatten einer Hauswand. Sie schwankte durch die Gasse, die Arme merkwürdig in die Luft erhoben. Die Gestalt stolperte und drehte sich dann im Kreis. Sie schnaubte und röchelte, als wäre sie gerade der Hölle entstiegen.

»Bleibt stehen!«, brüllte Bastian und zog sein Schwert. Mit klopfendem Herzen ging er auf den Schatten zu. Tatsächlich blieb dieser stehen. Wieder hörte Bastian ein gruseliges Schnauben. Der Satan schnappte nach Luft!

Josef stand auf einmal neben ihm. Das flackernde Licht seiner Fackel traf auf die Gestalt, die in einen schwarzen Umhang gehüllt war.

»Wer seid Ihr?«, fragte Bastian und näherte sich ein Stück.

Der Mann brabbelte etwas. Aus seinem Mund

tropfte Blut. Er taumelte auf Bastian zu und ging kurz vor ihm auf die Knie.

»Albrecht?« Überrascht steckte Bastian sein Schwert weg.

»Was ist mit Euch?«

Der Metzgerbruder zog nur den Ärmel seiner Kutte hoch und deutete auf seine nackte Haut.

»Schwarzer Tod«, röchelte er, verdrehte die Augen und kippte um.

X

GEGENWART

»Ich habe sie einfach nicht erkannt«, beteuerte Marcel Diekhoff. Der Angler, der die Tote am See entdeckt hatte, schniefte und blickte Oliver aus tränenfeuchten Augen an. »Ihr Gesicht war völlig entstellt, vom Kiefer fast nichts mehr übrig. Ich muss nur an ihre stumpfen Augen denken und mir wird übel. Herrgott noch mal. Diesen Anblick werde ich den Rest meines Lebens nicht wieder los.« Er schüttelte den Kopf und richtete den Blick auf seine Fußspitzen. »Sie müssen mir glauben. Ich habe Lara nicht erkannt. Warum sollte ich denn lügen?«

Oliver schwieg. Es gehörte zu seiner Verhörtaktik. Die meisten Menschen ertrugen die Stille nicht. Marcel Diekhoff wippte mit den Zehenspitzen. Seine Finger verknoteten sich ineinander. So stark, dass seine Knöchel ganz weiß wurden. Die Schneidezähne vergruben sich in seiner Unterlippe.

Oliver zählte die Sekunden, bis der Verdächtige erneut den Mund aufmachte.

»Ich stand unter Schock. Weshalb sollte ich die Polizei rufen, wenn ich in Laras Tod verwickelt wäre? Ich hätte einfach verschwinden können. Jemand anderes wäre dann auf ihre Leiche gestoßen. Jetzt sagen Sie doch etwas!«

Oliver sah Diekhoff ruhig an. Er bemühte sich um eine neutrale Miene, denn der Angler sollte keinesfalls erraten, was er dachte. Er wollte den jungen Mann in die Ecke treiben, bis er eine plausible Erklärung lieferte. Selbst wenn er die Frau tatsächlich nicht erkannt hatte, so hätte er eigentlich die Kette um ihren Hals bemerken müssen. Eine Kette, die – wie sich im Nachgang herausgestellt hatte – ein Einzelstück war. Lara Hübner hatte sie von einer befreundeten Modedesignerin geschenkt bekommen. Der Anhänger, eine kleine blaue Glasperle, hatte die zwei Wochen im See unbeschadet überstanden. Das Schmuckstück gehörte zu Laras Markenzeichen. Sie trug es laut Aussage ihrer Eltern Tag und Nacht und somit auch bei dem Modeevent, auf dem Marcel Diekhoff gesichtet worden war. Es wollte Oliver einfach nicht einleuchten, dass Diekhoff die Tote nicht sofort erkannt hatte. Er hatte Lara Hübner bei mehreren Modeveranstaltungen gesehen. Diekhoff saß stets in den vorderen Reihen. Das belegten die Videoaufnahmen. Sie hatten gestern den restlichen Tag mit intensiven Recherchen über ihn verbracht. Marcel Diekhoff, ein blasser, unscheinbarer Typ, neunundzwanzig Jahre alt, wohnte zu Hause bei seiner Mutter. Er hatte keine Geschwister, der Vater war unbekannt. Etliche Vorstrafen prägten seinen Lebenslauf. Bereits in der Schule geriet er mit dem Gesetz in Konflikt: Drogenbesitz, Körperverletzung und Diebstahl. Nach allem, was Oliver in den letzten Jahren bei der Kripo gelernt hatte, könnte dieser Mann durchaus als Täter infrage kommen. Er kannte das Opfer und die Gegend, er schreckte vor Gewalt nicht zurück und er besaß kein glaubwürdiges Alibi. Seine Mutter hatte ihm zwar eines gegeben. Doch Oliver vermutete, dass sie log, um ihren Sohn zu schützen.

»Ich habe Lara nichts getan. Ich habe sie bewundert.« Diekhoff schluckte und wischte sich eine Träne aus den Augen. »Ich würde es rückgängig machen, wenn ich bloß könnte.«

Oliver spitzte die Ohren. Diekhoffs letzter Satz klang beinahe wie ein Geständnis.

»Was genau wollen Sie denn rückgängig machen?«

Auf Diekhoffs Stirn hatten sich ein paar Schweißperlen gebildet. Er rutschte unruhig auf seinem Sitz hin und her.

»Bitte. Ich habe ihr nichts angetan. Sie ...« Er brach ab und schlug die Hände vors Gesicht. »Vielleicht wäre es besser, wenn ich einen Anwalt bekomme«, murmelte er und sah Oliver flehend an.

»Sofern Sie sich nichts zuschulden haben kommen lassen, brauchen Sie eigentlich keinen Anwalt. Aber es ist natürlich Ihr gutes Recht«, erklärte Oliver und rührte sich nicht.

Diekhoff wurde immer unsicherer. Seine Hände zitterten jetzt so stark, dass auch Klaus, der hinter der verspiegelten Scheibe alles mitverfolgte, es sehen musste.

»Ich wollte ihr einfach nur nah sein. Sie hat sich nie

für mich interessiert, trotzdem mochte ich sie. Einmal ist sie ausgeflippt, als sie mich im Garten hinterm Haus gesehen hat. Aber ansonsten ist nie etwas vorgefallen.« Marcel Diekhoff atmete so geräuschvoll wie eine Dampflokomotive.

Plötzlich sprang er auf und donnerte die Faust auf den Tisch. In seinen Augen funkelte es.

»Ich will sofort einen Anwalt«, brüllte er mit hochrotem Kopf. »Sofort.«

Von dem scheinbar schüchternen jungen Mann, der eben noch zusammengesunken am Tisch gesessen hatte, war nichts mehr übrig geblieben.

Oliver musterte ihn überrascht. Mit dieser Reaktion hatte er nicht gerechnet. Langsam erhob er sich ebenfalls, um auf Augenhöhe mit Diekhoff zu kommen.

»Setzen Sie sich besser wieder«, sagte er und deutete auf den Stuhl.

Diekhoff verschränkte die Arme und blieb stehen. »Ich will einen Anwalt«, wiederholte er trotzig.

»Okay«, entgegnete Oliver und packte seine Unterlagen zusammen. Der Typ war aufbrausend und impulsiv. Sollte er ruhig einen Anwalt hinzuziehen, vielleicht brachte der ihn zur Vernunft. Kooperation und ein schnelles Geständnis wirkten sich immer positiv auf das Urteil aus. Vorerst hatte die Weiterführung des Verhörs keinen Sinn. Er verließ den Raum und schloss die Tür hinter sich.

»Bei dem Typen sitzen nicht alle Schrauben am richtigen Platz«, sagte Klaus, der gerade den Nebenraum verlassen hatte. »Hast du seinen Blick gesehen? Ein Laserstrahl ist nichts dagegen.«

Oliver grinste, wurde dann aber wieder ernst. »Er könnte durchaus der Täter sein. Er wäre nicht der Erste, der sich als hilfsbereiter Zeuge ausgibt und es am Ende selbst war.«

Klaus nickte. »Auf alle Fälle hat er Lara Hübner gestalkt. Die Spurensicherung ist übrigens mit ihrer Wohnung durch. Sie haben auf ihrem Computer zahlreiche E-Mails von Marcel Diekhoff an Lara Hübner gefunden. Die meisten blieben allerdings unbeantwortet. Dieses Jahr hat sie zweimal zurückgeschrieben. Ich habe die Nachrichten ausgedruckt.« Klaus drückte Oliver einen Zettel in die Hand.

»Du bist schlimmer als eine Seuche. Halte dich von mir fern!!!«, las er vor und fügte gleich die zweite Antwort von Lara Hübner hinzu: »Lass mich in Ruhe!!!«

Oliver gab Klaus den Zettel zurück. »Das klingt aber ganz schön aggressiv. Anscheinend hat der Typ sie öfter belästigt.«

Laras Mutter wusste, dass ihre Tochter schon häufiger von Männern bedrängt worden war. Sie schob es auf ihre Tätigkeit als Model. Es war fürchterlich gewesen, den Eltern die Nachricht vom Tod ihrer Tochter zu überbringen. Laras Mutter hatte zuerst überhaupt kein Wort mehr herausgebracht. Trauer und Fassungslosigkeit standen in ihren Augen. Ein Arzt musste ihr ein Beruhigungsmittel geben, bevor sie mit ihnen sprechen konnte. Von einem Stalker oder jemandem, der ihr gefährlich nahe gekommen war, hatte sie allerdings nichts gewusst. Erzählte eine Tochter ihrer Mutter nicht, wenn ein fremder Mann sie aus dem

Garten beobachtete? Nachdenklich rieb er sich über das Kinn.

»Das sehe ich auch so«, erwiderte Klaus. »Ich kann mir jedenfalls überhaupt nicht vorstellen, dass er die Tote nicht erkannt hat. Der Typ lügt.« Klaus tippte auf das Blatt. »Und dass Lara Hübner ihn ausgerechnet mit einer Seuche vergleicht und der Täter ihr anschließend eine Nachricht mit einem ähnlichen Inhalt in den Mund steckt, spricht ebenfalls für Marcel Diekhoff als Täter. Für mich ist er höchst verdächtig.«

Sofort richtete Oliver seinen Blick auf das Whiteboard.

»Wenn die Pest ausgerottet werden soll, muss das Übel an der Wurzel gepackt werden.«

Er kreiste das Wort *Pest* rot ein und schrieb noch *Seuche* dazu.

»Wir sollten keine Zeit verlieren«, sagte er. »Marcel Diekhoff wartet auf seinen Anwalt. Lass uns währenddessen die Inhaberin von LS Fashion stärker unter die Lupe nehmen. Ich möchte mir gerne diese Villa anschauen und das Atelier, aus dem die fünf Kleider angeblich gestohlen worden sind.«

* * *

Mira wachte mit einem Brummschädel auf. Erschrocken fuhr sie hoch und bemerkte, dass sie nicht in ihrem eigenen Bett lag.

»Verdammt«, fluchte sie leise und hob die Decke an. Darunter war sie nackt. Sie schloss für einen Moment die Augen und wünschte sich, nur zu träumen. War sie wirklich so dämlich gewesen?

Sie seufzte und deckte sich wieder zu. Was sollte sie jetzt tun? Sie drehte sich auf die Seite und betrachtete das scharfkantige Profil des Mannes, der neben ihr lag. Sie hatte diese markanten Züge immer gemocht. Sie kannte jede Linie und jedes Grübchen in diesem Gesicht. Fabian schlief noch tief und fest. Sein Brustkorb hob und senkte sich gleichmäßig. Sie liebte diesen Mann, auch wenn er ihr sehr wehgetan hatte.

Lautlos stieg sie aus dem Bett.

Sie war nach der Entdeckung von Fabians Chat mit Kim sofort zu ihm gefahren und mitten in eine Party hineingeplatzt. Eine große, dürre Blondine hatte sie in die Wohnung gelassen. Die Musik dröhnte ohrenbetäubend. Im Wohnzimmer feierten jede Menge Leute, die Mira noch nie gesehen hatte. In jenem Moment hatte sie das Gefühl, Fabian überhaupt nicht zu kennen. Sie verstand auch nach wie vor nicht, warum er mit ihr Schluss gemacht hatte, und ein großer Teil seines Freundeskreises war ihr ganz offensichtlich ebenso entgangen. Sie hatte unschlüssig herumgestanden und nach Fabian Ausschau gehalten. Jemand sagte, er sei in der Küche. Tatsächlich fand Mira ihn dort. Er schenkte gerade Sekt ein. Sie hatte schon befürchtet, ihn eng umschlungen mit einer anderen Frau anzutreffen. Sie war so erleichtert gewesen. Doch genau in diesem Moment keimte auch eine fatale Hoffnung in ihr auf. Schließlich könnte ja alles nur ein einziges großes Missverständnis sein. Womöglich stammte die Nachricht gar nicht von Fabian. Vielleicht hatte jemand dieser vielen betrunkenen Menschen irgendwie sein Handy geschnappt und sich einen fiesen Scherz erlaubt.

Fabian hatte sie verwirrt angesehen, als er sie in seiner Küche entdeckte. Seine Miene sagte ihr alles. Die Nachricht war kein Versehen gewesen. Sie wollte sich umdrehen und weglaufen, aber sie konnte sich nicht rühren. Sie starrte ihn ungläubig an. Unfähig, sich zu bewegen. Ihr Herz schmerzte so sehr. Sie wollte nur, dass es aufhörte. Am liebsten hätte sie sich in Luft aufgelöst. Es war eine blöde Idee gewesen, hierherzukommen.

Doch dann änderte sich mit einem Mal Fabians Gesichtsausdruck. Plötzlich stand er dicht vor ihr und küsste sie. Mira fehlte die genaue Erinnerung an das, was zwischen Küche und Schlafzimmer passiert war. Jedenfalls landeten sie irgendwie in seinem Bett. Sie schliefen miteinander, als wäre nichts gewesen. Mira empfand sich wieder als vollständigen Menschen. Sie verdrängte einfach, dass die Nacht irgendwann zu Ende wäre und sie besser ein klärendes Gespräch hätten führen sollen. Aber das taten sie nicht. Sie liebten sich wortlos und Mira genoss das Gefühl.

Doch jetzt, wo sie neben dem Bett stand und sich leise anzog, fühlte sich alles anders an. Der Schmerz kehrte in ihr Herz zurück. Er durchflutete sie regelrecht und mit ihm kamen sämtliche Fragen in ihr hoch. Warum hatte Fabian ihr das angetan? Warum waren sie im Bett gelandet? Und wo war Kim? Auf der Party war sie nicht gewesen. Mira betrachtete Fabian ein letztes Mal. Er schlief immer noch tief und fest. Sie musste hier raus, so schnell wie möglich.

Im Wohnzimmer stank es nach Rauch und Alkohol. Auf der Couch lag ein Unbekannter und schnarchte. Neben ihm auf einem Sessel hatte sich die Blondine zusammengekauert, die ihr gestern die Tür geöffnet hatte. Ein Handy klingelte irgendwo und Mira zuckte zusammen. Blitzschnell huschte sie hinaus in den Flur. Fabians Handy ruckelte auf der Kommode hin und her. Hastig warf sie einen Blick darauf. Vielleicht war es Kim. Doch auf dem Display erschien nur: *unbekannte Nummer*.

Mira schnappte sich ihre Handtasche und öffnete leise die Wohnungstür.

»Wo willst du hin?«, fragte eine tiefe Männerstimme und sie fuhr herum.

Fabian stand mit zerzausten Haaren und nur in einer kurzen Pyjamahose vor ihr.

»Es ist besser, wenn ich jetzt gehe«, krächzte Mira und machte einen Schritt ins Treppenhaus.

Aber Fabian hielt sie auf.

»Bitte bleib«, sagte er und zog sie zurück in die Wohnung. »Wir sollten reden.«

Mira atmete die verbrauchte Luft ein und rümpfte die Nase. Sie hatte keine Lust, mit Fabian in Anwesenheit fremder Leute über ihre Beziehungsprobleme zu sprechen.

»Wo ist Kim?«, fragte sie stattdessen und blieb an der Wohnungstür stehen.

»Kim?«, fragte Fabian verdutzt.

»Ja, du wolltest dich mit ihr treffen.« Mira musterte Fabian genau. Wenigstens ein Mal wollte sie erkennen, wann er log.

Doch in seiner Miene spiegelte sich nichts als Verwunderung.

»Keine Ahnung. Ich hatte sie eingeladen, aber sie ist nicht gekommen.« Er fuhr sich durch die Haare und zog Mira an sich. »Hör zu, ich will jetzt nicht über Kim reden. Ich möchte gerne über uns reden, über letzte Nacht.« Er sah sie aus seinen blauen Augen an und grinste schief.

Ihre Beine verwandelten sich auf der Stelle in Wackelpudding. Sie ertrug seinen Blick keine Sekunde länger. Hastig rückte sie von ihm ab.

»Kim ist nicht zu Hause, und ich muss auf der Stelle wissen, wo sie steckt. Du hast schließlich mit ihr gechattet.« Sollte Fabian sie ruhig so ansehen. Zumindest sollte er leiden für das, was er ihr angetan hatte.

»Du liebe Güte, du kennst doch Kim. Sie ist mal hier und mal da. Ja, wir hatten uns kurz ausgetauscht, aber nichts Konkretes. Wahrscheinlich war sie auf einer anderen Party. Vielleicht auf der von Melinda, die hat gestern auch gefeiert. Sie wird schon wieder auftauchen. Ist doch nicht das erste Mal, dass sie ein paar Tage untertaucht.«

Da hatte Fabian natürlich recht. Bei Kim konnte man sich nie sicher sein, was sie als Nächstes vorhatte. Außerdem änderte sie ihre Pläne im Sekundentakt. Trotzdem, normalerweise meldete sie sich, und vor allem war sie über ihr Handy Tag und Nacht erreichbar. Mira wählte Kims Nummer und stellte das Telefon auf laut.

»Verdammt noch mal, Fabian. Jetzt nimm das nicht

auf die leichte Schulter. Kim geht einfach nicht ans Telefon. Es springt immer gleich die Mailbox an.«

* * *

Ein Jahr und fünf Monate zuvor

Endlich quälte der Hunger sie nicht mehr. Es war merkwürdig, je länger sie nichts aß, desto weniger tat es weh. Sobald sie jedoch eine Kleinigkeit zu sich nahm, verlangte ihr Körper wieder viel stärker nach Essen. Offenbar verhielt es sich mit Nahrung wie bei einer Sucht. Gab man dem Verlangen nach, wurde es anschließend umso schlimmer. Die Sehnsucht nach dem Suchtstoff verzehrte einen regelrecht. Inzwischen verstand sie, wie sich ein Junkie fühlen musste. Und sie wusste auch, was für eine enorme Willenskraft notwendig war, um dem ständigen Drang zu widerstehen. Ihr Magen knurrte, und sie beschloss, sich abzulenken. Sie schaltete den Computer ein und öffnete ihren Lieblings-YouTube-Kanal. *Bad Girl* gehörte zu ihren absoluten Favoriten. In die traumhaft langen Haare hatte sich die YouTuberin *Bad Girl* blaue Strähnen färben lassen. Das hätte sie sich im Leben nicht getraut. Bad Girl hingegen kannte keine Selbstzweifel. Sie trug hautenge Jeans und ein bauchfreies Oberteil. Ihre Figur war makellos. Etwas, worauf auch sie hinarbeitete. Doch sie war einfach nicht so perfekt wie Bad Girl. Vielleicht war sie zu nett. Ihr Vater behauptete das immer. Sie wollte auch *Bad* sein. Aber wie stellte man das an? Sollte sie schlechte Noten in der Schule schreiben? Die Hausaufgaben verweigern? Mit den krassen Mädchen aus der Stufe über ihr abhängen? Sich einen echten Mann zum Freund suchen und sich von ihm entjungfern lassen? Sie grinste, weil Bad Girl einen sexy Kussmund in die Kamera warf. Dann rotierte Bad Girl einmal um sich selbst und zauberte einen Müsliriegel hervor, der fast keine Kalorien enthielt. Sie schob ihn sich genüsslich in den Mund.

Das ist alles nur Werbung, schossen ihr die Worte ihres Vaters durch den Kopf. Er hatte tatsächlich überhaupt keine Ahnung. Warum sollte Bad Girl anderen etwas aufschwatzen, hinter dem sie nicht wirklich stand? Das hatte sie echt nicht nötig.

Sie notierte den Namen des Riegels. Gleich morgen früh würde sie sich welche besorgen. Am besten, sie aß einen vor dem Sportunterricht. Gut gelaunt sprang sie auf und drehte sich wie Bad Girl vor dem Spiegel. Natürlich trug sie kein bauchfreies Oberteil. Vielleicht sollte sie es einfach tun. Ihrem Catwalk-Trainer würde es bestimmt gefallen. Sie lächelte. Er hatte sie nicht wie befürchtet abgeschrieben und aus dem Programm geworfen. Sie durfte weiter für ihn arbeiten. Bisher übten sie nur, doch bald würde sie für ein echtes Modelabel über den Catwalk laufen. Dann wäre sie ein Star, zumindest ein winzig kleiner. Und wer wusste schon, womöglich würde sie auch einmal wie Bad Girl werden, wenigstens ein kleines bisschen. Sie erhob sich und zog entschlossen das T-Shirt aus. Sie griff in den Kleiderschrank und angelte ein Bikini-Oberteil aus dem untersten Fach. Es saß wie angegossen und bedeckte ihre viel zu großen Brüste perfekt. Sie hasste ihre Oberweite. Wie sehr beneidete sie andere Mädchen um ihre Körbchengröße A. Der Busen machte sie einfach nur fett. Aber das Bikinioberteil übertünchte diesen Makel. Zufrieden überprüfte sie ihren Aufzug im Spiegel und warf sich – genau wie Bad Girl – einen sexy Luftkuss zu. Anschließend verließ sie ihr Kinderzimmer und stolzierte die Stufen zur Küche hinunter. Dort setzte sie sich kerzengerade an den Tisch.

»Ich habe keinen Hunger«, sagte sie, als sie den Geruch von gebratenem Fleisch wahrnahm.

Ihr Vater stand am Herd, er hatte sich diese lächerliche Schürze umgebunden. Als wenn er dadurch besser kochen würde. Er drehte sich um und lächelte sie an.

»Es ist Wochenende. Warum bist du so mies drauf?«, fragte er und zwinkerte ihr zu.

Wie sie diese aufgesetzte Fröhlichkeit hasste. In dieser Familie stimmte überhaupt nichts. Ihre Mutter hockte mal wieder in der Kanzlei, um irgendwelche Verträge zu überarbeiten. In letzter Zeit war sie kaum zu Hause. Sie ging am frühen Morgen und kehrte erst am Abend oder manchmal auch mitten in der Nacht zurück. Ihr Vater tat so, als wäre das völlig selbstverständlich. Arbeit musste schließlich sein. Dabei war es alles andere als normal. Normale Familien verbrachten die Wochenenden miteinander. In normalen Familien hatten Mütter Zeit für ihre Töchter. Sie gingen einkaufen, sie unterhielten sich und lachten zusammen. Sie seufzte. Ihr Vater konnte ja nichts dafür. Er war einfach zu gutmütig, deshalb trug er auch diese dämliche

Schürze, die ihre Mutter zu seinem Geburtstag angeschleppt hatte.

»Du musst was essen«, erklärte ihr Vater und hievte ein riesiges Schnitzel auf ihren Teller. »Mit extradicker Panade«, verkündete er stolz und strahlte sie an.

Sie würgte unwillkürlich. Nur gut, dass ihr Magen leer war.

»Ich kann deine Rippen zählen.« Er tippte ihr mit dem Zeigefinger auf den Bauch.

»Hör auf«, zischte sie und schubste seine Hand weg. Sie sah an sich hinunter. Alles, was sie sah, waren die schrecklichen Wölbungen, die nur eines kundtaten: Sie war fett.

Als wenn das nicht schon genug wäre, legte ihr Vater mehrere Kartoffeln auf ihren Teller.

Sie stöhnte auf.

»Das esse ich nicht«, murmelte sie und schob den Teller von sich.

»Du musst doch Hunger haben. Gestern Abend wolltest du auch nichts essen und zum Frühstück hast du nur einen Kaffee getrunken.«

Sie hasste diese oberlehrerhafte Stimme. Die konnte er sich für seinen Job aufheben. Sie sprang auf.

»Ich esse das nicht«, schrie sie und rannte zur Tür hinaus.

* * *

Luise Steinfels wohnte in einer beeindruckenden Gegend. Eine Villa reihte sich an die nächste, und Oliver kam sich ein bisschen so vor, als hätte es ihn in ein Paralleluniversum verschlagen. Obwohl der Flugverkehr extrem laut war und alle zwei Minuten ein Jet über sie hinwegdonnerte, hatten sich in Meerbusch vor den Toren Düsseldorfs viele vermögende Menschen angesiedelt.

»Wenn wir noch weiter durch diese Straße fahren, kriege ich Depressionen«, murmelte Klaus und tippte mit dem Finger auf die Seitenscheibe des Dienstwagens. »Jetzt schau dir das bloß an. Ich sehe nicht ein Blatt auf dem Rasen und auch kein einziges Unkraut.«

»Kein Wunder, da laufen ja auch drei Gärtner rum. Vermutlich fangen sie das Laub schon im Flug.« Oliver lachte und knuffte Klaus in den Arm. »Geld macht nicht glücklich«, erklärte er. Er glaubte fest daran, dass man Glück nicht kaufen konnte. Nie im Leben würde Emily in so einem Kasten, wie er dort auf der Wiese stand, wohnen wollen. Das Haus sah zwar gepflegt aus, aber es wirkte auch unpersönlich, beinahe unbenutzt. Da könnte man ja genauso gut in einem Museum leben.

Er fuhr weiter und bog an der nächsten Straßenecke ab.

»Dort vorne ist es«, sagte er und wurde langsamer. Eine Villa mit Holz-Glasfassade erhob sich vor ihnen. Im Gegensatz zum Unternehmenssitz in Düsseldorf präsentierte sich Steinfels' Villa hochmodern und mit viel Fensterfläche. Im Vorgarten blühten Rosen in leuchtenden Farben. Oliver steuerte den Wagen auf den kiesbedeckten Parkplatz. Die Reifen knirschten, ebenso seine Schuhe, als er ausstieg und den lieblichen Duft der Blüten einatmete. Ein Flugzeug jagte über sie hinweg. Oliver wartete, bis der Lärm vorbei und Klaus ebenfalls ausgestiegen war. Gemeinsam gingen sie die flache Treppe hinauf zum Eingang. Noch bevor Oliver auch nur den Finger auf die Klingel legen konnte, öffnete sich die Tür.

»Da sind Sie ja endlich«, bemerkte Luise Steinfels und tippte auf ihre goldene Armbanduhr. »Sie sind spät dran, meine Herren. Ich muss in zwanzig Minuten los. Ein wichtiges Meeting, wenn Sie verstehen.« Sie trat mit einem künstlich wirkenden Lächeln im Gesicht zur Seite und ließ Oliver in den Flur. Klaus streckte sie die Hand entgegen.

»Sie sind vermutlich der Leiter der Kripo«, sagte sie. »Haben Sie derzeit viel zu tun?« Steinfels lächelte erneut und dieses Mal wirkte es tatsächlich echt.

Klaus erstarrte vor ihr. Oliver verkniff sich ein Grinsen. Klaus hatte nicht nur großen Respekt vor ihrem Chef Hans Steuermark, er fürchtete sich auch vor dominanten Frauen, und Luise Steinfels war definitiv eine von ihnen. Ihr schien das jedoch nicht aufzufallen. Sie hielt Klaus' Hand viel länger als nötig fest. Klaus blickte sie verdutzt an und vergaß sogar, seinen Namen zu nennen. Er murmelte irgendetwas Unverständliches und löste sich ruckartig aus Luise Steinfels' Umklammerung.

Die Inhaberin von LS Fashion schloss die Tür und geleitete sie durch die Eingangshalle in den Wohnbereich, der sich nahtlos anschloss. Rechter Hand führte eine zierliche Wendeltreppe in die obere Etage.

»Bitte folgen Sie mir«, sagte Luise Steinfels und stieg vor ihnen hinauf. Die Absätze ihrer unglaublich hohen

High Heels pochten bei jedem Schritt auf die stählernen Stufen.

Oliver warf einen Blick zurück in das luxuriöse Wohnzimmer. Eine riesige Wohnlandschaft, auf der gefühlt fünfzehn Personen Platz hatten, füllte die Mitte des Raumes. Daneben glänzten eine gut gefüllte Bar und ein schwarz lackierter Klavierflügel. Er folgte Steinfels und Klaus in die erste Etage, die nicht minder pompös wirkte. Ein ausladendes, ledernes Sofa vor einem schier endlosen Bücherregal und ein Designersessel dominierten das lichtdurchflutete Geschoss. Weiter hinten fielen ihm ein paar Türen ins Auge, die vermutlich in die Schlaf- und Badezimmer führten.

Steinfels blieb nicht stehen, sondern ging die nächste Treppe ins Dachgeschoss hinauf.

»Hier ist mein Atelier«, erklärte sie oben angekommen und öffnete eine vollverglaste Tür. »Die gestohlenen Kleider hingen auf dieser Stange.« Sie schritt durch den großen Raum und zeigte auf ein Gestell rechts an der Wand.

Oliver ließ die Szenerie zunächst auf sich wirken, dann fragte er: »Waren es die vorderen fünf Kleider, die von der Stange gestohlen wurden?«

Luise Steinfels nickte. »Ja, die anderen sind noch da, fünfzehn Stück, und sie wurden auch nicht in der Reihenfolge vertauscht. Das Atelier ist immer abgeschlossen.«

»Und wer hat einen Schlüssel?«, wollte Klaus wissen, der auf der Türschwelle stehen geblieben war.

Luise Steinfels schwebte durch den Raum und

deutete auf eine Kommode im Flur. »Schauen Sie, hier vorne, in der Schale auf der Anrichte.«

»Da sind drei Schlüssel drin«, bemerkte Klaus und warf Oliver einen Blick zu.

»Richtig. Die sind alle fürs Atelier. Wenn ich sie woanders hinlege, vergesse ich es womöglich. Die Dinger liegen dort, seit das Haus fertig gebaut worden ist.«

Klaus kratzte sich am Hals. »Demzufolge konnte tatsächlich jeder Partygast und jeder Hausangestellte das Atelier betreten.«

Luise Steinfels zuckte mit den Achseln und nickte. »Es hätte jeder sein können, trotzdem traue ich es keinem meiner Gäste zu.«

Oliver sah sich von außen die Glastür genauer an. »Hat der Privatdetektiv, den Sie beauftragt haben, Fingerabdrücke genommen?«

Steinfels sah ihn verdutzt an. »Das kann ich Ihnen nicht sagen. Warum sollte er?«

»Wenn der Dieb keine Handschuhe getragen hat, finden sich seine Spuren an der Tür oder auf einem Schlüssel, möglicherweise auch am Kleiderständer. Leider liegt der Diebstahl inzwischen mehr als zwei Wochen zurück. Es hat vermutlich wenig Sinn, die Spurensicherung hierherzuschicken«, erwiderte Oliver und betrachtete das blank geputzte Glas. »Wie oft wurde denn in der Zwischenzeit sauber gemacht?«

»Meine Haushaltshilfe ist jeden Tag hier. Ich kann sie fragen, sie müsste in der Waschküche sein.« Luise Steinfels blickte Klaus an und lächelte. »Vielleicht begleiten Sie mich, dann können Sie Frau Patschek gleich selbst sprechen.«

Klaus zwinkerte Oliver heimlich zu und ließ sich zur Treppe führen. Oliver grinste. Klaus hatte offenbar ein Auge auf Luise Steinfels geworfen.

»Ich sehe mich hier noch ein wenig um«, sagte er und ging wieder ins Atelier.

Er betrachtete nachdenklich den Kleiderständer. Anschließend sah er sich nach Überwachungskameras um, aber im Haus schienen keine installiert zu sein. Oliver überprüfte die Fenster. Auch sie waren blitzblank. Er zog sich ein paar Gummihandschuhe über, öffnete eines der Fenster und lehnte sich hinaus. Er suchte außen am Gebäude nach Kameras. Vergeblich. Es gab offenbar nur eine Kamera am Eingang. Er würde sich trotzdem die Aufnahmen zeigen lassen, sofern sie überhaupt gespeichert wurden. Vermutlich hatte sich der Privatdetektiv bereits darum gekümmert. Oliver seufzte. Diesen Mann würde er sich jedenfalls als Nächstes vorknöpfen. Vielleicht hatte Lara Hübner die Kleider auf der Party gestohlen und war deshalb getötet und im See versenkt worden. Luise Steinfels würde bestimmt einiges daransetzen, um ihre Kollektion zu schützen. Doch warum sollte sie die Kleider ins Wasser werfen, anstatt sie wieder an sich zu nehmen? Und Marcel Diekhoff, der hoffentlich bald einen Anwalt hatte und weiter verhört werden konnte – welchen Grund hätte er haben können, die Kleider im See zu versenken? Wollte er sie einfach nur loswerden? Das hätte er leichter haben können.

Oliver hörte Schritte die Treppe heraufkommen.

Das musste Klaus sein. Er wandte sich um, sah jedoch einen untersetzten, jungen Mann mit klobiger Hornbrille. Er blinzelte ihn unsicher an.

»Sind Sie der Kommissar von der Kriminalpolizei?«

»Oliver Bergmann.« Er streckte dem Mann die Hand entgegen. »Und wer sind Sie?«

»Julian Brandner, ich bin Luise Steinfels' persönlicher Assistent.« Er rückte seine Brille zurecht. »Ich soll Ihnen diesen USB-Stick übergeben. Darauf sind ein paar Fotos von der Party, die ich gemacht habe.«

Oliver nahm ihm den Stick ab. »Ist denn etwas Interessantes zu sehen?«, fragte er und drehte den Stick zwischen den Fingern.

»Eigentlich nicht. Ich fotografiere auf sämtlichen Events von Luise. Es war eine tolle Party. Ich habe Ihnen die Personen mit Namen markiert, dann können Sie sich ein besseres Bild machen.« Julian Brandner trippelte nervös von einem Fuß auf den andern.

»Kannten Sie Lara Hübner?«, fragte Oliver und musterte ihn aufmerksam.

Die Wangen des Assistenten röteten sich ganz leicht. Er antwortete nicht sofort, sondern überlegte zuerst zwei, drei Sekunden. Seine Augen wanderten unterdessen nach oben rechts. Oliver stutzte. Er kannte die typischen Augenbewegungen, die ein Mensch nicht bewusst steuern konnte und die deshalb manchmal wie ein Lügendetektor funktionierten. Wollte Julian Brandner ihm gleich eine Lüge auftischen?

»Sie hat schon länger für Luise gemodelt. Sie war sehr nett.« Brandners Mundwinkel zuckten. »Um Ihre Frage zu beantworten: Ja, natürlich, ich kannte sie.«

»Hatten Sie denn viel mit ihr zu tun?«, hakte Oliver nach.

»Nicht sonderlich«, murmelte Julian Brandner und machte ein paar Schritte rückwärts Richtung Ausgang. Die Situation war ihm sichtbar unangenehm.

»Und am Abend der Party, ist Ihnen da etwas Besonderes aufgefallen? Gab es vielleicht Streit?«

Wieder zuckte es verdächtig um Julian Brandners Mundwinkel. Er rieb sich eine Stelle am Hals.

»Die Mädchen konnten schon ein wenig zickig sein, wenn Sie verstehen, was ich meine. Gerade Lara, Melinda und Stefanie fielen manchmal auf.«

»Hatten die drei Streit untereinander?«, fragte Oliver und notierte die Namen.

»Nein, untereinander nicht«, erwiderte Julian Brandner und biss sich auf die Unterlippe. »Also …«, fuhr er fort, verstummte jedoch gleich wieder.

»Also was?«

Brandner sah Oliver an. »Hören Sie, es ist verdammt schwer, einen Job im Team von Luise Steinfels zu bekommen. Ich habe mir dafür echt den Allerwertesten aufgerissen. Ich kann und werde nicht schlecht über meine Chefin reden.«

»Das müssen Sie auch nicht«, entgegnete Oliver. In dieser Sekunde klingelte sein Handy. Er blickte aufs Display und erkannte die Nummer von Hans Steuermark. Das bedeutet nichts Gutes, dachte er und entschuldigte sich. Anschließend nahm er das Gespräch an.

»Es wurde eine weitere Frauenleiche gefunden.

Machen Sie sich bitte sofort auf den Weg«, brummte sein Chef durchs Telefon.

»Wir sind noch mit der Toten aus dem See beschäftigt. Hat das nicht zwei, drei Stunden Zeit? Die Spurensicherung kann sich doch schon mal umsehen, bis wir hier fertig sind.« Oliver bereute seinen Einwand augenblicklich. Durch die Leitung drang eisiges Schweigen.

Dann dröhnte Steuermarks Stimme erneut in sein Ohr:

»Sie machen sich direkt auf den Weg. Der Toten fehlt ein Finger.«

XI

VOR FÜNFHUNDERT JAHREN

»Tretet zurück!«, forderte der Arzt. »Er hat eine schwarze Beule am Arm und er sieht wirklich schlecht aus. Möglicherweise hat Albrecht tatsächlich die Pest.«

Es war bereits tiefe Nacht. Josef Hesemann zog Handschuhe an und legte sich ein Leinentuch über Mund und Nase. Anschließend näherte er sich dem regungslosen Metzgerbruder, der mitten auf der Mauerstraße lag.

»Haltet die Fackel und nehmt ein Tuch vor Euer Gesicht«, sagte Josef zu Bastian. Die Stadtsoldaten scheuchte er mit einer Handbewegung ein Stück weg.

Bastian tat, wie ihm geheißen. Die schwarze Beule an Albrechts Arm war nicht zu übersehen. Sie sah verdammt echt aus. Ganz anders als die am Hals der Hure und dem des Wirtes. Doch das konnte auch an der Dunkelheit und dem flackernden Licht der Fackel liegen. Hugo und Peter warteten in einiger Entfernung.

Kein Wunder, niemand wollte sich mit dem Schwarzen Tod anstecken.

Josef tastete nach Albrechts Halsschlagader und schüttelte den Kopf.

»Sein Herz schlägt nicht mehr«, flüsterte er. »Albrecht ist tot.«

Bastian starrte schockiert auf den Metzgerbruder. »Hat der Schwarze Tod ihn geholt?«

Josef zuckte mit den Achseln. »Das kann ich noch nicht sagen. Auf der Beule am Arm kann ich jedenfalls keine Einstichstelle entdecken«, erklärte Josef und beugte sich ganz dicht über den Leichnam. »Das hat aber nichts zu heißen. Es ist einfach zu dunkel.« Er rückte ein wenig ab und begutachtete die Beine des Toten.

»Seine Arme sind ausgerenkt wie die von Henrike und Gottfried.«

»Dann ist es wahrscheinlich auch diesmal keine Pest«, schlussfolgerte Bastian, doch Josef hob zweifelnd die Schulter.

»Lasst uns nicht zu vorschnell urteilen. Bringen wir die Leichen in meinen Innenhof und riegeln ihn sorgfältig ab. Morgen bei Tageslicht kann ich die Todesursache besser beurteilen.«

»Sollten wir ihn nicht lieber schnell beerdigen, bevor die Pest sich womöglich ausbreitet?«, fragte Bastian, doch Josef schüttelte den Kopf.

»Ich muss wissen, was hier vor sich geht. In meinem Innenhof kann sich niemand anstecken. Ich untersuche ihn beim ersten Sonnenstrahl. Versprochen.«

Bastian nickte zögerlich. Er war hin- und hergerissen zwischen der Angst vor der Pest und seiner Neugier. Letztere siegte. Er winkte seine beiden Stadtsoldaten heran, die sich zum Schutz ebenfalls vermummt hatten. Gemeinsam hievten sie den toten Metzger auf den Karren, auf dem bereits der Leichnam des Wirtes lag. Bastian befahl ihnen, den Karren zum Haus des Arztes zu schieben, und verabschiedete sich. In seinem Kopf arbeitete es. Vier Tote, drei davon angeblich von der Pest gezeichnet, die Sache ließ ihm keine Ruhe. Irgendetwas stimmte hier überhaupt nicht. Gedankenverloren folgte er einer Gasse und gelangte auf die Schloßstraße, wo sich das Haus der Metzgerbrüder befand. Er wickelte sich sein Tuch um Mund und Nase und hämmerte gegen die Tür.

»Wulf, macht auf! Sofort!«

Er hörte Schritte und kurz darauf wurde die Tür einen Spaltbreit geöffnet. Wulf streckte die Nase heraus.

»Ich gehe nicht zurück in den Krötschenturm, falls Ihr deswegen hier seid«, brummte er und wollte die Tür wieder schließen.

Bastian stellte blitzschnell den Fuß dazwischen.

»Verdammt, Wulf, lasst mich rein«, forderte er in einem Tonfall, der keinen Widerspruch zuließ.

Wulf trat verdattert zurück und sah ihn aus großen Augen an, als er an ihm vorbei in die niedrige Stube schritt.

Bastian verschränkte die Hände. Plötzlich fehlten ihm die Worte. Wie sollte er Wulf beibringen, dass sein Bruder tot war? Er öffnete die Lippen, ohne dass er einen Ton herausbekam.

Wulf zündete eine Fackel an der kleinen Feuerstelle an und musterte Bastians Gesicht.

»Albrecht ist immer noch nicht zurückgekehrt«, sagte er mit zitternder Stimme. »Er wollte eigentlich längst wieder hier sein. Schon vor Stunden.« Wulfs großer Kehlkopf hüpfte hoch und runter. Er machte einen Schritt rückwärts und schüttelte den Kopf.

»Er wird nicht mehr kommen, oder?« Die letzten Worte klangen eher wie ein Schluchzen. Wulf stützte sich an der Tischplatte ab. Sein Atem ging schnell.

»Was ist passiert?«

»Setzt Euch erst einmal«, bat Bastian und drückte den Metzgerbruder auf einen Stuhl. Anschließend nahm er gegenüber Platz und holte tief Luft.

»Albrecht ist tot«, stieß er aus. »Er ist vor unseren Augen zusammengebrochen.«

»Nein«, klagte Wulf und verzog schmerzvoll das Gesicht. »Das kann nicht sein. Er war bei bester Gesundheit. Er kann nicht gestorben sein.«

»Es tut mir leid«, flüsterte Bastian. »Warum seid Ihr nicht im Krötschenturm geblieben?«

»Wir wollten nicht länger im Turm ausharren und darauf warten, dass der Schwarze Tod uns holt. Das könnt Ihr niemandem verübeln.«

Bastian schlug die Faust auf den Tisch. »Verdammt noch mal, Wulf. Aber genau das ist passiert. Albrecht wurde von der Pest dahingerafft. Wollt Ihr die Seuche in ganz Zons verbreiten? Ihr wisst doch, wie gefährlich der Schwarze Tod ist und dass er vor keinem Menschen haltmacht. Wollt Ihr die Verantwortung für den Tod dieser Stadt tragen?«

Wulfs Augen wurden noch größer. »Albrecht hat die Pest?«, hauchte er. »Aber er hatte doch überhaupt keine Anzeichen. Seid Ihr sicher?«

Bastian nickte. Er verfolgte einen Plan, in den er Wulf allerdings nicht einweihen wollte. Der Metzger sollte glauben, dass die Pest seinen Bruder getötet hatte, und es nach Möglichkeit jedem erzählen. Der Mörder sollte sich in Sicherheit wiegen.

»Wir haben eine Pestbeule an seinem Arm entdeckt.«

Wulf hob verzweifelt die Hände an den Kopf. »Conrad hat ihn auf dem Gewissen. Ich wusste es gleich. Ich bringe den Mistkerl auf der Stelle um.« Wulf sprang auf und rannte zur Tür.

Bastian hastete hinterher.

»Nein. Haltet ein. Wie kommt Ihr darauf, dass Conrad etwas damit zu tun hat?«

Wulf drehte sich wütend um. »Er hat Alwine geschubst. Sie stolperte und hielt sich an Albrecht fest. Ich konnte sehen, wie ihr Atem im Gesicht meines Bruders landete. Conrad ist schuld. Er ist ein Schlächter. Er hat Alwine aus dem Fenster gestoßen ohne einen Hauch von Skrupel, und genauso hat er auch meinem Bruder den Garaus gemacht. Er wusste, dass Albrecht sich anstecken würde.«

Bastian zog Wulf zurück ins Innere der Stube. »Ihr könnt mir helfen, Conrad zu bestrafen. Aber dafür braucht Ihr einen kühlen Kopf.«

Wulf starrte Bastian immer noch zornig an. Nach und nach füllten sich seine Augen mit Tränen.

»Er war mein Bruder. Wir haben alles geteilt. Was

soll ich denn nur ohne Albrecht machen?« Wulf sackte in sich zusammen und weinte.

Bastian hievte ihn wieder auf den Stuhl.

»Wir werden seinen Tod rächen. Darauf habt Ihr mein Wort«, sagte Bastian und sah Wulf fest in die Augen. »Vorher muss ich allerdings verstehen, was passiert ist. Berichtet mir bitte ganz genau, wann Ihr aus dem Krötschenturm ausgebrochen seid und was danach geschehen ist.«

Wulf wischte sich mit dem Ärmel die Tränen aus dem Gesicht und schniefte.

»Conrads Ältester hat uns die Axt durch das Fenster heraufgeworfen. Er und sein Vater haben abwechselnd auf die Pforte eingehauen. Als sie auf war, sind sie weggerannt, keine Ahnung, wohin. Albrecht und ich folgten durch die zerschmetterte Tür. Hubert blieb zurück. Ich weiß nicht, wann der weggelaufen ist. Albrecht hat vorgeschlagen, dass wir uns trennen. Er wollte sich hier zu Hause verstecken, ich bin zu unserer Tante. Wir dachten, dass die Stadtsoldaten uns sofort verfolgen, aber als den ganzen Tag nichts passierte, bin ich nach Hause. Doch Albrecht war nicht hier.« Wulf schluchzte laut.

Bastian klopfte ihm auf die Schulter. »Es tut mir sehr leid. Trotzdem muss ich Euch zurück in den Krötschenturm bringen und Ihr dürft ihn sieben Tage lang nicht verlassen. Ich werde ein schwarzes Pestkreuz auf die Tür dieses Hauses zeichnen, damit jeder Bescheid weiß und sich fernhalten kann. Ihr versteht doch, dass ich dafür sorgen muss, dass sich die Seuche nicht weiter in Zons ausbreitet?«

Wulf nickte erschöpft. »Mein Leben hat jeden Sinn verloren, und wer weiß, ob ich die Pest nicht bereits in mir trage. Vermutlich werde ich diesen verdammten Turm sowieso nicht mehr lebend verlassen.« Er erhob sich und blickte Bastian an. »Was ist denn nun? Bringt mich schon zurück in mein Gefängnis.«

Bastian erwiderte nichts. Wulf tat ihm leid. Er war fest davon überzeugt, dass Albrecht ermordet worden war, genauso wie der Wirt und die Hure. Aber in diese Vermutungen wollte er den Metzgerbruder nicht einweihen. Der Täter sollte sich in Sicherheit wiegen und glauben, dass sein Plan aufginge.

Also begleitete Bastian den trauernden Metzgerbruder zum Krötschenturm. Die Tür ließ sich nicht mehr verschließen, aber Bastian wusste, dass Wulf nicht wieder davonlaufen würde. Er hatte alles verloren, was ihm wichtig war. Eine tiefe Müdigkeit breitete sich in Bastian aus. Wahrscheinlich war Mitternacht schon vorbei. Erschöpft beschloss er, nach Hause zu gehen.

Dort angekommen, legte er sich ins Bett und fiel in einen traumlosen Schlaf.

* * *

»Was macht Ihr denn noch hier? Ihr habt mich zu Tode erschreckt«, flüsterte Rebecca und blieb erschrocken im Türrahmen stehen.

Balthasar fuhr hoch. Verdattert strich er über seine Kleidung und versuchte, sie notdürftig zu ordnen. Im ersten Augenblick begriff er gar nicht, wo er war. Dann nahm er das Porträt des Schöffen wahr und verstand. Er musste eingeschlafen sein. Verlegen lächelte er.

»Tut mir leid. Ich wollte unbedingt das Bild zu Ende malen und bin darüber wohl eingedöst.« Er streckte sich. Alle Knochen im Leib taten ihm weh. Auch sein Nacken schmerzte. Auf dem Boden um ihn herum verteilten sich verschiedene Farbtöpfe und Lappen. Wenigstens lagen die Pinsel ordentlich aufgereiht neben der Staffelei. Balthasar fühlte sich schrecklich. Schon wieder erwischte Rebecca ihn in einem denkbar ungünstigen Augenblick. Verdreckt und stinkend hatte sie ihn bereits auf dem Pestfriedhof angetroffen. Sicher hatte sich dieser Eindruck für immer in ihr Gedächtnis eingebrannt. Sein jetziger Zustand verschlimmerte alles noch. Bestimmt mochte sie ihn nun nicht mehr. Jedenfalls nicht mehr so vorbehaltlos wie bisher. Er sah es an ihren Augen.

Sie musterte ihn mit zusammengepressten Lippen und blassem Gesicht. Auf ihrer Stirn zeigte sich eine tiefe Falte gleich über der Nasenwurzel.

»Wenn mein Vater uns zusammen hier sieht, wird er vor Zorn außer sich sein«, flüsterte sie und huschte eilig davon.

»Rebecca?«, rief Balthasar und folgte ihr bis zur Tür. Er blieb stehen und sah, wie sie durch den langen Flur verschwand und sich nicht einmal mehr nach ihm umdrehte. Sein Herz pochte schmerzhaft gegen die Rippen. Er hatte alles ruiniert. Enttäuscht kehrte er um und betrachtete das fertige Porträt. Dederich von Rockel trug ein edles Gewand. Der Schöffe blickte ernst und gleichzeitig weltgewandt drein. Balthasar fand das

Gemälde gelungen. Er räumte seine Sachen zusammen. Er sortierte die Farbtöpfe, reinigte die Pinsel und legte alles in einen Korb. Dann prüfte er die Farbe auf der Leinwand. Oberflächlich schien sie bereits getrocknet. Es würde noch ein paar Tage dauern, bis auch die tieferen Farbschichten trocken waren.

»Habt Ihr Rebecca gesehen?«, donnerte eine Stimme durch das Haus.

Balthasar fuhr zusammen. Dederich von Rockel, ein Mann mit stattlichem Bauch, erschien im Türrahmen und schaute ihn finster an.

»Nein, nein«, stammelte Balthasar, er traute sich kaum, dem Schöffen in die Augen zu sehen.

»Dieses Mädchen. Ständig treibt es sich herum. Dabei haben wir heute hohen Besuch.« Von Rockel machte eine bedeutungsvolle Pause und setzte ein zufriedenes Grinsen auf. »Ein reicher Kaufmann will Rebecca zum Weib. Verdammt, wo steckt sie bloß?«

Balthasar stockte der Atem. Rebecca sollte heiraten? Er schluckte und ergriff seine Sachen.

»Das Porträt ist fertig«, sagte er und wollte sich an dem Schöffen vorbei hinausschleichen.

Aber der packte ihn am Kragen.

»Wartet, Bursche. Ich will sehen, was Ihr da gemalt habt.« Der kräftige Mann schob ihn vor sich her und blieb mit ihm vor der Staffelei stehen. Nach einer Weile grunzte er selbstgefällig.

»Gute Arbeit. Richtet Bastian Mühlenberg meine Grüße aus.« Er ließ Balthasar los und stampfte aus dem Zimmer. »Rebecca, wo steckst du?«, hörte Balthasar ihn über den Flur brüllen.

Balthasar atmete auf, aber sein Herz war schwer. Er mochte Rebecca, doch es hätte ihm natürlich von Anfang an klar sein müssen, dass er für sie nicht infrage kam. Trotzdem hatte er ein Band zwischen ihnen gespürt. Er seufzte und machte sich auf den Weg zu seinem Quartier bei der Stadtwache. Die Erinnerung an Rebecca ging ihm jedoch nicht mehr aus dem Kopf.

* * *

Er summte ausgelassen vor sich hin und schrieb ein paar Worte auf das Pergament. Anschließend tauchte er die Feder in das Tintenfässchen ein und malte ein rundes Symbol auf die Seite. Er zeichnete die feinen Linien noch einmal nach, damit das Zeichen stärker zur Geltung kam. Gott sollte seine Botschaft sofort verstehen. Es war nur ein Symbol, doch es sagte alles. Vorsichtig pustete er, so lange, bis die Tinte getrocknet war. Er musterte sein Werk kritisch. Es erschien ihm immer noch zu undeutlich. Er fuhr ein weiteres Mal mit der Feder über die Linien. Es wurde besser. Zufrieden nickte er und blätterte zur ersten Seite zurück.

Pestordnung stand dort in großen Buchstaben. Es folgten einige Punkte, die bei Ausbruch der Seuche zu beachten waren. Ein mit der Pest Behafteter sollte bei Gott Zuflucht suchen und beichten. Er durfte sein Haus nicht mehr verlassen. Zudem wurde ein schwarzes Kreuz auf seiner Tür angebracht, damit die anderen Bürger gewarnt waren. Die Nachbarn mussten den Kranken durchs Fenster versorgen. Niemand durfte das Haus betreten. Sollte der Kranke mithilfe Gottes genesen, so hatte er weitere vier Wochen im Haus zu bleiben. Wer nicht lange genug abwartete und somit gegen die Pestordnung verstieß, konnte der Stadt verwiesen werden.

Am Ende der Liste ergänzte er ein paar Punkte, die er für wichtig hielt. So sollte beispielsweise ein guter Freund den Kranken unterstützen. Er hatte die Pest in anderen Städten erlebt, und er wusste von seinem kürzlichen Besuch in der Nachbarstadt Neuss, dass sie dort bereits wütete. Auch in Köln breitete sich die Pest unaufhörlich aus. Von der Seuche Gezeichnete waren nach ein paar Tagen so schwach, dass sie sich nicht mehr von ihrem Lager erheben konnten und der Hilfe dringend bedurften.

Mit Grauen erinnerte er sich an die vielen toten Leiber. Der Herr bestrafte die Menschen für ihre Sünden. Es war gut so und richtig. Denn die Sünde war das Böse auf der Welt. Durch sie konnte es sich manifestieren. Die Sünde musste bekämpft werden, denn sie war die Wurzel allen Übels. Er musste sie ausmerzen. Sein Blick glitt zu einem Eisenstab, der neben der Feuerstelle lag, und dann zur Streckbank. Heute war sie leer, doch das würde nicht mehr lange so bleiben. Er würde seinen Pakt mit Gott erfüllen.

Zufrieden stand er auf und machte sich auf den Weg.

* * *

Bastian lief ruhelos in der Kirche auf und ab.

Pfarrer Johannes löschte ein paar Kerzen und runzelte die Stirn.

»Henrike hat sich für ein Leben in Sünde entschieden. Doch sie war im Herzen eine gute Frau. Allein der Herr weiß, warum sie auf den falschen Weg geraten ist.« Er bekreuzigte sich. »Ich werde sie in meine Gebete einschließen.«

»Jeder unnütze Tod ist beklagenswert«, sagte Bastian und blieb stehen. »Aber habt Ihr jemals von einem Fall gehört, in dem eine tödliche Krankheit vorgetäuscht wurde?«

Johannes lachte. »Der Teufel ist listig, wie Ihr wisst. Er kleidet sich gerne in neue Gewänder oder versteckt sich hinter einem netten Lächeln. Warum sollte er nicht Angst und Schrecken verbreiten wollen? Wie steht es um Euren Ruf, mein Sohn, wenn der Erzbischof davon erfährt? Ihr habt versprochen, die Stadt vor der Pest zu schützen, und nun scheint der Schwarze Tod mitten unter uns zu sein. Jedenfalls wird das jeder glauben, der einen der Toten gesehen hat.«

Bastian schlug sich an die Stirn. »So habe ich die Sache noch gar nicht betrachtet.«

Johannes erhob den Zeigefinger. »Wer weiß? Wir kennen die Todesursache bisher nicht. Wie lange braucht Josef noch, um sie herauszufinden?«

Bastian zuckte mit den Achseln. »Ich denke, er wird sich sehr bald melden.« Er räusperte sich, denn die Frage, die er Johannes jetzt stellen wollte, war heikel.

»Könnt Ihr mir verraten, wem Henrike ihre Dienste angeboten hat? Ich habe gehört, dass beispielsweise der

Wirt Gottfried zu ihren Kunden zählte. Wie steht es mit dem Metzgerbruder Albrecht?«

Der Pfarrer musterte Bastian eine Weile. »Warum fragt Ihr mich das, mein Junge? Ihr wisst doch, dass ich das Beichtgeheimnis nicht brechen kann, selbst wenn ich die Antwort wüsste. Seid Ihr so verzweifelt?«

Bastian seufzte. »Ich versuche nur, eine Verbindung zwischen den drei Toten herzustellen. Vergebt mir meinen vorschnellen Vorstoß.«

»Schon gut«, murmelte Pfarrer Johannes und winkte Bastian heran. »Ich kann Euch auch ohne Verletzung des Beichtgeheimnisses versichern, dass Albrecht ein Kunde von Henrike war.«

Bastian machte große Augen. Pfarrer Johannes brach in schallendes Gelächter aus.

»Ich lebe das Leben, das Gott mir vorgeschrieben hat. Ich bin mit mir völlig im Reinen und ganz bestimmt würde ich mich auf kein Weib einlassen.«

»Aber woher wisst Ihr dann, dass Albrecht ihr Kunde war?«, fragte Bastian erstaunt.

»Weil ich beobachtet habe, wie er der Dirne vor meiner Kirche ein paar Münzen zugesteckt hat. Das war letzte Woche und es war nicht das erste Mal.«

Plötzlich wurde die Kirchentür aufgestoßen. Wernhart kam mit hochrotem Kopf herein. Er schnaufte heftig und eilte auf sie zu.

»Ich habe den Schlosspförtner Conrad und den Schneiderlehrling Hubert in den Juddeturm gesperrt. Beide werden sich für die Flucht aus dem Krötschenturm verantworten müssen, und ich hoffe, dass Conrad für den Tod von Alwine an den Galgen kommt.«

Bastian umarmte seinen Freund. »Du solltest dich doch noch ausruhen. Mit einem faulen Zahn ist nicht zu spaßen. Hugo hätte das erledigen können.«

Wernhart machte sich Luft. »Keinen Augenblick länger hätte ich es bei Josef ausgehalten. Der Quacksalber ist wahnsinnig. Drei Leichen liegen in seinem Innenhof, und er kriecht so dicht an sie heran, dass man meint, er wolle den Tod inhalieren.« Wernhart schüttelte angewidert den Kopf. »Ich bin wieder gesund, so lange wie ich keinen Schwertkampf bewältigen muss.«

»Also gut. Dann befragen wir Hubert und Conrad gleich. Anschließend gehen wir zu Josef und erfahren hoffentlich, woran der Wirt, die Hure und der Metzgerbruder gestorben sind.« Bastian verabschiedete sich herzlich von Pfarrer Johannes. Er würde einen Boten zum Erzbischof senden und bestätigen, dass die Stadt Zons nach wie vor nicht vom Schwarzen Tod heimgesucht wurde. Trotzdem würde er innerhalb der Stadtmauern eine andere Botschaft verbreiten. Als Nächstes sollten die Häuser des Schlosspförtners und des Schneiderlehrlings mit einem schwarzen Kreuz gezeichnet werden. Wer auch immer die drei Toten auf dem Gewissen hatte, verfolgte einen Plan. Bastian musste jetzt erst einmal Zeit gewinnen.

Bald traf er mit Wernhart im Juddeturm ein und sie nahmen sich dort zuerst den Schneiderlehrling vor.

Hubert, der sich zunächst freiwillig in den Krötschenturm begeben hatte, zitterte am ganzen Leib. Sein langes blondes Haar war völlig zerzaust. Auf seiner Nase saß ein dicker roter Pickel.

»Warum seid Ihr Alwine nicht zur Seite gesprungen,

sondern habt tatenlos zugesehen, wie Conrad sie aus dem Fenster stieß?«, fragte Wernhart barsch und schlug mit der flachen Hand auf den Tisch. »Verdammt noch mal, benehmt Euch wie ein Mann!«

Hubert nickte ehrfürchtig.

Schon bevor er antwortete, kannte Bastian die Wahrheit. Hubert war ein erbärmlicher Feigling.

»Was hätte ich denn tun sollen? Conrad ist groß und kräftig. Ich könnte ihn niemals überwältigen. Wäre ich dazwischengegangen, hätte er mir den Hals umgedreht.«

Bastian fand kein Verständnis für ihn. »Ihr hättet Alwine helfen können. Wie könnt Ihr nur damit leben, die arme Frau auf dem Gewissen zu haben?«

»Wir dachten, sie hätte die Pest. Ihr Gatte ist schließlich auch daran gestorben. Da liegt es doch nahe. Und dann hat Conrad die Beule an ihrem Hals entdeckt. Ich ... ich wollte einfach nicht sterben.«

»Wir haben Euer Haus mit dem Pestzeichen markiert. Wundert Euch also nicht, wenn man Euch in Zukunft meidet«, sagte Bastian kalt.

Hubert fuhr entsetzt hoch. Sofort drückte ihn Wernhart energisch zurück auf den Schemel.

»Aber das könnt Ihr nicht tun. Mein Meister bringt mich um und die anderen Lehrlinge erst.« Hubert schluchzte und tippte sich an den Hals. »An meinem Körper ist nicht eine einzige Pestbeule. Bitte. Das dürft Ihr nicht tun.«

»Seid froh, dass Ihr noch am Leben seid«, knurrte Bastian. »Conrad hätte Euch ebenso aus dem Siechturm geworfen, sobald er auch nur einen Flecken an Euch bemerkt hätte.« Er beugte sich dicht zu Hubert hinüber. »Ihr werdet freiwillig wieder in den Krötschenturm zurückkehren. Verkriecht Euch dort, bis die sieben Tage um sind, und betet, dass Gott Euch verschont. Ihr kommt nicht eher wieder heraus, bis ich es sage. Verstanden?«

Der Schneiderlehrling nickte eifrig.

»Dann raus mit Euch und lasst Euch ja nicht irgendwo anders blicken! Ich werde Euch finden und dann wird es ungemütlich.«

Hubert sprang auf und hastete zur Tür.

»Halt«, sagte Bastian, und der Schneiderlehrling blieb wie angegossen stehen.

»Noch eins, habt Ihr mit Henrike verkehrt?«

Huberts Gesichtsfarbe wechselte ins Dunkelrote. Er schüttelte heftig den Kopf. »Nein. Ich besitze nicht einmal genügend Münzen, um die Dienste einer Hure in Anspruch nehmen zu können. Das müsst Ihr mir glauben.«

»Geht!«, sagte Bastian und würdigte den Mann keines weiteren Blickes.

Die Tür schwang zu, doch kurz darauf wieder auf.

»Was wollt Ihr denn noch?«, rief Bastian und biss sich auf die Zunge, als er den Arzt im Türrahmen bemerkte.

»Ich muss unbedingt mit Euch sprechen«, sagte Josef und kam direkt zur Sache. »Ich habe herausgefunden, woran die drei gestorben sind.«

XII

GEGENWART

»Das Erlassen einer sogenannten Pestordnung gehörte im Mittelalter zur Überlebensstrategie der betroffenen Orte. Stellen Sie sich die hygienischen Verhältnisse vor. Es gab keine Kanalisation. Der Unrat lag auf der Straße. Ratten bevölkerten die Städte.« Professor Jan Kelkheim machte eine kurze Pause und blickte ins Publikum.

»Die Menschen wussten damals nicht, dass die Pest hauptsächlich durch Ratten übertragen wird. Der Erreger wird vom Rattenfloh weitergegeben. Erst nach Infektion eines Menschen erfolgt die Ansteckung von Mensch zu Mensch.« Der Professor drückte auf die Tastatur seines Laptops und projizierte ein Bild an die Wand.

»Die Pest ist heute weitestgehend ausgerottet, aber wie Sie sehen, kann sie vereinzelt wieder ausbrechen, zum Beispiel wie vor Kurzem in Madagaskar. Inzwischen stehen uns Antibiotika zur Verfügung, die Krankheit ist also heilbar. Im Mittelalter waren die Menschen ihr jedoch schutzlos ausgeliefert. Die Bevölkerung wurde in manchen Städten um die Hälfte dezimiert. Aufgrund der dramatischen Auswirkungen glaubten die Menschen, dass die Pest eine Strafe Gottes sei. Diese Ansicht spiegelt sich auch in den erlassenen Pestordnungen wider. Es existieren etliche Überlieferungen, und als Beispiel möchte ich Ihnen heute Abend die Pestordnung von Zons vorstellen …«

Professor Kelkheim warf ein neues Bild an die Wand und erklärte die wichtigsten Fakten zu dem kleinen Ort.

Anna schweifte mit ihren Gedanken ab. Sie kannte die alten Geschichten und wohnte selbst am Rheinturm in Zons. Verstohlen blickte sie zu Emily hinüber, die gebannt an Kelkheims Lippen hing. Eigentlich hatte Oliver Emily zu dem Vortrag an der Universität zu Köln begleiten wollen, doch er untersuchte derzeit einen neuen Mordfall und konnte sich nicht freinehmen. Also war sie eingesprungen, weil die Eintrittskarte ansonsten verfallen wäre. Außerdem hatte sie Emily in den letzten Tagen nicht sonderlich oft gesehen und sich auf einen netten Abend mit ihr gefreut. Sie hatten beide recht stressige Jobs. Anna arbeitete bei einer Bank und Emily war Journalistin. Sie sahen einander manchmal tagelang nicht und deshalb ergriff Anna jede sich bietende Chance. Zudem hatte Maximilian heute Notdienst in der Kinderklinik und auch keine Zeit.

»Sieht er nicht gut aus?«, flüsterte Emily und stupste Anna an.

Anna betrachtete den Professor überrascht. Der schlanke hochgewachsene Mann war ungewöhnlich jung für einen Professor. Er war vielleicht um die vierzig, hatte volles dunkles Haar und trug eine moderne Brille. Sobald er lächelte, zeigten sich zwei Grübchen auf seinen Wangen. Er war ohne Frage attraktiv.

»Hm«, erwiderte Anna und musterte Emily. Sie starrte den Mann schon wieder an. Ein Strahlen lag in ihrem Gesicht. Emily hatte Anna erzählt, dass sie zurzeit sauer auf Oliver war. Er hatte sie innerhalb kürzester Zeit zweimal versetzt. Aber war das ein Grund, gleich für jemand anders zu schwärmen? Für einen Mann mit einem dicken Ehering an der rechten Hand? So kannte Anna ihre Freundin gar nicht. Emily zählte zu den treuesten Menschen, die sie je getroffen hatte. Unvermittelt schwirrten ihr die ständigen Gedanken an Bastian Mühlenberg durch den Kopf. Was hieß das eigentlich für die Beziehung, die sie mit Maximilian führte? Noch wohnten sie nicht zusammen. Sie hatte sich bis heute nicht dazu durchringen können. Sie liebte ihre kleine Wohnung in Zons. Obwohl dieser Bastian Mühlenberg im wahrsten Sinne des Wortes ein Relikt aus der Vergangenheit war, konnte sie ihn nicht vergessen. Auch wenn Maximilian sein Nachfahre war und ihm beinahe bis aufs Haar glich, hatte die sonderbare Verbindung zu Bastian eine andere Qualität. Vielleicht lag es einfach nur an der Sehnsucht, die das Besondere ausmachte. Es gehörte zur menschlichen Natur, das zu begehren, was man nicht haben konnte.

Anna seufzte und blickte überrascht auf, als Emily plötzlich aufsprang. Sie hatte gar nicht bemerkt, dass der Vortrag zu Ende war. Professor Kelkheim stieg vom Podium und machte dem nächsten Redner Platz.

Emily stürmte auf den Professor zu.

»Herr Professor Kelkheim. Ich gratuliere Ihnen zu diesem gelungenen Vortrag.«

Anna verdrehte die Augen, als Emily sich vorstellte und ihm ihre Visitenkarte in die Hand drückte. Was ging nur im Kopf ihrer Freundin vor sich? Sie erhob sich ebenfalls und gesellte sich zu den beiden. Dabei kam sie sich beinahe wie eine Aufpasserin vor. Das Lächeln des Professors sprach Bände.

»Also über ein Interview würde mich wirklich freuen. Geschichten aus Zons gehören zu meinen Steckenpferden. Ich habe in den vergangenen Jahren mehrere Reportagen veröffentlicht. Ich kann sie Ihnen gerne zusenden, wenn Sie Interesse haben«, schlug Emily vor und strahlte übers ganze Gesicht. Auf ihrem Hals entdeckte Anna ein paar rote Flecken.

»Wir kommen zu spät«, hauchte Anna ihr ins Ohr. Dieses Gespräch musste dringend beendet werden.

Glücklicherweise schien Professor Kelkheim es eilig zu haben. Vielleicht wartete seine Frau auf ihn. Er gab Emily seine Kontaktdaten und bat sie um einen Anruf am nächsten Tag. Dann hastete er davon.

Emily schaute ihm verzückt hinterher. »Ist er nicht großartig?«, fragte sie.

Anna war genervt. »Übertreibst du es nicht ein wenig?«

Emily sah sie verständnislos an. »Was meinst du?«

»Du hast mit ihm geflirtet, und versuche es nicht als Blödsinn hinzustellen. Ich kenne dich.«

Emily zog Anna mit sich aus dem Saal. »Okay, ich finde ihn ganz nett. Aber mehr nicht.«

»Der Typ ist verheiratet«, entgegnete Anna.

»Das weiß ich doch.« Emily winkte ab. »Trotzdem ist er sympathisch.«

»Komm schon, Emily. Ich gebe zu, es ist nicht sonderlich nett, dass Oliver dich heute Abend wieder einmal versetzt hat. Deswegen musst du aber nicht gleich mit dem erstbesten Vertreter des männlichen Geschlechts flirten.«

Emily stemmte die Hände in die Hüfte. »Ich bin stinksauer auf Oliver. Lass uns nebenan noch was trinken gehen.«

Sie steuerten auf eine urige Kneipe zu und setzten sich an einen Tisch direkt am Fenster. Emily bestellte zwei Kölsch.

»Was ist los mit dir?«, fragte Anna, als der Kellner die Gläser vor ihnen abstellte.

Emily drehte das Glas auf dem Bierdeckel hin und her und trank einen großen Schluck.

»Ich bin mir nicht sicher, was Oliver von unserer Beziehung erwartet«, platzte sie schließlich heraus. »Vielleicht sind wir einfach zu verschieden. Denk nur an den Wellnesstag.«

»Maximilian hätte dazu auch keine Lust«, sagte Anna. »Immerhin wohnt ihr schon zusammen. Oliver ist doch sehr romantisch. Erinnere dich mal an den Schlüssel, den er dir in die Hand gedrückt hat.«

Emily seufzte. »Ja, das stimmt. Im Augenblick interessiert er sich aber bloß für seine Arbeit. Ich habe das Gefühl, dass der aktuelle Beziehungsstatus für ihn völlig ausreicht.«

Anna neigte den Kopf. »Willst du jetzt auf einmal heiraten und Kinder kriegen?«

Emily biss sich auf die Unterlippe, dann schüttelte sie den Kopf. »Nein. Ich dachte immer, er möchte das. Aber in letzter Zeit merke ich gar nichts mehr davon. Im Gegenteil, er konzentriert sich komplett auf seinen Job. Ich laufe einfach nebenher.«

Anna überlegte. Sie gehörte unter Garantie nicht zu den Beziehungsexperten. Schließlich schleppte sie genug eigene Probleme mit sich herum. Emily und Oliver waren für sie ein ganz großes Vorbild. Ein Beweis, dass die heile Welt doch existierte.

»Und wenn er dich bloß nicht bedrängen will?«, sagte sie und nahm Emilys Hand. »Ich finde, du solltest mit ihm sprechen und nicht überreagieren. Vielleicht ist er zurzeit im Stress, und sobald der neue Fall abgeschlossen ist, renkt sich alles wieder ein.«

Emily winkte ab. »Dann kommt der nächste Fall. Das kenne ich bereits.« Sie stützte das Kinn auf die verschränkten Hände. »Außerdem flirte ich nicht mit Professor Kelkheim. Er ist wirklich nett und kompetent, aber nicht mehr.« Sie hob den Kopf und sah Anna in die Augen. »Weißt du was? Lass uns doch mal zusammen mit unseren Männern ins Kino gehen, in irgendeinen Actionfilm. Das wird beiden gefallen und wir haben schon so lange nichts mehr zu viert unternommen.«

* * *

Obwohl es noch hell war, hatte die Spurensicherung mehrere Strahler aufgestellt. Der See erschien Oliver unwirklich, wie auf einer Kinoleinwand. Die Farben leuchteten viel zu intensiv für einen frühsommerlichen

Abend. Der Knoten, der sich nach dem letzten Telefonat mit Emily in seinem Magen gebildet hatte, löste sich nicht auf. Der Streit ging ihm nahe. Er wollte nicht, dass Emily sauer auf ihn war und sich zurückgesetzt fühlte. Doch was sollte er tun?

Sein Chef Hans Steuermark verlangte hundertprozentigen Einsatz. Wie sollte er einen netten Abend verbringen, während hier eine Tote angeschwemmt wurde und ihr Mörder frei herumlief. Niemand wusste, ob der Täter nicht erneut zuschlug. Oliver hatte keine Beweise, dass es sich um denselben Täter handelte, trotzdem schien es für ihn offensichtlich. Der Goldberger See lag nicht einmal fünfhundert Meter vom Martinsee entfernt. Es war eine weitere mit Wasser gefüllte Kiesgrube bei Zons, von denen es in der Gegend noch eine ganze Reihe gab. Oliver hatte keine Lust, die anderen Baggerseen kennenzulernen. Aber seine jahrelange Erfahrung verstärkte das schlechte Bauchgefühl, das er seit Tagen mit sich herumtrug. Die Vorgehensweise des Täters wirkte gut organisiert. Am ersten Fundort hatten sie bisher kaum Spuren sichergestellt und es gab immer noch keine brauchbaren Zeugen. Oliver ging davon aus, dass der Täter sich in dieser Gegend auskannte. Die Baggerseen lagen relativ weit abseits von großen Straßen, man stieß nicht zufällig auf sie. Marcel Diekhoff, der das erste Opfer gestalkt hatte, stand ganz oben auf der Liste der Verdächtigen. Wer sollte die Seen rund um Zons schon besser kennen als ein Angler?

»Wer hat die Tote entdeckt?«, fragte Oliver einen Streifenpolizisten, der vor der Absperrung Position bezogen hatte und ein grimmiges Gesicht machte. Der Beamte deutete auf drei junge Männer, die nur mit Badehose bekleidet auf ihren Surfbrettern hockten. Oliver ging auf sie zu und stellte sich vor. Dann warf er einen kurzen Blick auf die Uhr. Klaus würde jeden Augenblick nachkommen. Er war noch bei Luise Steinfels in der Villa geblieben, um die Befragung zu Ende zu führen.

»Wer von Ihnen hat die Tote gefunden?«, fragte er, und sofort schossen drei Arme in die Höhe.

»Wir wollten gerade raus zum Surfen auf den See«, erklärte der kräftigste der vielleicht sechzehnjährigen Teenager, »und da lag sie am Ufer.« Der Junge räusperte sich und schluckte deutlich sichtbar. »Wir haben gleich die Polizei gerufen.«

Oliver nickte. »Verstehe. Ist Ihnen auf dem Weg hierher irgendetwas Ungewöhnliches aufgefallen? Ein wegfahrendes Auto, jemand, den Sie hier noch nie gesehen haben? Das muss nicht unbedingt heute gewesen sein, möglicherweise liegt es ein paar Tage zurück.«

Die drei jungen Männer schauten sich gegenseitig an. Schließlich schüttelten sie die Köpfe.

»Nein. Diesen Sommer ist hier viel los, eigentlich wie immer. Auch heute erschien erst mal alles normal, bis wir zum Ufer gegangen sind«, antwortete der Kräftige und deutete mit dem Kopf in die Richtung, in der sich Mitarbeiter der Spurensuche zu schaffen machten.

Irgendwo dort lag die Leiche, die Oliver gleich in Augenschein nehmen würde.

»Kennt einer von Ihnen Marcel Diekhoff aus Zons?«

Wieder blickten die drei sich an.

Diesmal nickte der Kleinste von ihnen zögerlich.

»Sie meinen den Psycho? Den kennt doch jeder«, erwiderte er und lief im Gesicht dunkelrot an.

»Psycho?«, fragte Oliver interessiert. »Wie meinen Sie das?«

Der Junge machte eine unbestimmte Geste. »Na ja, der benimmt sich merkwürdig. Er hängt hier öfter rum und starrt die Mädchen an.« Sein Blick wanderte zu dem dritten Teenager, der nervös mit den Füßen auf und ab wippte.

»Der Typ hat vor zwei Jahren meine Schwester belästigt«, verkündete er schließlich. »Mein Vater hat ihn sich vorgeknöpft, seitdem lässt er sie in Ruhe. Er ist ihr überallhin gefolgt. Ein echter Psychopath, wenn Sie verstehen. Sollte ich den je wieder in der Nähe meiner Schwester sehen, dann ...« Der Teenager ballte die Hände zu Fäusten.

»Hat er ihr etwas getan?«, fragte Oliver.

»Dazu ist es nicht gekommen«, murmelte der Kleine. »Aber ich würde es ihm auf jeden Fall zutrauen.« Er deutete in Richtung des Leichenfundes und schlug sich an die Stirn. »Alter, da hätten wir auch gleich draufkommen können. Das war der Psycho. Der Psycho hat die Frau umgebracht!«

»Scheiße«, erwiderte einer der beiden anderen und glotzte Oliver aus schreckgeweiteten Augen an. »War ja klar, dass der irgendwann durchdreht.«

Der dritte im Bunde schwieg betroffen.

»Das sind reine Spekulationen«, warnte Oliver und hob den Zeigefinger. »Ich möchte Sie bitten, damit nicht hausieren zu gehen, das könnte unsere Ermittlungsarbeiten erschweren. Können Sie mir denn andere konkrete Fälle nennen, in denen Herr Diekhoff Mädchen oder Frauen bedrängt hat?«

»Da können Sie jedes Mädchen aus dem Surfclub oder nebenan vom Badesee befragen. Er hat sich an fast *alle* rangeschmissen«, entgegnete der Bruder der belästigten Schwester. »Hinterhergelaufen ist er seit dem Vorfall mit meiner Schwester aber keiner mehr. Jedenfalls hab ich nichts in der Art mitbekommen.«

Oliver blickte die anderen beiden Teenager an. Sie schüttelten die Köpfe.

»Sie können jetzt nach Hause gehen. Falls Ihnen noch etwas einfällt, rufen Sie mich bitte an.« Er verteilte seine Visitenkarten und sah den drei jungen Männern hinterher, als sie davontrotteten. Dann ging er zur Fundstelle der neuen Toten.

Ingrid Scholten von der Spurensicherung erwartete ihn bereits.

»Keine Ahnung, ob der Finger passt. Sieht aber ganz danach aus«, erklärte sie, ohne Olivers Begrüßung abzuwarten, und drückte ihm eine Plastiktüte in die Hand. »Da drin steckt eine neue Nachricht vom Täter. Es ist wieder haargenau derselbe Satz.«

»Wenn die Pest ausgerottet werden soll, muss das Übel an der Wurzel gepackt werden.« Oliver las den Satz und schüttelte den Kopf. »Was haben diese armen Frauen nur getan, dass man sie ausrotten muss?« Er gab das Beweisstück zurück und betrachtete die Tote. Es wäre zwar nur ein kleiner Trost für die Angehörigen, aber wenigstens war ihr Anblick weit weniger schlimm als der von Lara Hübner.

»Ich denke, dass die Tote vielleicht seit sechs oder sieben Tagen im Wasser lag«, sagte Ingrid Scholten wie zur Bestätigung. »Das Alter würde ich auf höchstens fünfundzwanzig schätzen, die Körpergröße auf eins achtzig. Der Statur nach zu urteilen, könnte sie ebenfalls ein Model sein.«

»Das kann kein Zufall sein. Passt doch wunderbar ins Bild. Marcel Diekhoff stalkt Models nicht nur, er bringt sie um, wenn sie ihn abweisen«, brummte Klaus.

Oliver fuhr herum, er hatte seinen Partner gar nicht kommen hören.

»Jetzt sieh mich nicht so überrascht an. Ich bin kein Geist, oder hast du geglaubt, dass ich mich nicht von Luise Steinfels lösen kann?«

Oliver grinste. »Ehrlich gesagt hatte ich es befürchtet.«

»Luise Steinfels?«, fragte Ingrid Scholten verwirrt. »Das ist doch die Inhaberin des Modelabels, dem die Kleider gestohlen worden sind.« Sie musterte Klaus von oben bis unten. »Kennen Sie diese Frau privat?«

Klaus lief tatsächlich rot an und schüttelte wie ein Schuljunge den Kopf.

Oliver sprang ihm zur Seite.

»Nein, natürlich nicht. Ich habe nur Spaß gemacht. Sie wissen ja, dass wir uns ab und an gegenseitig aufziehen.«

Ingrid Scholten hob die Augenbrauen, als hätte Oliver einen unverständlichen Witz erzählt.

»Also gut«, erklärte sie sichtlich irritiert und wandte

sich wieder der Leiche zu. »Wo waren wir stehen geblieben?« Sie ging in die Knie. »Ach ja, richtig. Die Todesursache ist auf den ersten Blick nicht zu erkennen, wie auch im letzten Fall. Keine Fesselspuren an Hand- und Fußgelenken, ebenfalls keine größeren Abwehrverletzungen erkennbar. Die Fingernägel sind – bis auf den fehlenden Zeigefinger – dem Verwesungsgrad entsprechend intakt. Sie trug einen Ring am linken Ringfinger. Er ist silberfarben und an ein paar Stellen zerkratzt, scheint also schon länger am Finger zu sein. Ich gebe ihn ins Labor.« Sie deutete auf eine Box. »Das Schmuckstück liegt da drin, falls Sie es in Augenschein nehmen möchten. Meine Leute haben bereits die Vermisstendatenbank durchsucht. Bei der Toten könnte es sich um Zoe Kühnert handeln.« Scholten erhob sich und griff zu einer Akte, die neben der Box lag. »Hier ist ein Foto. Ich finde, man kann sie ziemlich gut erkennen.«

Oliver betrachtete die schlanke Frau auf dem Foto, die ihn aus blauen Augen anblickte. Ihr langes blondes Haar war in der Mitte gescheitelt. Das Gesicht erschien symmetrisch, die Nase wirkte zierlich, die Lippen voll.

»Ansonsten haben wir bisher keine weiteren Spuren gefunden. Die Fußabdrücke hier am Ufer sind so zahlreich, dass eine Auswertung sinnlos ist. Ein Kollege überprüft das Gelände auf Reifenspuren oder andere Auffälligkeiten. Ich gehe jedoch davon aus, dass unser Täter genauso sorgfältig vorgegangen ist wie beim ersten Mal. Wir werden wohl nichts Verwertbares finden.«

Oliver nickte nachdenklich. »Warum hat er die Leichen eigentlich nicht beschwert?«

»Wie bitte?«

»Warum hat er ihnen keinen Betonklotz oder etwas in der Art um die Füße gebunden? Auf dem Grund des Sees hätte es doch viel länger gedauert, bis die Leichen entdeckt worden wären.«

»Gute Frage«, erwiderte Scholten und wiegte den Kopf. »Vielleicht war ihm das nicht so wichtig. Er weiß ja vermutlich, dass er keine Spuren hinterlässt und wir ihn nicht anhand von derartigen Anhaltspunkten aufspüren können.«

»Trotzdem ist es in gewisser Hinsicht leichtsinnig«, entgegnete Oliver.

»Hochmut kommt vor dem Fall«, sagte Scholten. »Es wäre nicht das erste Mal, dass ein Täter an seiner Selbstüberschätzung scheitert.«

»Oder er wollte, dass wir die Leichen schnell entdecken.« Oliver grübelte. »Hätte er die Leichen dauerhaft versenkt, würden wir seine Nachrichten ja gar nicht finden. Er will uns das Übel also vor Augen führen. Er will uns zeigen, dass er das Übel an der Wurzel packt, es auslöscht ...«

»... und die Menschheit erlöst. Amen«, ergänzte Klaus und klopfte Oliver auf die Schulter. »Ich glaube, der Kerl ist ein Wichtigtuer und hat schlicht nicht daran gedacht. Er wollte sie loswerden und hat sie einfach in den See geworfen. Denk mal an Marcel Diekhoff, diese Vorgehensweise würde doch zu ihm passen. Dann meldet er noch den Leichenfund und meint, er wäre als Verdächtiger aus dem Spiel. Wenn das mal kein Größenwahn ist.«

Oliver seufzte. Vielleicht war es so, vielleicht waren

Frauen für Diekhoff eine Seuche, die ausgelöscht werden musste. Etliche Männer brachten Frauen um, weil sie von ihnen nicht beachtet wurden. Doch so richtig einleuchten wollte ihm diese Theorie nicht. Er hatte jedoch im Moment nichts entgegenzusetzen. Also schwieg er und reichte Klaus das Foto der Vermissten.

* * *

Mira blickte Fabian mit gemischten Gefühlen hinterher, der mit seinem glänzenden Helm auf dem Kopf um die Straßenecke verschwand. Einige Minuten lang klang ihr das Dröhnen seines Mopeds in den Ohren nach. Sie hatten doch noch geredet und er hatte sie anschließend nach Hause gefahren. Sie würde ihn für immer hassen. So viel war ihr inzwischen klar. Kim hatte sich geirrt. Reden brachte nichts. Reden war Silber und Schweigen Gold. Im Nachhinein wünschte Mira sich, sie hätte Fabian einfach abgehakt und nie wieder ein Wort mit ihm gesprochen. Aber nachdem sie mit ihm geschlafen hatte, war ihr Bedürfnis nach einer Aussprache übergroß gewesen. Was er allerdings zu sagen hatte, war eine einzige Enttäuschung. Sie fragte sich ununterbrochen, wie sie sich so hatte in einem Menschen täuschen können. Der nette, brave und zuvorkommende Fabian, der stets lächelte und für sie da gewesen war, hatte sich nicht getraut, mit ihr persönlich Schluss zu machen. Er behauptete, dass er sie immer noch zu sehr lieben würde und in ihrer Gegenwart hätte er es nicht fertiggebracht.

Was für ein elender Feigling, dachte sie wütend und

fing an zu laufen. All die Wut und der Schmerz mussten irgendwie aus ihr heraus, sonst platzte sie gleich. Sie sprintete den Gehweg entlang und rannte, bis ihr die Lunge brannten.

Er hätte sich schon seit Wochen in ihrer Beziehung nicht mehr wohlgefühlt, wollte aber nicht sofort alles hinwerfen. Und dann – oh Wunder – habe er in der S-Bahn eine andere kennengelernt. Diese Begegnung lag bereits sieben Wochen zurück. Sieben Wochen! In all ihrem Zorn legte sie noch einen Zahn zu. Die Ampel vor ihr war rot. Sie sauste über die Straße. Ein Auto hupte. Es war ihr völlig schnurz. Sie rechnete zurück, wie oft sie mit ihm geschlafen hatte, während er dabei an die andere gedacht haben musste. Ein langer Dolch steckte mitten in ihrem Herzen und sie bekam ihn nicht heraus. Der Schmerz tobte in jeder Zelle ihres Körpers. Wie sollte sie jemals im Leben wieder Vertrauen zu einem Mann fassen? Wie konnte Fabian sie nur so dermaßen anlügen? Sie stoppte abrupt und wischte sich die Tränen vom Gesicht. Sie brauchte unbedingt jemanden, mit dem sie reden konnte. Kim. Mit zitternden Händen wählte sie ihre Nummer. Kim hob nicht ab. Verdammt! Bitte geh ran, dachte sie. Doch nichts geschah.

Plötzlich wusste sie, was zu tun war. Die Polizei war nicht allzu weit entfernt. Sie musste Kim finden. Es war egal, ob sie anschließend sauer auf sie wäre oder nicht. Sie wollte ihre Freundin wiederhaben. Jetzt und sofort.

* * *

Ein Jahr und vier Monate zuvor

»Der Arm ist nicht gebrochen, trotzdem muss er eine Weile geschont werden. Sie sollten darauf achten, dass Ihre Tochter regelmäßig Nahrung zu sich nimmt. Und sie muss viel trinken. Ihre Nieren nehmen sonst Schaden«, sagte die Ärztin, eine Frau mit kurzen dunklen Haaren, zu ihrem Vater. Sie wandte sich zu ihr um und zwinkerte.

»Du kommst schon wieder auf die Beine und bis zur Hochzeit sind die Prellungen weg. Du darfst jetzt nach Hause gehen.« Sie nickte ihr noch einmal zu und huschte zur Tür hinaus.

»Wie wäre es mit einem kleinen Steak?«, fragte ihr Vater mit betont fröhlicher Stimme.

Sie seufzte und schüttelte den Kopf. »Lass das, Papa. Ich habe keinen Hunger.«

»Aber du musst etwas essen. Die Ärztin hat es gesagt.« Im Tonfall ihrer Mutter schwang Besorgnis mit. Immerhin hatte sie ihretwegen die Kanzlei verlassen und war sofort ins Krankenhaus gekommen.

Tags zuvor war sie mit einem Krankenwagen eingeliefert worden. Sie hatte sich im Sportunterricht plötzlich schlecht gefühlt und war vom Schwebebalken gestürzt. Ihr Arm musste geröntgt und weitere Verletzungen ausgeschlossen werden. Das war alles nur passiert, weil sie völlig unterzuckert gewesen war. Sie hatte den Müsliriegel von Bad Girl nicht angerührt, nachdem sie die Kalorienangabe auf der Packung gelesen hatte. Von dem Ding würde sie schneller fett, als sie gucken konnte. Wie konnte Bad Girl nur in so etwas Ekelhaftes hineinbeißen? Oder hatte sie sich vertan und die falsche Sorte gekauft? Egal. Sie war jedenfalls nüchtern auf den Balken in der Turnhalle gestiegen, hatte drei, vier Schritte gemacht und war dann wie ein sterbender Schwan hinuntergestürzt. Um sie herum breitete sich auf der Stelle Schwärze aus. Sie kam wieder zu sich, als der Sportlehrer ihr die Wangen tätschelte. Er schaute sie so besorgt an, dass ihr Herz zu rasen begann. Das lag daran, dass Tim Matuschek einfach ein Traum von Sportlehrer war. Er beugte sich dicht über sie. Dabei strömte ihr sein Parfum in die Nase. Sie roch ihn immer noch und sie sah seine absolut unbehaarte Brust vor sich. Eine perfekte Männerbrust. Von seinen Lippen ganz zu schweigen. Sie waren weniger als fünf Zentimeter von ihr entfernt gewesen. So weit hatte es bisher keine ihrer Klassenkameradinnen gebracht. Sie war längst nicht die Einzige, die für Tim Matuschek schwärmte. Vorhin war er in ihrem Krankenzimmer aufgetaucht und hatte ihr tatsächlich eine Blume mitgebracht. Eine Sonnenblume. Wie romantisch. Er hatte gelächelt und ihr gute Besserung gewünscht. In seinen Augen hatte immer noch Sorge gelegen. Am liebsten wäre sie ihm um den Hals gesprungen, aber ihre Eltern standen daneben, und so hatte sie es lieber bleiben lassen. Spätestens morgen würde sie es in der Klasse herumerzählen. Tim hatte ihr Blumen geschenkt. Das zählte schon fast als Date. Sie und Tim. Sie lächelte vor sich hin.

»Was gibt es da zu lachen?«, fuhr ihr Vater sie an. »Wir machen uns Sorgen. Wenn du dich nicht bald vernünftig ernährst, mache ich einen Termin beim Psychiater.«

Sie starrte ihren Vater feindselig an. Der drehte in letzter Zeit völlig durch. Hatte er noch nie was davon gehört, dass man nicht alles wahllos in sich hineinschlingen sollte? Andere machten Fastenkuren, um sich gesund zu halten, und er wollte sie stopfen wie eine französische Gans.

»Wir gehen jetzt ins Steakhaus«, beschloss er und wartete, bis sie sich angezogen hatte. Dann packte er ihre Schultasche und manövrierte sie vor sich her. Sie trottete widerwillig den Krankenhausflur entlang und ließ sich mehr oder weniger bis ins Steakhaus schieben. Nur gut, dass Tim Matuschek diese Szene nicht mitbekam. Sie war eine erwachsene Frau, und ihre Eltern behandelten sie wie eine Fünfjährige, die nicht wusste, was sie tat. Sie plumpste auf den nächsten freien Stuhl, als sie im Restaurant ankamen, und atmete nur noch durch den Mund. Sie konnte den Geruch nach gebratenem Fleisch keine Sekunde lang ertragen. Gebratenes Fleisch machte fett. Rotes Fleisch verstopfte die Arterien. Und die armen Tiere erst, die dafür sterben mussten, an die durfte sie gar nicht denken.

»Ich will nichts essen«, protestierte sie halbherzig, denn ihr Vater hatte bereits den Arm gehoben, um den Kellner heranzuwinken. Sie würde ein bisschen auf ihrem Essen herumkauen, damit ihre Eltern endlich Ruhe gaben. Notfalls konnte sie sich später auf der Toilette übergeben.

* * *

Oliver betrachtete kritisch ein Foto des Privatdetektivs.

»Was für ein Schnösel«, sagte er und gab Klaus das Bild zurück. »Mir sind diese Typen nicht geheuer, aber vielleicht habe ich zu viele schlechte Filme gesehen.« Schon der Name Roman Wöller löste in ihm eine Menge Vorurteile aus. Er konnte es nicht verhindern, obwohl der Kerl auf dem Foto nur halb so schlimm wirkte wie befürchtet. Er hatte sich einen älteren, dickbäuchigen und rauchenden Mann mit Schnäuzer vorgestellt. Tatsächlich war der Privatdetektiv erst Anfang dreißig, blond und sportlich. Oliver machte den Motor seines Dienstwagens aus und öffnete die Fahrertür.

»Dann wollen wir diesem Typen mal einen Besuch abstatten. Womöglich hat er ja wider Erwarten inzwischen herausgefunden, wer die fünf Kleider aus dem Atelier von Luise Steinfels gestohlen hat.« Sie kamen an einem Gebäudekomplex in der Fußgängerzone Dormagens vorbei. Wöller hatte sich in einer Nebenstraße niedergelassen. Das Haus schien renovierungsbedürftig, es war der komplette Kontrast zu den glänzenden Fassaden in der Einkaufsstraße. Klaus überholte ihn kurz vor der Haustür und drückte auf die Klingel. Der Türöffner summte. Klaus stieß die Tür auf. Ein muffiger Geruch schlug ihnen entgegen. Auf dem Treppenabsatz des ersten Geschosses erwartete sie bereits eine ältere Frau.

»Wollen Sie zu mir?«, fragte sie und stützte sich dabei auf einen Krückstock auf.

»Gehören Sie zu dem Privatdetektiv Wöller?« Oliver trat in den Hausflur und grüßte höflich.

»Um Himmels willen, nein. Ich warte auf jemanden

von der Versicherung.« Sie bewegte sich langsam rückwärts und blieb im Türrahmen stehen. »Sie müssen ganz nach oben. Dieser Wöller hat sein Büro im Dachgeschoss. Aber er öffnet bestimmt nicht.« Die Alte machte eine bedeutungsvolle Pause, bevor sie weitersprach: »Er hat mal wieder Besuch.« Sie schüttelte den Kopf und verzog die Miene zu einer Grimasse. »Wieder so ein junges Ding, dem er den Kopf verdreht.«

Wie zur Bestätigung hörte Oliver Schritte, die eilig die Treppe herunterkamen.

»Auf Wiedersehen, Frau Welkert«, sagte eine junge Frau, ohne anzuhalten. Sie hüpfte lächelnd an Oliver und Klaus vorbei.

Frau Welkert rümpfte die Nase und wartete, bis die junge Frau sich etwas entfernt hatte. »Sehen Sie?«

Oliver nickte irritiert. »Wer war denn diese Frau?«

Die alte Dame winkte ihn näher heran. »Er hat sie wahrscheinlich als Sekretärin eingestellt. Hat ihr ein gutes Gehalt versprochen und spätestens nach einer Woche fällt er über sie her. Trauen Sie ihm bloß nicht.«

»Okay«, erwiderte Oliver langsam und schenkte der Alten ein freundliches Lächeln. »Danke für den Hinweis.«

Er gab Klaus einen Wink und bedeutete ihm, schon einmal vorauszugehen. Er wechselte noch ein paar Worte mit der alten Frau Welkert in der Hoffnung, einige relevante Informationen zu erhalten, folgte ihm dann jedoch ohne besondere neue Erkenntnisse ins Dachgeschoss.

Klaus klopfte an Roman Wöllers Tür, und es dauerte keine drei Sekunden, bis der Privatdetektiv öffnete.

»Klaus Gruber und mein Partner Oliver Bergmann von der Kriminalpolizei in Neuss. Wir hatten vorhin kurz telefoniert.«

»Ach richtig. Kommen Sie herein«, entgegnete Wöller und trat zur Seite. Er führte sie in sein Büro und bat sie, sich zu setzen.

»Wie kann ich Ihnen behilflich sein?« Wöller ließ sich hinter seinem Schreibtisch nieder.

»Wir hätten gerne mehr zu Ihrem Ermittlungsstand bezüglich des Diebstahls aus Luise Steinfels' Villa erfahren.«

Wöller lehnte sich lässig zurück. »Ich kann eigentlich nicht über meine Aufträge mit Dritten sprechen und außerdem bin ich für Frau Steinfels nicht mehr tätig. Sie hat mich gestern gefeuert, und jetzt weiß ich auch, warum.« Er machte ein säuerliches Gesicht.

»Sie können sich selbstverständlich bei Frau Steinfels rückversichern«, warf Oliver ein und deutete auf das Telefon. »Sie dürfen uns Auskunft erteilen.«

Roman Wöller nahm den Hörer zur Hand und telefonierte. Oliver hörte Luise Steinfels' markante Stimme. Sie hatte offenkundig nichts einzuwenden. Nach einer Weile legte Wöller auf.

»Die gute Luise fährt wegen des Diebstahls ja mächtige Geschütze auf, wenn sie jetzt sogar die Kripo einschaltet.« Er schüttelte den Kopf und schnitt eine Grimasse.

»Also, was genau wollen Sie wissen?« Wöller drehte sich auf seinem Stuhl um hundertachtzig Grad. Er zog eine Akte aus dem Regal, welches direkt hinter ihm stand, und schwang sich wieder zu ihnen herum.

»Alles, und bitte von Anfang an«, entgegnete Klaus und zeigte auf die Akte. »Darf ich da mal reinschauen?«

»Bitte schön.« Der Privatdetektiv schob ihm den Ordner über den Tisch. »Um zu Ihrer Frage zurückzukommen. Ich habe bisher nicht herausfinden können, wer die Kleider gestohlen hat. Offen gestanden weiß ich nicht einmal, ob sie überhaupt während der Party verschwunden sind.« Er deutete auf die Akte. »Im Haus selbst gibt es keine Überwachungskameras. Aber wenn Sie ein paar Seiten weiterblättern, finden Sie Aufnahmen von der Kamera am Hauseingang. Dort sehen Sie, wie die Gäste die Party nach und nach verlassen. Keiner hat eine große Tasche dabei oder Kleider in der Hand.«

»Haben Sie denn die Aufnahmen von den Tagen vor der Party auch geprüft?«, fragte Oliver.

Wöller verzog das Gesicht. »Das ist genau das Problem. Die Videoüberwachung wird alle vierundzwanzig Stunden überschrieben. Die Videodateien in der Akte habe ich nur sichern können, weil Luise Steinfels mich gleich am Morgen nach der Party kontaktiert hat.«

»Was ist denn mit dieser Frau hier?«, wollte Klaus wissen und tippte auf eine gertenschlanke Brünette mit langen, wallenden Haaren. »Könnte die zwei Kleider anhaben?«

Oliver betrachtete das Foto. Tatsächlich schimmerte oberhalb des Ausschnittes ein schmaler Streifen andersfarbiger Stoff. »Wir bräuchten eine Vergrößerung«, bemerkte er und schob das Foto wieder zu Wöller hinüber.

Der kramte eine Lupe aus einer Schreibtischschublade.

»Das ist mir bisher überhaupt nicht aufgefallen«, stieß er erstaunt aus. »Warten Sie mal. Das ist Melinda.« Er kratzte sich nachdenklich am Kinn.

In Oliver löste der Name eine Alarmglocke aus. Er hatte ihn schon einmal gehört. Aber wo? Wöller brummte irgendetwas in sich hinein und blätterte in der Akte herum. In Olivers Kopf formte sich ein Bild, das er jedoch nicht greifen konnte. Dann plötzlich fiel es ihm wieder ein. Er hatte die Aussage von Luise Steinfels' Assistenten völlig vergessen. Dieser hatte von einem Streit berichtet. Oliver zog die Aufnahme zu sich heran. Melinda ging neben der ermordeten Lara Hübner. Und da war noch ein Mädchen.

»Lassen Sie mich raten«, sagte Oliver, »die dritte Frau auf dem Foto heißt Stefanie.«

XIII

VOR FÜNFHUNDERT JAHREN

Josef machte ein todernstes Gesicht und schloss die Tür zum Innenhof seines Hauses. Bastian hielt die Luft an. Es stank erbärmlich nach Tod und Verwesung. Wernhart rümpfte die Nase. Seine Lippen waren zu zwei schmalen Strichen zusammengepresst. Vor ihnen lagen drei Leichen ausgestreckt auf dem Boden. Der Arzt hatte sie auf den Bauch gedreht. Die Haare im Nacken waren abrasiert. Bastian benötigte eine Weile, bis er verstand, warum.

»Du lieber Himmel, was hat das zu bedeuten?«, fragte er und ging neben dem toten Wirt auf die Knie. Er streckte die Hand nach dem Toten aus, aber Wernhart packte ihn am Arm.

»Fass ihn bloß nicht an. Vielleicht hat er doch die Pest!«

»Seid beruhigt, Gottfried hatte die Seuche nicht«, sprach Josef. »Nehmt trotzdem meine Handschuhe.«

Bastian zog Josefs Handschuhe an und fuhr mit dem

Finger über eine münzgroße Stelle am Nacken des Wirtes.

»Das sieht aus wie ein Brandmal«, stieß er aus und musterte den Hals der Hure. »Henrike scheint auch eines zu haben, aber es ist ein anderes.« Er erhob sich und stieg über den toten Körper des Wirtes. Beim Metzgerbruder Albrecht fand sich ebenfalls ein Brandzeichen unter dem Haaransatz.

»Das sind Tiersymbole. Ich habe sie irgendwo schon einmal gesehen«, murmelte Wernhart. »Mir fällt nur nicht ein, wo.«

Josef schüttelte den Kopf. »Mir kommen sie nicht bekannt vor. Und was sollen sie bedeuten? Gottfried ist mit einem Schwein gezeichnet, die Hure mit einem Affen und was soll das Brandmal auf dem Metzger darstellen? Ich kann es gar nicht richtig erkennen.«

»Das könnte ein Hund oder ein Wolf sein«, sagte Bastian grübelnd. Auch ihm kamen diese Zeichen merkwürdig bekannt vor.

»Wie sind sie denn nun gestorben?«, wollte er wissen.

Josef Hesemann, der immer noch neben dem toten Wirt hockte, winkte Bastian wieder zu sich heran. »Helft mir, Gottfried auf die Seite zu drehen.«

Sie packten den dicken, stinkenden Mann und hievten ihn herum.

»Wie habt Ihr ihn alleine auf den Bauch gedreht?«, fragte Bastian erstaunt. »Dieser Mann wiegt mehr als ein großer Felsbrocken.«

»Gar nicht«, erwiderte Josef und grinste. »Eure Stadtsoldaten haben mir geholfen. Ich bat sie, die Toten direkt auf den Bauch zu legen. Die Vorderseite hatte ich ja mehr oder weniger bereits begutachtet.« Josef nahm eine Pinzette. Mit geübtem Handgriff zog der das Augenlid des Wirtes nach oben.

»Könnt Ihr die geplatzten Adern erkennen?«

Bastian nickte. »Der Augapfel ist voller roter Punkte und Einblutungen. Sieht aus, als hätte jemand den Wirt stranguliert. Aber ich sehe keine Würgemale am Hals.«

Josef lächelte anerkennend. »Gut gesehen, die Adern in den Augen platzen auch durch Ersticken.« Der Arzt deutete auf eine Rötung am rechten und linken Mundwinkel. »Der Täter hat ihn geknebelt und dann vermutlich mit einem Kissen erstickt. Eine bessere Erklärung habe ich nicht, denn es gibt am ganzen Körper keine Einstiche. Alle drei sind auf dieselbe Weise getötet worden. Bei Gottfried und Henrike habe ich keine Hinweise auf eine Vergiftung gefunden, dafür jedoch beim Metzger. Albrechts Zunge ist verfärbt und aus seinem Rachen stinkt es verdächtig.«

»Er hat also den Metzgerbruder vergiftet? Aber warum?«, fragte Bastian nachdenklich.

Josef hatte eine Erklärung. »Albrecht ist ein kräftiger Kerl. Ich denke, er hat sich gewehrt, als er erstickt werden sollte. Um sicherzugehen, wurde ihm Gift eingeflößt.«

»Das ist gut möglich«, stimmte Bastian zu. »Jemand hat ihnen also zuerst die Glieder auf einer Streckbank ausgerenkt. Sie anschließend gebrandmarkt und dann erstickt?«, fragte Bastian.

»Vielleicht auch in einer anderen Reihenfolge. Aber ja, so ähnlich wird es gewesen sein«, bestätigte Josef.

»Und hinterher legte er sie in unmittelbarer Nähe zur Stadt oder gar

mittendrin ab«, ergänzte Wernhart. »Warum macht er sich diese Mühe?«

»Richtig, wieso geht er ein solches Risiko ein? Ein Ortskundiger müsste doch wissen, dass die Fenster und Türen in Zons Augen und Ohren haben«, murmelte Bastian nachdenklich. »Oder ist er so selbstsicher, dass er glaubt, niemand bemerkte ihn?«

Wernhart stimmte ihm zu: »Ja, er ist sich seiner vermutlich sehr sicher, möglicherweise ist er stadtbekannt. Die Bürger begegnen ihm ständig und deshalb fällt er keiner Menschenseele auf.« Er machte eine Pause und streckte den Zeigefinger in die Luft. »Es ist Conrad, der Schlosspförtner!«

»Conrad?«, stieß Josef aus und pfiff durch die Zähne. »Ihr könntet recht haben. Schließlich hat dieser Unhold die arme Alwine aus dem Krötschenturm in den Tod gestürzt. Dieser Mann kennt keine Skrupel.« Josef blickte zu Bastian. »Sagtet Ihr nicht, dass er mit Henrike verkehrte?«

»Das weiß ich noch nicht. Aber in der Nacht, in der Gottfried ermordet wurde, gehörte er zu den Letzten, die ihn lebend gesehen haben. Außerdem ist sein Weib vor Jahren gestorben. Vielleicht hat er die Hure auch aufgesucht. Zudem starb Henrike in der Nacht, in der Conrad aus dem Krötschenturm ausgebrochen ist.« Bastians Blick ruhte auf dem toten Metzgerbruder. »Ich weiß, dass Albrecht ebenfalls Henrikes Dienste in Anspruch genommen hat. Vermutlich trifft das für seinen Bruder Wulf genauso zu.« Er sah Wernhart an.

»Nur gut, dass du den Schlosspförtner in den Juddeturm gesperrt hast. Wir sollten uns Conrad jetzt endlich vornehmen. Er soll uns erklären, was in der Nacht seiner Flucht aus dem Krötschenturm geschehen ist.«

* * *

»Du führst heute einen ungewöhnlich harten Schlag«, lobte Hugo und klopfte ihm auf die Schulter. »Du bist nicht nur ein Schöngeist, du kannst auch das Schwert führen.«

Balthasar lächelte, obwohl ihm überhaupt nicht danach zumute war. Er fixierte seinen neuen Angreifer, einen stämmigen Kerl, der ihn ständig aufzog. Unaufhörlich musste er an Rebecca denken und an das, was ihr Vater ihm kurz zuvor mitgeteilt hatte. Rebecca sollte heiraten. Seitdem konnte er keinen klaren Gedanken mehr fassen. In seinem Herzen saß ein Stachel, so tief, dass er kaum noch Luft bekam. Seine Wut musste raus. Nur deshalb agierte er plötzlich so unbarmherzig mit dem Schwert. Er spürte weder Angst noch Furcht. Es war ihm egal, ob er verletzt wurde oder womöglich starb. Vielleicht wäre der Tod sogar eine Erlösung für ihn. Wie sollte sein Leben aussehen, wenn Rebecca einem anderen gehörte?

Wütend hieb er auf seinen neuen Gegner ein. Der pausbäckige Bursche sprang erschrocken einen Schritt zurück. Balthasar setzte nach. Er drosch regelrecht mit dem Schwert auf dessen Holzschild ein. Splitter flogen durch die Luft. Es krachte und auf einmal schrie sein Gegenüber auf. Blut spritzte, aber das alles interessierte

Balthasar nicht. Jemand riss ihn weg. Er schlug hart zu Boden. Sein Mund füllte sich mit Blut. Blind vor Schmerz fuhr er hoch und suchte sein Schwert. Hugo hielt es in den Händen. Balthasar ging auf ihn los. Doch Hugo stellte ihm ein Bein und er stürzte erneut auf den steinigen Grund.

»Balthasar, jetzt reicht es!«

Hugos Brüllen brachte ihn zur Besinnung.

Er blinzelte und betrachtete entsetzt die Schnittwunde, die er dem armen Burschen beigebracht hatte.

»Es tut mir leid«, murmelte Balthasar und erkannte erleichtert, dass die Wunde nicht sehr tief war. »Ich kann Euch einen Kräuterumschlag bereiten, damit der Schnitt sich nicht entzündet.«

»Was ist in dich gefahren?« Hugo zerrte Balthasar auf die Füße. »Gerade habe ich dich noch gelobt und dann wirst du plötzlich zur Furie.« Er schlug ihm mit der flachen Hand ins Gesicht. »Ich werde Bastian Mühlenberg davon berichten. Wenn du noch einmal so rücksichtslos auf einen Kameraden losgehst, fliegst du aus der Stadtwache und kannst dich mit den Bettlern um ein Stückchen Brot prügeln.«

»Es kommt nicht wieder vor«, murmelte Balthasar und senkte das Haupt. »Es ist nur wegen Rebecca. Sie soll heiraten.«

Hugo starrte ihn an. »Du meinst das Mädchen, das dich auf dem Friedhof aufgesucht hat?«

Balthasar nickte. »Ihr Vater hat sie einem anderen versprochen.«

»Verstehe«, erwiderte Hugo trocken. »Das ist allerdings längst kein Grund, auf deinen Kameraden einzudreschen.«

»Ich weiß«, murmelte Balthasar verlegen. »Ich begreife selbst nicht, was in mich gefahren ist.«

»Du bist ein mittelloser unreifer Knabe, der einer Frau wie Rebecca nichts bieten kann. Das ist dir doch klar, oder?«

Balthasar starrte stumm auf seine Schuhspitzen.

»Wenn du etwas werden willst, dann musst du es dir zuerst verdienen. Ansonsten wirst du nie ein Weib abbekommen. Und nun Abmarsch.« Hugo gab Balthasar einen Klaps auf den Hinterkopf. »Ich hätte nicht gedacht, dass auch ein Hitzkopf in dir steckt.« Er drückte ihm sein Schwert wieder in die Hand. »Für heute ist es genug.«

Balthasar nahm die Waffe und trottete davon. Er achtete nicht auf den Weg, sondern lief einfach der Nase nach. Irgendwann stand er ungewollt vor dem Haus des Schöffen und bemerkte etwas Erstaunliches.

* * *

»Euer Schicksal ist sowieso besiegelt, also sprecht jetzt gefälligst«, zischte Bastian und hob drohend den Zeigefinger.

Conrad zuckte zusammen. »Ich habe Alwine nicht gestoßen. Sie ist gefallen«, beteuerte er zum wiederholten Male. »Ich habe mich vor ihr aufgebaut, sie ist irgendwie gestolpert und aus dem Fenster gestürzt. Ich bin doch kein Mörder.«

»Die Metzgerbrüder und der Schneiderlehrling

berichten die Geschichte anders«, beharrte Bastian und funkelte Conrad böse an. »Wenn Ihr Gnade vor dem Schöffengericht erwartet, solltet Ihr bei der Wahrheit bleiben.«

Conrad seufzte. »Ich schwöre bei Gott, dass es sich so zugetragen hat, wie ich sage.«

»Dann steht Wort gegen Wort«, sagte Bastian. »Verratet mir, was Ihr nach der Flucht aus dem Krötschenturm getan habt.«

»Nichts. Ich bin nach Hause gegangen und habe mich schlafen gelegt, bis Euer Soldat mich wieder geholt und hierhergebracht hat.« Er warf Wernhart einen finsteren Blick zu und spuckte ihm vor die Füße. »Ihr könnt es mir nicht verübeln, dass ich mein Leben nicht im Siechturm aushauchen will.«

»Wann habt Ihr das letzte Mal Henrike aufgesucht?«

Die Augen des Schlosspförtners wurden groß.

»Ihr meint diese junge Dirne?«

»Wen sonst?«, erwiderte Bastian. Er beobachtete die Reaktion des Schlosspförtners ganz genau und wiederholte seine Frage. »Wann also habt Ihr sie zuletzt gesehen?«

»Ich weiß nicht. Es ist eine Weile her. Ihr wisst selbst, dass mir nicht viele Gulden übrig bleiben.«

Bastian starrte Conrad an.

»Wann?«, fragte er unnachgiebig.

Conrad rollte mit den Augen. »Ich glaube, es ist im letzten Monat gewesen. Ja, ich bin sicher.«

»Wir sollten ihm die genaue Antwort nicht so zimperlich aus der Nase ziehen«, schlug Wernhart vor und ließ den Lederriemen in seiner Hand klatschen.

»Der Kerl lügt, dass sich die Balken biegen. Ich könnte ein Eisen ins Feuer legen.«

Bastian antwortete nicht. Er musterte Conrad argwöhnisch und überlegte gleichzeitig, ob der Schlosspförtner in der Lage war, mit Tinte umzugehen. Er betrachtete die großen verkrümmten Hände. Conrad war zwar ein kräftiger Mann, aber die vielen Jahre unter freiem Himmel bei jedem Wetter hatten ihm zugesetzt. Zudem schien er vom Tod der Hure und des Metzgerbruders nichts zu ahnen. Nichtsdestotrotz war Bastian sicher, dass Conrad die arme Alwine in den Tod gestürzt hatte. Der Mann wollte sich vor dem Schwarzen Tod schützen, dazu war ihm jedes Mittel recht.

»Auf Eurer Flucht aus dem Krötschenturm, habt Ihr da die Metzgerbrüder bemerkt? Sind sie Euch gefolgt?«

»Ich sagte doch schon, dass ich sofort nach Hause bin. Die übrigen Feiglinge sind noch dortgeblieben. Ich habe nicht auf sie gewartet, sondern bin meinem ältesten Sohn hinterhergelaufen.«

Bastian sah zu Wernhart. »Wir sehen uns in seinem Haus um und befragen seinen Sohn. Den Rest der Nacht soll er unten im Verlies schmoren.« Er bedeutete einem Soldaten, der an der Tür bereitstand, Conrad abzuführen.

Nachdem Conrad hinter Schloss und Riegel gebracht war, begaben sie sich zum winzigen Haus des Schlosspförtners, in dem er mit seinen drei Söhnen sowie deren Weibern und Kindern hauste.

»Gibt es hier irgendwo Tinte?«, fragte Bastian.

»Wozu?«, gab Conrads ältester Sohn misstrauisch zurück. »Wollt Ihr uns in der Stube auch noch ein Pestkreuz an die Wand zeichnen? Unser Vater ist nicht pestkrank.«

»Das habt nicht Ihr zu entscheiden«, erwiderte Bastian. »Achtet lieber auf die ersten Anzeichen.« Er deutete auf den Hals des Glatzkopfes. »Besser, Ihr wascht Euch, sonst bemerkt Ihr es nicht.«

Der Mann lief puterrot an. Seine Hand ballte sich zur Faust.

Bastian rechnete schon damit, erneut in einen Kampf verwickelt zu werden, doch der Glatzkopf rührte sich nicht vom Fleck.

»Wann kommt mein Vater zurück?«, fragte er stattdessen.

»Er wird sich vor den Schöffen verantworten müssen. Er hat die alte Alwine aus dem Fenster des Krötschenturms geworfen.« Bastian sah Conrads Ältestem fest in die Augen. »Gibt es in diesem Haus Tinte?«, wiederholte er eindringlich.

Der Mann starrte ihn wütend an. »Sehen wir so aus, als ob wir lesen oder schreiben könnten? Mein Vater ist Schlosspförtner und ich bin Koch. Mein Weib ist Waschmagd und meine beiden Brüder sind Gehilfen beim Bäcker. Wozu sollten wir Tinte benötigen?«

»Wernhart wird sich hier kurz umsehen«, erklärte Bastian, während Wernhart sich auch schon in die Nachbargemächer begab. »Erzählt mir jetzt genau, wie Ihr Euren Vater aus dem Krötschenturm befreit habt.«

Conrads Sohn beschrieb Bastian detailliert, wie sie die Eingangstür des Krötschenturms mit Äxten aufgebrochen hatten. Von der Flucht der Metzgerbrüder oder des Schneiderlehrlings wollte er nichts mitbekommen haben.

Obwohl Bastian den Kerl nicht ausstehen konnte, glaubte er ihm.

Wernhart kam zurück und schüttelte den Kopf.

Bastian verabschiedete sich. Als er durch die Tür nach draußen trat, hielt der Glatzkopf ihn fest.

»Legt Ihr ein gutes Wort vor den Schöffen für meinen Vater ein?«

Bastian schaute ihn verwundert an. Einem ersten Impuls folgend, wollte er den Kopf schütteln, denn er war sicher, dass Conrad ein Mörder war. Doch dann sah er die Sorge in den Augen von Conrads Sohn und nickte.

»Ich werde darauf achten, dass er gerecht behandelt wird.«

* * *

Zufrieden mit seinem bisherigen Werk rieb er sich die Hände. Er versteckte sich hinter einem Baum und blickte zum Fenster hinauf. Das Mädchen saß dort und kämmte sich das Haar. Sie tat es jeden Abend und jeden Morgen. Er beobachtete sie seit Längerem. In seinen Adern pulsierte es vor Aufregung. Da oben hinter dem Fenster hockte seine nächste gute Tat. Er würde sich das Weibsbild schnappen und ihm auf der Streckbank die Sünden austreiben. Er sah, wie sie sich im Spiegel betrachtete. Es würde lange dauern, sie von ihren Sünden zu befreien. Warum schauten einige Frauen überhaupt ständig in den Spiegel? Er schüttelte den

Kopf. Es konnte ihnen doch egal sein, wie Gott sie erschaffen hatte. Zweifelten sie am Urteilsvermögen des Herrn? Mussten sie unbedingt alles tun, nur um hübscher auszusehen, als sie tatsächlich waren? Dachten sie ernsthaft, dieser Schwindel hätte auf Dauer Bestand? Genügte es ihnen nicht, dass Eva Adam verführt hatte? Mussten sie diese Sünde bei jedem anderen Mann wiederholen? Fast kam es ihm so vor, als säße der Teufel dort oben vor dem Spiegel. Als das Mädchen sich durch die Haare fuhr, glaubte er, zwei Hörner aufblitzen zu sehen. Wer wusste schon, was sie unter ihrer lockigen Haarpracht versteckte?

Er würde es herausfinden. Bald würde sie nicht mehr eitel und berechnend in den Spiegel blicken, sondern in seine Augen. Sie würde Vergebung erfahren, sofern sie dieses Geschenk annahm.

Er wartete ab, bis sie die Kerze auspustete. Danach lag sie nun sicherlich ganz unbedarft in ihrem Bett. Er würde sie holen und niemand konnte ihr helfen.

Zufrieden schlich er nach Hause. Er hatte noch eine Menge vorzubereiten. Schließlich wollte er seine Sache richtig machen. Nichts durfte schiefgehen. Gott hatte ihm eine Aufgabe gegeben und er würde sie erfüllen. Er schritt durch die engen Gassen von Zons und blieb kurz vor dem Haus der Metzgerbrüder stehen. Ein hässliches schwarzes Kreuz verunstaltete die Tür. Er lächelte erfüllt. Sein Plan ging auf. Er spazierte gut gelaunt weiter und fand auch an der Tür des Schneiders und des Schlosspförtners ein Kreuz. Die Macht Gottes griff um sich. Seine List trug Früchte.

Er erreichte sein Haus und zog leise die Tür hinter

sich zu. Dann stieg er die Treppe in den Keller hinab. Er setzte sich auf die Streckbank und betrachtete die wertvollen Brandeisen, die gleich daneben bereitlagen. Sie waren alt, aber wirkungsvoll. Gott würde seine Botschaft verstehen, da war er ganz sicher.

* * *

Die Sonne hatte den Himmel erobert, Insekten summten und schwirrten durch die warme Luft. Es hätte ein wundervoller Tag werden können, wenn nicht die Angst vor dem Schwarzen Tod wie eine dunkle Wolke über der Stadt hinge. Inzwischen hatte sich die Kunde von der Pest bis in jedes Haus verbreitet. Bastian hatte die Kontrollen an allen Stadttoren weiter verstärkt. Fremde durften weiterhin erst nach gründlicher Leibesvisitation herein und neuerdings wurden auch die Einheimischen auf die typischen Anzeichen der Pest untersucht. Seine Soldaten hielten nach Beulen, Fieber und Verfärbungen der Haut Ausschau. Nur eine Handvoll Menschen wusste, dass die Pest bisher gar nicht nach Zons gekommen war. Selbst Marie hatte er in dem Glauben gelassen, sie grassiere in ihrer Stadt. Bastian hielt es für sicherer. So nahm sie sich in Acht und fiel nicht noch dem Mörder in die Hände, falls sie sich verplapperte. Bastian wusste, was der Täter mit seiner Täuschung bezweckte. Er wollte unter dem Deckmantel der Pest seine grausamen Taten vollbringen und hoffte, dass ihm niemand auf die Schliche kam. Bastian holte sein Notizbuch heraus und betrachtete die vollgeschriebenen Seiten. Er musste den Mörder schnell dingfest machen, bevor die Panik über der Stadt hereinbrach. Irgendwie glaubte er nicht, dass Conrad der Täter war. Er hielt ihn nicht für raffiniert genug. Falls er sich irrte, so saß der Mann wenigstens hinter Schloss und Riegel. Bastian durfte nicht ruhen, bis er sicher war und Beweise vorlegen konnte.

Die Lüge mit der Pest würde spätestens in ein paar Tagen auffliegen. Dem Schneiderlehrling Hubert und dem Metzger Wulf, die zusammen im Krötschenturm ausharrten, würde bald auffallen, dass sie weder Beulen noch Fieber bekamen.

Bastian ging grübelnd seine Aufzeichnungen durch. Er hatte eine Seite angelegt, auf der er alle ihm bekannten Kunden von Henrike aufgeschrieben hatte. Doch es waren so viele, dass ihm die Liste keine Erkenntnisse lieferte. Noch immer war ihm die Verbindung zwischen den drei Opfern nicht klar. Aber es gab eine. Niemand tötete ohne Grund. Es konnte ein eifersüchtiger Liebhaber oder jemand aus Henrikes Familie infrage kommen. Im Namen der Ehre starben viele Menschen. Aber es konnte auch ganz anders sein. Er musste dringend mit dem Henker sprechen, der das Freudenhaus betrieb und die Huren der Stadt versorgte. Vielleicht konnte er weiterhelfen und ihm mehr zu Henrikes Lebensumständen verraten.

Bastian schlug die Seite mit den Brandmalen auf, die er von den drei Gezeichneten abgemalt hatte. Ein Schwein, ein Affe und ein Wolf. Verflucht! Was war nur hiermit gemeint? Und warum hatte der Täter seine Opfer überhaupt gebrandmarkt? Er musste doch damit rechnen, dass niemand diese Male je zu Gesicht bekäme. Normalerweise wurden Pesttote sofort begraben. Kein Mensch sah genau hin, denn die Ansteckungsgefahr war viel zu groß. Für wen brandmarkte der Täter dann also seine Opfer? Gehörte es zur Folter?

Bastian fuhr sich nachdenklich durchs Haar. Er hatte bereits genug Zeit verschwendet. Fest stand eines: Sowohl der Wirt als auch der Metzgerbruder waren Kunden von Henrike gewesen. Alle drei waren tot. Alwine zählte er nicht mit, ihr Tod war aufgeklärt. Er sprang auf und machte sich schnellen Schrittes auf den Weg zum Henker, der außerhalb der Stadtmauern am Rheinturm lebte. Otto Hermanns, groß und stämmig, mit einer breiten Narbe über der rechten Wange, war ein gruseliger Zeitgenosse. Doch er beherrschte sein Handwerk. Noch nie hatte er vor einer Hinrichtung vergessen, sein Schwert zu schärfen, und bisher hatte kein Todgeweihter Hermanns' zielsicheren Schlag überlebt. Vielleicht sollte er den Henker bitten, die Wahrheit aus Conrad, dem Schlosspförtner, herauszuholen. Otto Hermanns war ein Meister seines Fachs. Er tötete nicht nur blitzschnell, er verstand auch die Folter wie kein anderer in Zons. Es war nicht verwunderlich, dass die meisten Bewohner ihn mieden.

Hermanns' Behausung lag unweit des Rheintors jenseits der Stadtmauer. Bastian pochte gegen die wackelige Eingangstür. Als Henker musste man offenkundig keine Einbrecher fürchten. Die Tür schwang auf, ohne dass Bastian es gewollt hatte. Schon vernahm er schwere Schritte, die durch den Gang schlurften.

Hermanns' beeindruckende Gestalt näherte sich der Tür.

»Seid gegrüßt, Bastian Mühlenberg. Was führt Euch zu mir? Ich hoffe, Ihr habt Arbeit für mich.« Er rieb sich grinsend die Hände. Dabei entblößte er mehrere schwarze Zahnlücken. Er war ungelogen einer der abstoßendsten Menschen, die Bastian je untergekommen waren.

»Tut mir leid. Es steht keine Hinrichtung an. Aber Ihr könnt mir helfen, einen Mörder zu finden, der ganz bestimmt in Euren Händen landen wird.«

»Tretet ein!« Der Henker winkte ihn ins Haus und deutete auf einen Holzschemel in der schmalen Stube. »Setzt Euch.«

»Ich habe ein paar Fragen zu Henrike«, begann Bastian. »Ich weiß, dass sie Witwe war. Doch mir ist nicht bekannt, ob sie noch weitere Verwandte hatte.«

Der Henker wiegte den Kopf. »Eine Hure hat nicht gerade den besten Ruf. Mir ist nie jemand begegnet, der ihr nahestand. Ihr Tod ist ein schwerer Schlag für mich. Das Geschäft geht seitdem nur schleppend, weil viele Freier Angst haben, dass auch eines der anderen Mädchen die Pest haben könnte. Dabei untersuche ich sie jeden Tag. Ihre Haut ist blitzblank und die Mädchen sind kerngesund.« Er schüttelte missmutig den Kopf. »Wenn das weiter so geht, kann ich sie allesamt zum Betteln schicken.«

Bastian biss sich auf die Zunge. Er konnte dem Henker nicht verraten, dass Henrike keinesfalls der Pest zum Opfer gefallen war. Jedenfalls noch nicht.

»Gab es vielleicht einen Freier, der um sie geworben hat?«

Otto Hermanns lachte schallend. »Geworben? Ihr

meint, ob sie jemand zum Weib wollte? Henrike? Das ist nicht Euer Ernst. Natürlich nicht.«

»Ihr Leichnam weist etliche Wunden auf. War jemand wütend auf sie?«

Wieder lachte der Henker aus vollem Hals. »Ihr stellt wirklich merkwürdige Fragen. Manche mögen es fester. Henrike hat das ausgehalten. Sie hat sich nie beschwert.« Auf einmal wurde er ernst und musterte Bastian kritisch. »Ihr denkt doch nicht etwa, ich hätte ihr etwas getan?«

Bastian schwieg ganz bewusst und zuckte nur mit den Achseln. Der Henker schien plötzlich nervös zu werden.

»Sie hatte die Pest«, sagte Otto Hermanns schließlich. »Da spielt es doch keine Rolle, was ihr vorher passiert ist.«

Bastian sagte immer noch nichts. Er wurde das Gefühl nicht los, dass der Henker ihm etwas verschwieg.

»Warum seid Ihr eigentlich auf der Suche nach einem Mörder?«, fragte der Henker und sprang auf. »Ihr habt einen Verdacht. Deshalb seid Ihr doch hier?«

Bastian erhob sich ebenfalls. »Ich versuche nur herauszufinden, was Henrike vor ihrem Tod zugestoßen ist. Wie gesagt, sie hatte zahlreiche Verletzungen.«

»Jetzt hört auf, mich zum Narren zu halten! Was sollen die paar Kratzer schon ausmachen? Sie ist verreckt, und ich bin dem lieben Herrn dankbar, dass sie keines der anderen Mädchen mit der Pest angesteckt hat. Fragt doch den Schmied, was er mit Henrike gemacht hat. Er war der letzte Besucher in jener Nacht.« Der Henker schüttelte verächtlich den Kopf. »Wenn Ihr mich fragt, dann ist dieser Mann vom Teufel getrieben. Er hat Henrike geschlagen, nicht ich.«

»Wer war in jener Nacht noch alles bei ihr?«, wollte Bastian nun wissen und sah sich um. Mitten im Raum gab es eine Feuerstelle. Daneben lagen verschiedene Brandeisen und Schürhaken. Auf einem Schemel lagerte Fesselwerkzeug, was im Haus eines Henkers nicht ungewöhnlich war. Vermutlich besaß der Henker sogar eine Streckbank und auch noch etliches anderes Folterwerkzeug.

Otto Hermanns zählte ihm ein paar bekannte Namen auf. Bastian notierte sie in seinem Buch und verabschiedete sich.

Grübelnd ging er durch das Rheintor zurück. Auf einmal hörte er seinen Namen. Er konnte die Stimme zuerst nicht zuordnen, doch dann erkannte er den Schöffen.

Dederich von Rockel steuerte atemlos auf ihn zu.

»Seid gegrüßt, Bastian Mühlenberg. Ihr müsst mir helfen. Meine Tochter Rebecca ist spurlos verschwunden.«

XIV

GEGENWART

»Sie kennen Stefanie?«, fragte der Privatdetektiv und musterte Oliver erstaunt. »Ein wirklich hübsches Model. Sie hat mal für Luise Steinfels gearbeitet und ist vor zwei Jahren zu Konstantin Höffner gewechselt. Zum größten Konkurrenten.« Roman Wöller machte eine bedeutungsvolle Pause. »Sie können sich nicht vorstellen, was das für ein Theater damals war. Frau Steinfels ist wirklich fast Amok gelaufen.« Er beugte sich über seinen Schreibtisch und sah Oliver tief in die Augen. »Diese Frau geht über Leichen. Ich warne Sie! Ich habe seinerzeit schon einmal wegen Diebstahl ermittelt. Nur dass es vor zwei Jahren keine Kleider, sondern Skizzen waren. Stefanie tauchte doch tatsächlich ein paar Wochen nach dem Wechsel mit einem Kleid auf, das dem Entwurf von Luise Steinfels verdammt stark ähnelte.«

Wöller rutschte noch näher heran und flüsterte: »Steinfels fand das überhaupt nicht lustig. Sie ist Stefanie beinahe an die Gurgel gegangen – im wahrsten

Sinne des Wortes – und wenn ich nicht dabei gewesen wäre …« Er hob bedeutsam die Hände in die Höhe. »Ich musste sie festhalten, falls Sie verstehen.« Er richtete sich auf und lehnte sich wieder in seinen Stuhl zurück.

»Und was haben Sie im Rahmen Ihrer Ermittlungen alles unternommen?«, wollte Oliver wissen, während Klaus mit der Lupe ein anderes Foto studierte. Er betrachtete den Privatdetektiv misstrauisch. Luise Steinfels hatte ihm erzählt, dass Diebstahl in der Branche so gut wie nie vorkam. Jetzt musste er feststellen, dass sie bereits vor zwei Jahren wegen eines ähnlichen Falles einen Detektiv eingeschaltet hatte.

»Ich habe Stefanie beschattet und so versucht herauszufinden, ob sie die Skizzen geklaut hat. Leider ohne Erfolg. Genau wie im aktuellen Fall.«

»Besonders gründlich haben Sie Ihre Untersuchungen jedenfalls nicht durchgeführt«, unterbrach ihn Klaus. »Auf diesem Foto erkenne ich relativ deutlich, dass alle drei Frauen unter ihrer Kleidung noch etwas anderes tragen. Ich würde diese Aufnahmen gerne mitnehmen und einem IT-Experten von uns geben. So können wir vielleicht feststellen, ob es sich um die gestohlenen Kleider handelt.« Klaus bedachte den Privatdetektiv mit einem missbilligenden Blick. »Erledigen Sie Ihre Arbeit eigentlich immer so sorgfältig?«

»Na, hören Sie mal. Ich habe schon viele Fälle aufgeklärt, in denen die Polizei absolut nicht weiterwusste. Was fällt Ihnen ein, mir so etwas vorzuwerfen!« Roman Wöller erhob sich zornig. »Außerdem wurde mir der Auftrag entzogen. Haben Sie eine Ahnung, wie viel Geld da noch offen ist? Luise Steinfels ist nicht besonders zahlungsfreudig. Ich muss mit meiner Arbeitszeit haushalten. Nehmen Sie sich mal lieber Luise Steinfels vor. Auf der Party gab es einen Riesenstreit zwischen ihr und ein paar Mädchen und danach waren angeblich die Kleider verschwunden. Wenn Sie mich fragen, dann will sie den Mädchen etwas anhängen, weil sie zur Konkurrenz abgewandert sind.«

Oliver hob beschwichtigend die Hände. »Setzen Sie sich doch bitte wieder. Wir haben alle dasselbe Ziel.«

Roman Wöller nahm Platz und verschränkte die Arme vor dem Oberkörper.

»Warum hat Luise Steinfels diese Stefanie überhaupt eingeladen, wenn sie gar nicht mehr für sie arbeitet?«

Der Privatdetektiv lachte auf. »Das ist absolut üblich. Man lädt die halbe Branche ein und auch die Konkurrenz, um die neuesten Ideen herauszubekommen.«

»Waren Lara Hübner, Stefanie und Melinda miteinander befreundet?«

Wöller nickte. »Sie stammen aus derselben Gegend und kennen sich aus der Schule. Warum?«

»Weil Lara ja offensichtlich nach wie vor für Luise Steinfels tätig war. Und wie verhält es sich mit Melinda, hat sie auch gewechselt?«

»Die ist bei Steinfels geblieben, nur Stefanie hat die Seiten gewechselt.« Wöller starrte Oliver mit einem merkwürdigen Blick an. Schließlich sagte er: »Hat Luise Steinfels Ihnen nicht erzählt, dass Lara nach der Party ebenfalls für Höffner modeln wollte?« Er grinste hämisch und kniff die Lippen zusammen.

»Ja, so ist die gute Luise. Die wichtigen Informationen lässt sie gerne mal weg.«

Oliver reagierte mit gleichgültiger Miene, obwohl er langsam innerlich brodelte. Er notierte sich die neue Sachlage. Über den geplanten Wechsel von Lara Hübner zur Konkurrenz hätte Steinfels sie informieren müssen.

»Wann hatten Sie zuletzt Kontakt zu Lara?«, fragte er und pochte dabei mit dem Kugelschreiber auf das Papier.

»Keine Ahnung.« Wöller zuckte mit der Schulter. »Ich wollte sie zwei Tage nach der Party befragen, habe sie aber nicht angetroffen. Stattdessen sprach ich mit Stefanie und Melinda. Beide versicherten, mit der Sache nichts zu tun zu haben.«

»Okay. Sagt Ihnen der Name Zoe Kühnert etwas? War sie vielleicht auch auf der Party?« Oliver studierte Wöllers Reaktion genau.

»Die kenne ich nicht. In der Akte sind alle Gäste aufgeführt. Schauen Sie nach. Jemand mit diesem Namen war nicht dabei.«

Oliver schwieg nachdenklich. Die Branche war ganz offenkundig doch nicht so harmlos, wie die Inhaberin von LS Fashion es ihnen geschildert hatte. Er sah auf die Uhr. Inzwischen mussten die Taucher mit der Arbeit im See begonnen haben. Zoe Kühnerts Leiche befand sich vermutlich gerade im Autopsiesaal. Er blickte zu Klaus und bedeutete ihm, dass er gehen wollte. Sie mussten die Ermittlungen vorantreiben. Wöller war dabei nicht sonderlich hilfreich.

Klaus nickte knapp und erhob sich.

»Dürfen wir uns die Akte ausleihen?«, fragte er und klemmte sie sich, ohne die Antwort abzuwarten, unter den Arm.

»Tun Sie das. Ich habe alles digital verfügbar. Meine Sekretärin kann es nicht lassen und druckt immer alles aus.«

»Sie meinen Ihre Freundin?«, hakte Oliver nach.

Wöller kniff für einen Moment die Augen zusammen, dann lachte er auf.

»Ich rate jetzt mal. Sie haben mit Frau Welkert gesprochen, oder?« Er klopfte sich belustigt auf die Schenkel. »Sie erzählt gerne und ausgiebig von meinen angeblichen Affären.« Sein Gesicht wurde plötzlich ernst. »Den Quatsch glauben Sie doch hoffentlich nicht? Das war meine Sekretärin. Ich bin solo und habe auch nicht vor, es in nächster Zeit zu ändern. Und – nein. Ich fange nichts mit meinen Mitarbeiterinnen an.«

* * *

Mira ließ das Handy nicht aus den Augen. Von wegen, man würde sie schnellstmöglich zurückrufen. Sie wartete bereits seit einem Tag. Sie hatte Kim bei der Polizei als vermisst gemeldet. Gleichzeitig hatte sie Kims Eltern informiert. Aber niemand schien sie ernst zu nehmen, weil Kim sich häufiger wochenlang nicht meldete.

»Ist Ihre Freundin denn schon mal für ein paar Tage untergetaucht, ohne jemandem Bescheid zu geben?«, hatte der Polizist gestern gefragt und nach ihrer Antwort kaum noch mitgeschrieben. Dabei hatte Kim sich verändert. Spätestens seit das Internet-Business ihrer Freundin florierte, war sie viel zuverlässiger geworden. Doch nachdem Mira aus Paris zurückgekehrt war, hatte Kim weder ein Video hochgeladen noch einen Livestream gesendet. Normalerweise tat sie das täglich. Sie war wie vom Erdboden verschluckt und ging nach wie vor nicht ans Telefon. Die Polizei ignorierte diese Fakten ebenso wie Kims Mutter. Die hatte das Telefonat nach knapp zweieinhalb Minuten beendet. Das Verhältnis zwischen den beiden war unterirdisch. Und Fabian wollte ebenfalls nichts Ungewöhnliches an Kims Verschwinden finden. Wenigstens er müsste Kim besser kennen. Sie hatten in den letzten Monaten so viel Zeit zusammen verbracht. Doch Fabian war offensichtlich nur noch mit seiner neuen Bekanntschaft aus dem Zug beschäftigt. Mira schluckte. Die Trennung machte ihr nach wie vor ziemlich zu schaffen. Aber die Sorge um Kim wog jedoch inzwischen schwerer.

Mira hockte sich auf Kims Bett und blickte sich um. Vielleicht fand sie ja irgendwo einen Hinweis auf Kims Verbleib. Sie konnte sich schließlich nicht in Luft aufgelöst haben. Mira hatte bei LS Fashion angerufen und erfahren, dass Kim nicht zum vereinbarten Termin erschienen war. Leider hatte auch das die Polizei nicht überzeugt. Eine volljährige Frau konnte tun und lassen, was sie wollte, und vor allem: Sie brauchte niemandem Bescheid zu geben. Erst recht nicht ihrer Mitbewohnerin oder einer Freundin – selbst wenn es sich dabei um die beste Freundin handelte. Mira seufzte und klappte Kims Laptop auf. Sie durchforstete die Kalendereinträge. Nach ihrem Termin bei LS Fashion hatte

Kim einen Livestream geplant gehabt, der aber nie stattgefunden hatte. Ob sie der Polizei Kims Kalender zur Verfügung stellen sollte? Spätestens dann müsste denen doch klar werden, dass etwas nicht stimmte. Sie griff zum Telefon und wollte gerade die Nummer wählen, als ihr auffiel, dass es sich bei dem Eintrag um einen Serientermin handelte. Er fand einmal in der Woche zur gleichen Zeit statt. Es gab nicht mal einen Endtermin. Sie wusste, dass Kim sich nicht immer daran hielt und ihre Livestreams auch spontan sendete. Der Termin war kein sonderlich überzeugendes Argument. Mira selbst kannte solche Kalendereinträge: Geburtstage, Papiermüll hinausbringen, Belege für die Steuer heraussuchen, Blumen gießen. In ihrem Kalender wimmelte es von diesen Erinnerungen.

Sie schloss den Kalender und starrte auf den Internetbrowser. Facebook war noch geöffnet. Sie fuhr mit der Maus über das Fenster, verzichtete jedoch darauf, die Seite zu aktualisieren. Sie wollte die Konversation zwischen Kim und Fabian nicht ein weiteres Mal lesen. Überhaupt wollte sie nichts mehr sehen, was sie auch nur im Entferntesten an Fabian erinnerte. Sie bewegte den Mauszeiger weiter und überprüfte Kims E-Mails. Dort entdeckte sie nichts Auffälliges. Dann öffnete sie ein Programm für Videoanrufe. Tatsächlich hatte Kim am Sonntagmorgen mit einer Freundin gesprochen. Mira kannte Stefanie. Sie hatte früher zusammen mit Kim gemodelt. Ob Kim bei ihr untergetaucht war? Sie wählte Stefanies Nummer. Es klingelte und klingelte, aber niemand hob ab. Mira probierte es über ihr eigenes Telefon, doch auch darüber war Stefanie nicht zu erreichen. Mira hinterließ ihr eine knappe Nachricht und legte auf.

Grübelnd verschränkte sie die Beine und durchforstete weiter Kims Laptop. Nichts, absolut nichts deutete darauf hin, wo Kim stecken könnte. Nach einer Stunde hatte Mira genug. Sie sprang auf, ging in ihr Zimmer und zog sich an.

Binnen zwanzig Minuten stand sie vor Stefanies Wohnungstür. Von drinnen drang laute Musik zu ihr heraus. Ihr Klingeln ging in dem dröhnenden Rhythmus unter. Sie versuchte es noch ein paarmal und hämmerte dann mit den Fäusten gegen die Tür. Endlich öffnete jemand. Stefanie erschien verschwitzt in der Tür.

»Mira? Was machst du denn hier?«, fragte Stefanie erstaunt und winkte sie herein. »Komm. Ich mache gerade Sport und hab dich fast nicht gehört.« Stefanie ging voraus und verschwand im Wohnzimmer. Die Musik wurde leiser.

Mira schloss die Wohnungstür hinter sich und zog im Flur die Schuhe aus.

»Leg deine Tasche ruhig auf die Kommode. Willst du einen Kaffee?« Stefanie steckte den Kopf zur Wohnzimmertür heraus.

»Nein, danke«, sagte Mira und stellte die Handtasche ab. Stefanies Wohnzimmer glich einem Fitnessraum. Neben einem Ergometer sah Mira ein Rudergerät und eine Yogamatte. Stefanie trug ein bauchfreies Shirt, ihre straffen Bauchmuskeln waren nicht zu übersehen.

»Ich gehe in dreißig Minuten online und mache mich schon mal ein bisschen warm. Sieh dir mal das krasse Teil hier an. Habe ich gesponsert bekommen.«

Sie setzte sich auf das Ergometer und fing an, in die Pedale zu treten. »Das musst du auch mal probieren. Damit wirst du richtig fit. Außerdem verbrauchst du etliche Kalorien. Was Besseres gibt es echt nicht und du musst noch nicht mal ins Fitnessstudio. Du kannst einfach vor dem Fernseher trainieren. Wirklich genial«, schwärmte sie, während das Fitnessrad leise surrte.

»Sieht toll aus«, bestätigte Mira und fasste sich unauffällig an den Bauch. Sie hatte keine Ahnung, wann sie zuletzt Sport getrieben hatte. Stefanies Figur war jedenfalls beeindruckend.

»Eigentlich bin ich auf der Suche nach Kim«, erklärte sie und spähte in die Küche, die nach rechts abging. »Ich dachte, sie wäre vielleicht bei dir.«

»Kim?«, keuchte Stefanie und radelte noch schneller. »Die habe ich in den letzten Tagen gar nicht mehr gesehen. Wir haben vor Kurzem telefoniert und wollten uns auf einen Kaffee treffen. Sie hat sich bisher aber nicht wieder gemeldet. Vermutlich steckt sie im Stress.«

»Sie ist nicht zu Hause, und ich habe keine Ahnung, wo sie im Augenblick ist.« Mira merkte, dass ihre Stimme zitterte.

Stefanie sah kurz auf und hörte auf zu treten. Plötzlich grinste sie. »Hat sie einen neuen Typen? Sie hat mir von jemandem erzählt … warte, wie hieß er doch gleich. Fabian? Kann das sein?«

Mira fuhr ein Stich ins Herz. Kim und Fabian? Nein. Das konnte nicht sein. Stefanie musste sich irren.

»Vielleicht war sein Name auch Marcel. Sorry, ich bekomme das gerade nicht auf die Reihe.« Stefanie blickte auf ihre Armbanduhr. »Verdammt, noch zehn

Minuten. Du, tut mir leid, aber ich muss jetzt meinen Livestream vorbereiten. Schön, dass du vorbeigeschaut hast. Meld dich mal wieder, ja?«

Mira nickte zögerlich. Stefanie beachtete sie längst nicht mehr. Sie wuselte im Zimmer herum und rückte die Yogamatte in die Mitte, genau vor die Kamera.

»Mach ich«, murmelte Mira leise und machte sich enttäuscht auf den Weg. Wo zum Teufel steckte Kim bloß? Sie stieg die Stufen hinab und öffnete die Haustür. Ein Mann mit Motorradhelm auf dem Kopf kam ihr entgegen. Sie hielt ihm die Tür auf und ging grübelnd nach Hause.

* * *

Ein Jahr und zwei Monate zuvor

Geschwächt lehnte sie sich gegen das Fenster und starrte den Wolken hinterher, die Richtung Westen schwebten. Dorthin, wo die Sonne unterging. Sie hatte sich nicht ins Schwimmbad getraut, weil ihr Bikini aus allen Nähten platzte. Jetzt neigte sich der heiße Tag dem Ende zu. Ein Sturm kam auf. Er würde die Hitze auf einen Schlag wegfegen. Vielleicht sogar den ganzen Sommer. Der Herbst nahte mit großen Schritten und sie hatte möglicherweise die letzte Gelegenheit zum Baden verpasst. Aber das machte nichts. Besser sie blieb in ihrem Zimmer, als sich den spöttischen Blicken ihrer Klassenkameraden auszusetzen. Sie legte sich zurück aufs Bett und spielte ein weiteres Video von Bad Girl ab.

Bad Girl hatte innerhalb weniger Tage drei Kilogramm abgenommen. Sie zeigte genau, was sie zu welcher Uhrzeit aß, wie lange sie Pausen zwischen den einzelnen Mahlzeiten einlegte und mit welchen Methoden sie sich vom Hunger ablenkte. So weit, so gut. Sie hatte die komplette Taktik übernommen, nur ihr Magen knurrte ununterbrochen, und sie fühlte sich so wacklig auf den Beinen, dass sie sich kaum die Treppe ins Erdgeschoss zu ihren Eltern hinuntertraute. Doch das war längst nicht ihr größtes Problem. Das Schlimmste war, dass Bad Girls Diätplan auf ihren Körper ganz offensichtlich nicht die gleiche Wirkung hatte. Nach jedem Gang zur Waage war sie frustrierter. Bisher hatte sie nur ein paar Kilo verloren. Wenn das so weiterging, schaffte sie nicht einmal die Hälfte des angepeilten Gewichts. Was stimmte bloß nicht mit ihr? Sie kannte Bad Girls Diätplan inzwischen auswendig. Jedes Video hatte sie mindestens fünf Mal angeschaut. Aber es half nichts. Ein Blick auf die Uhr sagte ihr, dass sie noch weitere zehn Stunden fasten musste. Wenn sie das durchhalten wollte, legte sie sich jetzt am besten ins Bett. Sie fühlte sich sowieso schrecklich müde. Im Schlaf würde sie ihre Sorgen vergessen und auch den Schmerz im Magen. Sie trank einen winzigen Schluck Wasser und ließ sich aufs Kissen sinken. Dann schloss sie die Augen.

Irgendwann, viel später, glaubte sie, die Stimme ihres Vaters zu hören. Vielleicht auch die ihrer Mutter. Sie war nicht sicher. Alles wirkte plötzlich so dumpf und verzerrt. Ihr war kalt. So kalt. Sie zog die Decke enger um sich und öffnete die Augen ein wenig. Ihre

Mutter stand neben ihrem Bett. Sie hielt einen Teller mit Broten in der Hand.

Sie seufzte. Nicht schon wieder essen.

»Ich bin müde«, murmelte sie leise und flüchtete sich in einen neuen Traum. Sie flog einfach davon. Weit, weit weg. Dorthin, wo es keine Probleme und keine nervigen Eltern gab.

* * *

Hans Steuermark tigerte in seiner üblichen Art vor dem Schreibtisch auf und ab. Sein scharfer Blick erinnerte Oliver an einen Adler. Steuermark, dem Leiter des Kriminalkommissariates Neuss, entging kaum etwas.

»Sie wirken nicht sonderlich zufrieden mit der Entwicklung dieses Falls.« Er bedachte Oliver mit einem prüfenden Blick und deutete auf die Unterlagen auf seinem Schreibtisch.

»Zwei tote Frauen, ein Verdächtiger, der nicht mehr kooperieren will, und dann diese Frau, die es vielleicht gewesen sein könnte?« Er tippte auf ein Foto von Luise Steinfels. »Etwa in diesen High Heels?« Steuermark richtete seinen Blick auf Klaus, der auf der Stelle kleiner zu werden schien. »Was, sagten Sie, haben Sie gegen diese Frau in der Hand?«

»Bisher nicht viel. Aber es ... es gab einen Streit«, stotterte Klaus. »Außerdem wurden fünf Kleider aus ihrer neuesten, noch geheimen Kollektion gestohlen und im See bei der ersten Leiche gefunden. Diesen Punkt können wir nicht ignorieren. Soweit wir es beurteilen können, haben ein paar Models die Sachen entwendet. Die Techniker sind im Augenblick dabei, die Fotos vom Hauseingang zu vergrößern. Dann wissen wir mehr.«

»Aha. Dann wissen Sie mehr?« Steuermark funkelte Klaus an. »Die Identifizierung des zweiten Opfers steht auch noch aus. Die Todeszeitpunkte können aufgrund des Verwesungsgrades der Opfer nicht genau ermittelt werden. Marcel Diekhoff lehnt sich in der Zwischenzeit zurück und schickt seinen Anwalt vor. Seine Mutter gibt ihm Alibis für jeden einzelnen Tag des letzten Monats. Kommt er überhaupt noch als Täter infrage?« Steuermark lief immer schneller, während seine Gesichtsfarbe einen kräftigen Rotton annahm.

Oliver ahnte, dass er kurz vor der Explosion stand.

»Um es einmal für Sie zusammenzufassen. Sie stehen in diesen beiden Mordfällen vor dem absoluten Nichts!« Steuermark blieb genau vor Klaus stehen und beugte sich zu ihm hinunter. Oliver sah, wie sein Partner den Atem anhielt.

»Ich will Ergebnisse, und zwar bis allerspätestens morgen Abend. Verstanden? Bringen Sie diesen Diekhoff zum Reden oder legen Sie mir konkrete Beweise gegen Luise Steinfels vor. Aber kommen Sie mir nicht mehr mit vagen Vermutungen. Sie sind meine beiden besten Ermittler und der bisherige Ermittlungsstand ist Ihrer komplett unwürdig.«

Obwohl Steuermark ihn überhaupt nicht ansah, fingen seine Ohren an zu glühen. Klaus hingegen sah genauso kreideweiß aus wie die Wand hinter ihm.

»Wir gehen ganz systematisch vor«, brachte Oliver heiser heraus. »Wir reden zuerst mit den beiden Frauen, die zusammen mit dem Opfer Lara Hübner in einen Streit mit Luise Steinfels verwickelt waren. Bis dahin liegt uns sicherlich die Identität des zweiten Opfers vor. Mit den neuen Erkenntnissen können wir sowohl Steinfels als auch den Anwalt von Diekhoff unter Druck setzen ...

Steuermarks Augen fixierten ihn. Er hörte kurz auf zu sprechen und beendete schließlich seinen Satz: »Wir werden bis morgen Abend Ergebnisse vorlegen.« Etwas kratzte Oliver unangenehm im Hals.

»Das tun wir«, pflichtete Klaus ihm bei. »Die Taucher liefern womöglich auch noch Hinweise.«

Steuermark begann wieder hin und her zu laufen. »In Ordnung, meine Herren. Ich möchte, dass Sie zuerst mit diesen beiden Frauen sprechen. Am besten, Sie fangen mit dieser Stefanie Holten an. Die modelt doch jetzt für die Konkurrenz, richtig? Dann wird sie weniger Bedenken haben, über ihre alte Auftraggeberin zu reden.« Er blieb abrupt stehen und starrte Oliver an. »Na los, machen Sie schon!«

* * *

»Mist«, stieß Mira aus und machte auf dem Absatz kehrt. Sie war wirklich völlig durch den Wind. Sie hatte ihre Handtasche bei Stefanie auf der Kommode im Flur liegen lassen. So etwas war ihr nie zuvor passiert. Sie atmete tief durch und beeilte sich. Wenigstens hatte sie ihr Handy noch. Es steckte in der Hosentasche. Trotzdem lagen ihr Portemonnaie und die Wohnungsschlüssel in der Handtasche.

Sie hastete die Stufen zu Stefanies Wohnung hinauf und klingelte. Die Musik lief nicht mehr. Es war merkwürdig still. Hatte Stefanie nicht gerade erzählt, sie wolle für ihre Fans einen Livestream machen? Mira klingelte ein weiteres Mal.

Niemand öffnete.

Sie presste das Ohr an die Wohnungstür. Vermutlich war Stefanie online und konnte deshalb nicht aufmachen. Wie blöd! Mira hockte sich verzweifelt auf eine Treppenstufe. Sie würde warten müssen, denn ohne Schlüssel kam sie zu Hause nicht rein. Sie dachte kurz darüber nach, Stefanie vom Handy anzurufen. Doch sie wollte ihr die Aufnahme nicht verderben. Sie wusste von Kim, wie ärgerlich solche Störungen sein konnten, wenn sie das Handy versehentlich angelassen hatte. Andererseits hatte sie gerade mehrfach geklingelt, da kam es auf ein Handyläuten auch nicht mehr an. Sie wählte Stefanies Nummer und lauschte.

Nichts. Die Mailbox sprang sofort an. Kein Wunder. Stefanie hatte das Handy also vorsorglich ausgeschaltet. Mira seufzte und versuchte sich zu beruhigen. Der Livestream dauerte bestimmt nicht länger als dreißig Minuten. Das bisschen Warten war schließlich keine Katastrophe. Sie lehnte den Kopf an die Wand und schloss die Augen. Nach zehn Minuten lauschte sie noch einmal an der Tür.

Es war still. Zu still.

Irgendwie überkam Mira das Gefühl, dass Stefanie vielleicht doch nicht zu Hause war. Sie prüfte die Uhrzeit. Es war fast dreißig Minuten her, dass sie die Wohnung verlassen hatte. Wenn Stefanie tatsächlich den geplanten Livestream machte, sollte sie jeden Moment fertig sein. Mira setzte sich wieder auf die Stufe und wartete genau fünf Minuten, dann klingelte sie nochmals.

Nichts.

Sie zog das Handy aus der Hosentasche und wählte Stefanies Nummer. Aber es hob niemand ab und ein Klingeln konnte sie auch nicht vernehmen. Hätte sie es nicht hören müssen? Sie presste noch einmal das Ohr gegen die Tür. Während sie lauschte, fiel ihr Blick nach unten auf die Schwelle. Vom grauen Steinboden des Treppenhauses hob sich ein dunkler Fleck ab.

Mira blinzelte und stellte fest, dass der Fleck gar nicht so dunkel war. Er schimmerte rot und war feucht. Sie ging in die Hocke und betrachtete den kreisrunden Fleck. Er sah aus wie ein Marmeladenklecks. Oder wie Blut, schoss es ihr durch den Kopf. Sie kniete sich hin und roch an dem Fleck. Wenn es Marmelade wäre, würde sie es doch bestimmt riechen? Aber der Fleck verströmte keinen Duft. Weder nach Erdbeeren noch nach Kirschen. Alles, was ihre Nase registrierte, war der leicht muffige Geruch des Steinbodens. Sie fragte sich gerade, wie wohl Blut roch und wie es überhaupt auf Stefanies Türschwelle landen konnte, als sie Schritte hörte. Erschrocken fuhr sie herum. Zwei große Männer kamen die Treppe herauf, direkt auf sie zu.

* * *

Oliver blieb so abrupt stehen, dass Klaus auf ihn prallte. Die Frau, die vor Stefanie Holtens Wohnungstür kniete, kam ihm irgendwie bekannt vor. Aber ihm fiel nicht mehr ein, wo er sie schon einmal gesehen hatte. Oliver wunderte sich. Was tat sie da auf dem Boden? Sie schien an etwas zu schnüffeln.

»Kann ich Ihnen behilflich sein?«, fragte er.

Die Frau sprang erschrocken auf die Füße. Ihre Lider verengten sich für den Bruchteil einer Sekunde, als ob auch sie ihn erkennen würde.

»Nein, danke. Ich warte auf eine Freundin«, stieß sie aus.

»Wir wollen zu Stefanie Holten«, erklärte Oliver und deutete auf die Wohnungstür. »Ist sie nicht zu Hause?«

»Sie sollte eigentlich da sein, aber vielleicht kann sie noch nicht öffnen.«

Oliver verstand kein Wort. Er blickte sich Hilfe suchend zu Klaus um. Der zückte seinen Dienstausweis.

»Klaus Gruber und Oliver Bergmann von der Kriminalpolizei Neuss. Verraten Sie uns bitte Ihren Namen?«

Die junge Frau erstarrte. »Kriminalpolizei?« Plötzlich verzog sie das Gesicht. »Ist Stefanie etwas passiert? Macht sie deshalb nicht auf? Ich glaube, ich habe übrigens gerade einen Blutfleck entdeckt.« Sie zeigte auf die Türschwelle, dorthin, wo sie eben mit der Nase geschnüffelt hatte.

»Wie ist Ihr Name?«, fragte Oliver und schob die Frau vorsichtig ein Stückchen beiseite, damit er den Fleck in Augenschein nehmen konnte.

»Mira Kötter. Ich habe meine Handtasche bei Stefanie vergessen. Eben war sie noch hier. Sie wollte jetzt eigentlich live im Internet sein. Ich verstehe überhaupt nicht, wo sie so schnell hin ist. Ich war keine zehn Minuten weg.«

Oliver erhob sich wieder und sah zu Klaus.

»Sieht nach Blut aus. Wir sollten rein.« Er schob Mira ein Stückchen weiter weg und hämmerte gegen die Tür.

»Polizei! Machen Sie auf!«

Niemand reagierte. Oliver nahm seine Kreditkarte aus der Tasche, steckte sie in den schmalen Spalt zwischen Türblatt und Rahmen und öffnete die Tür.

»Es war nicht abgeschlossen«, murmelte er und bedeutete Mira, sich nicht von der Stelle zu rühren. Klaus hatte seine Waffe gezogen und ging vor. Sie betraten den Flur. Sofort sah Oliver die Handtasche, die auf einer Kommode stand. Er wartete, bis Klaus das Wohnzimmer abgesucht hatte. Danach überprüften sie die Küche, das Schlafzimmer und das Bad. Stefanie Holten war nicht zu Hause. Oliver ging zurück ins Treppenhaus.

»Sind Sie sicher, dass Sie nur zehn Minuten weg waren?«, fragte er die junge Frau, die blass auf der Treppe saß.

Sie nickte. »Sie kann sich doch nicht in Luft aufgelöst haben. War sie denn online?«

»Online?« Wieder verstand Oliver kein Wort.

»Sie betreibt einen Video-Channel über Fitness und Tipps zum Abnehmen. Sie wollte live gehen, deshalb bin ich los. Damit sie in Ruhe arbeiten kann. Aber dann fiel mir auf, dass ich meine Handtasche vergessen hatte. Ich schwöre, dass es nicht viel mehr als zehn Minuten waren.«

»Okay«, sagte Oliver. »Wir schauen nach. Ich habe im Wohnzimmer einen Laptop gesehen.«

Er ging zurück und warf einen Blick auf den Computer. Mira Kötter folgte ihm. Ein Tastendruck genügte und der Bildschirm sprang an. Im Browserfenster sah er das Ergometer, das mitten im Wohnzimmer stand. Weiter unten auf dem Bildschirm entdeckte er Hunderte Kommentare:

Wo bist du?

Wir warten!

Hast du dich im Datum geirrt? Du wolltest live gehen!!!

Offenbar war Stefanie Holten nicht vor der Kamera erschienen. Oliver scrollte die ersten zwanzig Kommentare durch. Sie beinhalteten alle dieselben Fragen.

»Vielleicht ist sie nur kurz etwas besorgen. Zigaretten oder keine Ahnung, was Frauen halt so besorgen«, sagte Klaus.

»Sie raucht nicht«, warf Mira hastig ein. »Und sie würde auch ihre Fans nicht einfach so warten lassen.«

Oliver nickte. »Das glaube ich.«

»Ich frage mal in der Zentrale nach, ob es möglicherweise einen Unfall oder einen anderen Zwischenfall in der Nähe gegeben hat.« Klaus entfernte sich mit dem Handy am Ohr.

Oliver blieb grübelnd stehen. »Und sie hat wirklich nicht gesagt, wo sie hinwollte? Haben Sie es in der Aufregung vielleicht vergessen?«, fragte er Mira Kötter und musterte das aschfahle Gesicht der jungen Frau. Ihr schien es nicht gut zu gehen.

»Sie wollte nicht weg. Ganz sicher«, hauchte sie und fuhr sich fahrig durch das kurze schwarze Haar. »Alle scheinen spurlos zu verschwinden. Erst Kim und jetzt auch noch Stefanie. Ich verstehe das alles nicht.« Ihre Stimme zitterte und Oliver legte ihr die Hand auf die Schulter.

»Sie ist bestimmt einfach nur schnell etwas besorgen gegangen.«

Mira Kötter sah zu ihm auf. In ihren Augen schimmerte es feucht. »Das habe ich von Kim auch gedacht«, erwiderte sie und schluchzte. »Aber sie ist schon seit drei Tagen weg. Und keiner glaubt mir, nicht ihre Mutter, Fabian nicht und auch nicht die Polizei.«

In Oliver vibrierte es. Er verstand zwar nicht so richtig, wer Kim war und warum die Polizei sich nicht darum kümmerte, doch sein Instinkt sagte ihm, dass diese Vermisstenfälle mit den derzeitigen Morden zu tun haben könnten.

Und als wenn das nicht genug wäre, erschien Klaus mit todernster Miene im Türrahmen. Er gab ihm ein Zeichen mit der Hand, sodass Mira Kötter es nicht sehen konnte.

Oliver biss sich auf die Lippen. Verdammt, dachte er, schon wieder eine tote Frau.

XV

VOR FÜNFHUNDERT JAHREN

Der Schöffe Dederich von Rockel lehnte sich schwer atmend an eine Hauswand und tupfte sich mit einem Tuch ein paar Schweißperlen von der Stirn.

»Hört zu, Bastian Mühlenberg. Die Pest breitet sich in Zons aus und meine Rebecca läuft irgendwo hier draußen herum. Zwischen all den Pestkranken und völlig ahnungslos. Blind in ihrem jugendlichen Eifer. Ihr müsst sie finden. Sofort. Sie ist mein Ein und Alles.« Er stöhnte und fuhr sich mit der Hand über die Stirn. »Sie ist leider ein törichtes Ding.«

»Ich werde meine Männer an den Stadttoren bitten, auf Rebecca zu achten«, versprach Bastian. »Wo könnte sie denn sein? Hat sie einen anderen Zufluchtsort?«

Der Schöffe nickte. »Ja, bei ihrer Tante. Dort ist sie aber nicht. Ich war gerade da. Hört zu, es ist wirklich nicht Rebeccas Art, einfach so zu verschwinden. Ohne ein einziges Wort. Ich fürchte, es könnte ihr etwas zugestoßen sein. Ihr müsst sie mir zurückbringen, und zwar schnell.«

»Wann habt Ihr sie zum letzten Mal gesehen?«

Dederich von Rockel wurde blass. »Das war gestern Abend. Je mehr ich darüber nachdenke, desto schlimmer werden meine Befürchtungen. Vielleicht ist sie bereits die ganze Nacht fort. Womöglich hat sie jemand entführt.«

»Wir werden sie finden.« Bastian versuchte, den Schöffen zu beruhigen. »Wo könnte sie denn sonst noch sein?«

Der Schöffe zuckte mit der Schulter. »Wir haben überall nach ihr gesucht. Sie ist weg, wie vom Erdboden verschluckt.« Er bekreuzigte sich. »Ich hoffe, der Herr im Himmel gibt acht auf sie.«

»Hat sie irgendwelche Sachen mitgenommen? Kleidung oder Münzgeld?«

Dederich von Rockel starrte ihn an, als sei er gerade vom Blitz getroffen worden.

»Daran habe ich überhaupt nicht gedacht. Schnell, folgt mir. Wir durchsuchen ihr Zimmer.« Er eilte los und drehte sich nach einigen Schritten um, als Bastian nicht nachkam. »Was ist?«

»Ihr oder Euer Weib könnt viel besser beurteilen, ob etwas fehlt. Ich instruiere derweil meine Wachen. Vielleicht hat sie jemand gesehen.«

Der Schöffe sah ihn skeptisch an, doch schließlich nickte er. »Wir wollen keine Zeit verlieren. Ihr habt recht. Ich gebe Euch schnellstmöglich Bescheid.« Dederich von Rockel nahm die Beine in die Hand und stürmte davon.

Bastian verharrte noch einen Moment und setzte sich dann in Bewegung. Er spürte ein unangenehmes Ziehen im Magen. Es fühlte sich an wie eine Warnung. Hoffentlich war Rebecca von Rockel nichts zugestoßen. Er marschierte ohne Umwege zurück zum Rheintor und befahl Hugo, nach dem Mädchen zu suchen und die Wachen an den anderen Toren zu informieren. Dann suchte er Pfarrer Johannes in der Kirche auf. Er hatte Johannes die ganze Zeit auf dem Laufenden gehalten und brauchte unbedingt seinen Rat. Der Pfarrer löschte gerade ein paar Kerzen vor dem Altar und wedelte mit den Händen, um den Rauch zu vertreiben. Dabei summte er fröhlich vor sich hin, ohne Bastian zu bemerken.

»Seid gegrüßt«, sagte Bastian und der Pfarrer fuhr herum.

Auf seinem Gesicht erschien ein breites Lächeln. »Bastian, mein Junge. Schön, dass Ihr den Weg zu mir findet. Ich habe bereits vernommen, dass Ihr heute Morgen dem Henker einen Besuch abgestattet habt. Eine der Nonnen hat es mir berichtet, als sie dort vorbeiging.«

»Das stimmt«, erwiderte Bastian und schritt durch die Kirche. Er schüttelte den Kopf und blieb vor einer Wand stehen. »Ich komme einfach mit diesen drei Mordfällen nicht weiter und eben lief mir auch noch der Schöffe über den Weg. Seine Tochter ist verschwunden. Er kann sie nirgendwo finden, und ich befürchte, ihr könnte etwas zugestoßen sein.«

»Glaubt Ihr, der Mörder hat sie sich geholt?«, fragte Johannes erschrocken und bekreuzigte sich. »Die Leute sind inzwischen sehr beunruhigt.« Er blickte sich prüfend in der Kirche um und flüsterte: »Wir dürfen sie nicht weiter glauben lassen, dass der Schwarze Tod in Zons wütet. Wie lange wollt Ihr das noch fortführen?«

Bastian zuckte mit den Achseln. »Ich wollte, dass der Mörder glaubt, sein Plan geht auf, damit ich Zeit für die Ermittlungen gewinne. Josef hat auf den Leichen merkwürdige Zeichen entdeckt, die ich Euch unbedingt zeigen muss. Wernhart und mir kommen sie bekannt vor, aber uns fällt nicht mehr ein, woher.« Bastian zog sein Notizbuch aus dem Wams und schlug die Zeichnungen von den drei Brandzeichen auf.

Pfarrer Johannes setzte sich mit seinem Notizbuch auf eine Bank und studierte die Abbildungen intensiv.

»Das Schwein ist im Nacken des Wirtes, der Affe auf der Haut der Hure und der Wolf auf dem Hals des Metzgers eingebrannt. Was könnten diese Zeichen bloß bedeuten?«, fragte Bastian.

In Johannes' Augen blitzte etwas auf. »Ein Schwein, ein Affe, ein Wolf«, stieß er aus und sprang auf.

»Folgt mir!«, rief er und eilte an das andere Ende der Kirche, wo er hinter einer Nische verschwand.

Bastian lief hinterher und blieb an dem Mauervorsprung stehen. Johannes deutete auf ein riesiges Gemälde, das eine Szene mit mehreren Tiergestalten zeigte.

»Die Todsünden werden manchmal mithilfe von Tiersymbolen dargestellt. Seht Ihr die Affen?«

Bastian erkannte schlagartig, was sie trieben. Ihre dicht gedrängten Leiber rieben sich wollüstig aneinander. Daneben streifte ein Wolf um einen Krug mit Goldmünzen herum und ein Schwein saß an einer reichlich gedeckten Tafel und strich sich über den dicken Bauch.

»Der Affe steht für Wollust, das Schwein für Völlerei und der Wolf für Geiz oder Gier«, schlussfolgerte Bastian und fragte sich, weshalb er nicht sofort daraufgekommen war. Schließlich kannte er dieses Gemälde. Plötzlich ergab alles einen Sinn.

»Der Mörder brandmarkt seine Opfer, weil sie sich einer Todsünde schuldig gemacht haben.«

»Doch warum bringt er ihnen falsche Pestbeulen bei?«, fragte Pfarrer Johannes.

»Vermutlich, um von den Morden abzulenken. Er denkt, so kommt er ungeschoren mit seinen Taten davon. Pestkranke werden normalerweise sehr schnell beerdigt. Ohne Josefs Sorgfalt wären wir nie dahintergekommen, dass die Pestzeichen nicht echt waren.« Bastian rieb sich angestrengt die Stirn. »Die Frage ist nun, wer steckt hinter dieser ganzen Sache und was hat er womöglich noch vor?« Bastians Augen wanderten über das Gemälde. Er sah einen Pfau, der für Eitelkeit und Hochmut stand, die Schlange für Neid, einen Hund für den Zorn sowie einen Esel für die Trägheit.

»Sieben«, stieß Bastian entsetzt aus. »Es gibt sieben Todsünden. Drei Menschen sind bereits tot.«

»Und Rebecca ist verschwunden«, ergänzte der Pfarrer.

Bastian blickte ihn an. Sein Herz raste. »Welche Todsünde könnte man ihr zur Last legen? Sie ist doch fast noch ein Kind.«

Der Pfarrer neigte den Kopf. »Sie ist in den letzten

Jahren zu einer sehr ansehnlichen Frau herangewachsen. Sie liebt schöne Dinge und Kleider.«

»Eitelkeit«, sagte Bastian und schluckte. »Sie ist eitel. Ich selbst habe auf dem Markt gesehen, wie sie sich Schmuck aussuchte. Himmel. Der Mörder hat sie bestimmt in seiner Gewalt, und ich habe keine Idee, wo sie sein könnte.«

»Ich schon«, sagte der Pfarrer und deutete auf die Tierzeichen in Bastians Notizbuch. »Ich kenne diese Brandeisen. Sie wurden vor Jahren eingesetzt.«

* * *

Balthasar lauschte mit weit aufgesperrten Ohren. Er presste sich an die Hauswand und hoffte, nicht entdeckt zu werden. Sein Herz klopfte so laut, dass er sich manchmal wünschte, es würde stehen bleiben, damit er Rebecca besser hören konnte.

»Ich kann ihn nicht heiraten. Wirklich nicht«, schluchzte sie. »Ihr müsst mir helfen.«

»Und was soll ich tun? Ich kann Euch doch nicht bis zum Lebensende in meinem Keller verstecken. Euer Vater bringt mich um, Kind. Habt Ihr seine Stimme gehört? Ein Wink von ihm und ich lande unter des Henkers Schwert.«

»Liebste Tante, bitte. Ich kann diesen Mann nicht ausstehen. Er stinkt. Er ist hässlich und schon schrecklich alt.«

»Ich verstehe Euch ja, Liebes. Jede Frau trägt dieses Leid. Wer kann sich denn nach dem Herzen entscheiden? Niemand. Du musst dein Schicksal mit Würde tragen. Er ist reich. Es wird Euch bei ihm gut gehen und er begehrt Euch.«

»O nein«, jammerte Rebecca. »Schon bei der Vorstellung, dass er mich berühren könnte, wird mir ganz übel.«

»Ach Mädchen! Ihr dürft Euch das nicht so sehr zu Herzen nehmen. Euer Vater hat einen guten Mann für Euch ausgesucht. Glaubt mir, es hätte Euch viel schlechter treffen können.«

Balthasar hörte, wie ein Stuhl über den Boden schrammte. Er richtete sich vorsichtig auf und lugte durchs Fenster. Rebecca hatte sich von ihrer Tante abgewandt. Ihr Oberkörper bebte. Sie weinte.

Am liebsten wäre Balthasar hineingeklettert, um sie da rauszuholen. Sie könnten gemeinsam fliehen, irgendwohin, wo niemand sie suchen würde. Sie könnten zusammen sein – für immer.

Doch er hatte keine Ahnung, ob sie ihn wirklich mochte. Vielleicht fand sie ihn genauso schlimm wie den Mann, den sie ehelichen sollte. Er seufzte und ging wieder in Deckung. Tags zuvor war er an Rebeccas Haus vorbeigekommen und hatte beobachtet, wie sie heimlich aus einem Fenster geklettert war. Ungläubig war er ihr hinterhergeschlichen bis zum Haus ihrer Tante in der Nähe des Rheinturms. Nachdem es dunkel geworden war, lief er nach Hause, nur um beim ersten Sonnenstrahl hierher zurückzukehren. Rebecca ließ ihm einfach keine Ruhe. Er wollte ihr helfen, sie aus ihrer verzwickten Situation erlösen. Doch er wusste nicht, wie. Er überlegte, mit ihrem Vater zu sprechen. Seine Angst vor dem Schöffen war allerdings viel zu groß. Bloß weil Dederich von Rockel zufrieden mit seinem Porträt war, bedeutete dies keinesfalls, dass er ihn nicht einen Kopf kürzer machen ließe. Insbesondere sobald er sein Interesse an Rebecca bemerkte. Bisher war ihm noch nichts Besseres eingefallen, als unter dem Fenster zu hocken und zu lauschen.

»Ich bringe es schlichtweg nicht über mich. Aber ich will Euch auch keine Schwierigkeiten bereiten«, schniefte Rebecca. »Ich werde mich zum Schein fügen und womöglich findet sich in den nächsten Wochen eine Lösung. Die Hochzeit soll schließlich erst in einem Jahr stattfinden.«

»So ist es richtig«, lobte die Tante. »Geht nach Hause und ruht Euch ein wenig aus. Die Welt ist nicht nur schwarz. Wenn Ihr bald nach der Hochzeit ein Kind unterm Herzen tragt und dann später in den Armen haltet, wird sie heller leuchten als die Sonne.«

Rebecca erwiderte nichts, und Balthasar nutzte die Gelegenheit, um sich davonzuschleichen. Auf keinen Fall durfte er hier erwischt werden. Unauffällig postierte er sich auf der gegenüberliegenden Straßenseite und wartete, bis Rebecca endlich herauskam.

Ihr Anblick schnürte ihm die Kehle zu. Ihre Augen waren gerötet. Blass und müde schwankte sie die Stufen herunter.

Am liebsten hätte er sie gestützt, doch sie sollte nicht wissen, dass er sie beobachtete. Also folgte er ihr unauffällig.

* * *

»Lasst mich raten, der Schmied hat die Brandeisen mit den Tiersymbolen gefertigt. Er war Henrikes letzter Freier.« Bastian durchbohrte den Pfarrer mit ungeduldigen Blicken, doch der schüttelte den Kopf.

»Ich kann nicht sagen, wer sie hergestellt hat, aber ich weiß, wer sie verwendet hat. Wie gesagt, es ist schon viele Jahre her. Es gab Zeiten, in denen man Sünder mit ihren Verfehlungen brandmarkte.« Pfarrer Johannes machte eine bedeutungsvolle Pause. »Der Henker benutzte sie.«

»Der Henker?« Bastian sah sofort Otto Hermanns mit all seinen schauerlichen Utensilien vor seinem inneren Auge. »Himmel, das passt alles zusammen.« Er blätterte aufgewühlt in seinen Notizen.

»Otto Hermanns kannte alle drei Opfer. Er hat die Aufsicht über das Freudenhaus. Zudem kennt er sich mit dem Töten aus und auch mit der Folter. Er ist geschickt und klug genug, um seine Gräueltaten zu vertuschen.« Bastian spürte ein Kribbeln in den Fingerspitzen. Endlich hatte er eine Spur. Hastig schlug er sein Notizbuch zu. »Außerdem weiß ich, dass der Schöffe mit der letzten Befragung nicht zufrieden war. Die Stadt hat den Henker deshalb noch nicht bezahlt. Hermanns sollte herausfinden, wo ein Dieb seine Beute versteckt hatte. Doch der Mann starb, bevor Otto Hermanns die Wahrheit aus ihm herausholen konnte. Möglicherweise hat er deshalb die Tochter des Schöffen entführt. Ich muss auf der Stelle zu ihm. Sollte er Rebecca in seiner Gewalt haben, schwebt sie in höchster Gefahr.«

Bastian verließ die Kirche im Laufschritt. Er holte sich Wernhart zur Verstärkung und noch drei weitere seiner Männer. Gemeinsam begaben sie sich durch das Rheintor und umzingelten das Haus des Henkers.

Bastian donnerte gegen die Tür. Sie schwang abermals sofort auf.

»Otto Hermanns, kommt heraus«, brüllte Bastian und trat über die Schwelle. Es roch nach Feuer und Verbranntem. Bastian folgte dem Geruch. Er landete in der Küche, wo das Weib des Henkers gerade eine Mahlzeit zubereitete.

»Seid gegrüßt. Sagt, wo ist Euer Gatte?«, fragte Bastian und rümpfte die Nase. Das Essen war stark angebrannt.

»Unten im Keller«, gab das Weib mürrisch zurück und würdigte Bastian keines Blickes.

Bastian stürmte mit Wernhart hinunter. Das Erste, was er unten sah, war eine Streckbank. Jemand lag darauf. Daneben hantierte der Henker.

»Weg da, lasst sie los!«, brüllte Bastian.

Otto Hermanns drehte sich zu ihnen herum und baute sich vor der Streckbank auf.

»Was wollt Ihr denn schon wieder hier?« Der Henker verdeckte mit seinem breiten Kreuz die Person auf der Folterbank und rührte sich kein bisschen.

Bastian zog sein Kurzschwert. »Weg da«, wiederholte er und drückte dem Henker die Spitze auf die Brust.

Der Henker rollte missmutig mit den Augen und trat zur Seite.

»Bitte schön. Nehmt ihn wieder mit. Aber dann befragt ihn selbst, wo er den Schmuck vom Weib des Zöllners vergraben hat. Und den Lohn will ich trotzdem haben.« Er reckte trotzig das Kinn vor.

Bastian schluckte. Tatsächlich lag auf der Bank nicht Rebecca, sondern ein stadtbekannter Dieb. Ein ärmlich gekleideter Halunke, der sich an allen Markttagen in der Stadt herumtrieb.

»Wo ist Rebecca?«, stieß Bastian aus. »Wo habt Ihr sie versteckt?«

Otto Hermanns blinzelte überrascht. »Ihr meint die Tochter des Schöffen? Woher zur Hölle soll ich das wissen?«

»Rückt die Brandeisen heraus«, forderte Wernhart und sprang Bastian zur Seite. »Die mit den Tiersymbolen!«

Der Henker grinste und schüttelte den Kopf. »Warum sollte ich das tun? Es sind meine Werkzeuge und ich brauche sie, oder wollt Ihr mein Folterknecht werden?«

Wernhart stampfte mit dem Fuß auf. »Wenn Ihr nicht auf der Stelle die Brandeisen und das Mädchen herausrückt, werfen wir Euch in den Juddeturm. Dann ist Euer Weib in diesem Haus allein, ungeschützt vor den Toren der Stadt.«

Otto Hermanns wurde ernst und funkelte Wernhart drohend an. »Jetzt hört mal zu, Ihr Möchtegernsoldat. Krümmt Ihr meinem Weib auch nur ein Haar, jage ich Euch bis an Euer Lebensende durch die Hölle!«

Bastian ignorierte den Streit. Er wusste, dass sein Freund die Sache im Griff hatte und ihm Zeit verschaffte, damit er sich unbehelligt umsehen konnte. Er zündete eine Fackel an und sah sich in dem Keller um. Neben einer kleinen Feuerstelle lagen ein paar Brandeisen. Es waren jedoch keine Symbole in die

Enden geprägt. Er legte die Eisen wieder hin und suchte weiter. Irgendetwas musste er finden. Rebecca konnte sich schließlich nicht in Luft aufgelöst haben. Oder steckte der Henker gar nicht dahinter?

Er öffnete eine Tür. Modriger Geruch schlug ihm entgegen. Unwillkürlich hielt er sich den Ärmel vor Mund und Nase. Hinter der Türöffnung lag ein enges Verlies. Ein spärliches Strohlager befand sich an der rechten Wand, davor ein klappriger Schemel und ein Eimer. Über dem Lager waren dicke Eisenringe ins Mauerwerk gelassen. Sie dienten dazu, den Gefangenen anzuketten. Gleich neben dem Eingang lehnte ein schwerer Balken, von dem er nicht wusste, wozu er dienen könnte. An der gegenüberliegenden Wand hing ein Vorhang. Bastian bemerkte ein paar Blutspuren auf dem Boden, die zum Teil noch frisch schienen. Er bewegte sich auf den Vorhang zu und schob ihn vorsichtig beiseite.

Ein weiterer Raum kam dahinter zum Vorschein. Der Tisch in der Mitte war vollgepackt mit merkwürdigen Instrumenten. Schaudernd stellte Bastian fest, dass es sich um Folterwerkzeuge handelte. Er sah Zangen in allen Größen und Varianten, Brandeisen, Messer, Nadeln, eiserne Schuhe, verschiedene Hämmer und ein paar Röhrchen mit unterschiedlichen Durchmessern. Die Wände hingen ebenfalls mit Folterinstrumenten voll. Peitschen, Knüppel, Stricke, alles, was zum Herauspressen der Wahrheit nötig war. Bastian untersuchte ein Regal in der Ecke. Eine Bibel lag darin, obwohl er sich kaum vorstellen konnte, dass der Henker während seiner Folterungen daraus zitierte. Der Mann konnte höchstwahrscheinlich überhaupt nicht lesen. Dann plötzlich machte er eine interessante Entdeckung. Auf einem Brett oberhalb der Bibel stand ein Tintenfässchen. Mit geschärften Sinnen begutachtete er noch einmal die Metallröhrchen auf dem Tisch. Er suchte nach Resten von Tinte, doch die Instrumente waren blankgeputzt. Trotzdem passte für Bastian alles zusammen. Er nahm das Tintenfässchen und ging zurück in den vorderen Raum. Wernhart diskutierte immer noch mit dem Henker, während der Dieb sich unverändert auf der Streckbank wand.

»Was habt Ihr damit gemacht, Henker?«, fragte Bastian und hielt ihm das Fässchen direkt unter die Nase.

Otto Hermanns funkelte ihn zornig an. »Ich mache Strichlisten zu jeder Hinrichtung oder Befragung, sonst haut mich der Schöffe übers Ohr.«

»Sagt uns auf der Stelle, wo die Brandeisen mit den Tierzeichen sind!«

Die Miene des Henkers verfinsterte sich. Blitzschnell griff er zu einem Krug und schleuderte ihn Wernhart mit aller Wucht an den Kopf.

Bastians Freund taumelte überrascht.

Der Henker stieß ihn zu Boden und floh in den Raum mit dem Strohlager.

Bastian stürzte hinterher und versuchte ihn aufzuhalten, doch der Henker knallte ihm die Tür vor der Nase zu. Bastian hörte, wie von innen der schwere Balken davorgeschoben wurde. Wütend warf er sich mit vollem Gewicht gegen die Tür. Vergeblich, sie gab nicht nach. Er probierte es ein weiteres Mal erfolglos, dann ließ er von der Tür ab.

Wernhart stöhnte auf. Er saß zusammengekrümmt auf dem Boden, die Hände vor dem Gesicht.

»Es tut mir leid, Bastian«, murmelte er und erhob sich wankend.

Offenbar hatte es ihn härter erwischt, als es zuerst ausgesehen hatte.

»Nein, mir tut es leid, Wernhart. Der Mistkerl sitzt jedenfalls in der Falle. Das Haus ist umstellt. Hier kommt er nicht raus«, rief Bastian und schnappte sich eine Eisenstange, die in einer Ecke lehnte. Er schlug damit auf die Tür der Kammer ein, in der sich der Henker verschanzt hatte. Nach und nach lösten sich mit jedem Schlag Splitter aus dem Holz. Es dauerte eine Weile, dann stieß Bastian die Tür auf. Was er sah, ließ seinen Atem stocken.

Der Raum war leer!

* * *

Rebecca verbarg das Haupt unter einer Kapuze. Balthasar wunderte sich. Sie lief überhaupt nicht nach Hause, so wie sie es ihrer Tante versichert hatte. Stattdessen steuerte sie zielstrebig auf das Feldtor zu. Zu dieser Tageszeit wimmelte es dort von Menschen. Die Einlassregelungen waren wegen der Pest viel strenger geworden. Jeder, der in die Stadt hereinwollte, wurde gründlich auf Pestmerkmale untersucht. Doch auf die Menschen, die hinausgingen, warfen die Stadtsoldaten nur einen flüchtigen Blick. Rebecca schlüpfte geschickt inmitten einer kleinen Gruppe von Händlern zum Stadttor hinaus. Niemand hielt sie auf.

Balthasar folgte ihr mit einigem Abstand, stets dicht am Wegesrand, der von zahlreichen Bäumen gesäumt war. In seinem Rücken dröhnten schwere Schritte. Für einen Augenblick befürchtete er, die Männer der Stadtwache wären ihm auf den Fersen. Unauffällig sah er sich um. Ein hochgewachsener, kräftiger Mann stapfte hinter ihm her. Er trug eine lange Kutte mit Kapuze und hielt den Kopf gesenkt, sodass Balthasar sein Gesicht nicht erkennen konnte. Es handelte sich jedenfalls um niemanden von der Stadtwache. Beruhigt blickte Balthasar wieder nach vorn. Seine Augen suchten Rebecca, doch sie war nicht mehr da.

Balthasar beschleunigte seine Schritte. Atemlos erreichte er die Gruppe von Händlern und sah sich um. Rebecca war nicht mehr unter ihnen. Er blieb überrascht stehen. Wo war sie so schnell nur hin?

Die Gruppe wanderte weiter, ohne Notiz von ihm zu nehmen. Balthasar drehte sich im Kreis, wobei er aufmerksam die Umgebung studierte. War Rebecca hinter einem der Bäume verschwunden? Er verließ den Weg und schlug sich ins Gebüsch. Tatsächlich entdeckte er einen Trampelpfad, der in den Wald führte. Er machte ein paar Schritte und verharrte dann zweifelnd neben einer uralten Eiche, deren Stamm mindestens zweimal so dick war wie er selbst. Er lauschte. Doch er hörte nichts. Balthasar rannte zurück auf den Weg und nahm die Verfolgung der Händlergruppe wieder auf. Einer von ihnen musste schließlich wissen, wohin Rebecca gelaufen war. Was wollte sie bloß außerhalb der Stadtmauern?

»Hat einer von Euch gesehen, wo das Mädchen hin ist?«, fragte er, als er die Händler eingeholt hatte.

Ein dickbäuchiger Mann mit langen lockigen Haaren und üppigem Bart drehte sich zu ihm um.

»Von welchem Mädchen sprecht Ihr? Unter uns sind keine Frauen«, brummte er.

»Sie trug eine Kapuze und hat soeben mit Euch gemeinsam das Stadttor passiert.«

Der Dicke schüttelte den Kopf. »Tut mir leid, Bursche. Ich kann Euch nicht weiterhelfen.« Er wandte sich ab und trottete seinen Gefährten hinterher.

Balthasar ließ sich nicht abschütteln. Er überholte die Händler und stellte sich ihnen in den Weg.

»Halt!«, rief er. »Ich suche das Mädchen, das bis eben noch bei Euch war.«

Die Händler blieben stehen und sahen sich an.

»Wir gehören nicht zusammen«, erklärte ein Vogelkäfigverkäufer. »Allein der Zufall hat uns heute für ein Stückchen des Weges zusammengeführt. Aber wenn Ihr die mit der Kapuze meint, die ist dort entlang, Arm in Arm mit dem großen Bärtigen.« Der Händler deutete in Richtung des Trampelpfades, den Balthasar kurz zuvor ausfindig gemacht hatte.

»Danke«, stieß er aus und zählte die Männer durch. Es waren sechs. Er durchforstete sein Gedächtnis, doch es wollte ihm nicht mehr einfallen, wie viele es noch am Stadttor gewesen waren. Er hatte sie nicht gezählt, stattdessen nur Augen für Rebecca gehabt. Er sprang zur Seite und lief zurück zu dem schmalen Pfad. In seinem

Kopf spielten die Gedanken verrückt. Er fragte sich, ob Rebecca diesen bärtigen Kerl gekannt hatte und warum sie mit ihm in den Wald verschwunden war. Hatte sie etwa einen Liebhaber und wollte mit ihm durchbrennen? Balthasars Wangen glühten. Er stürmte den Trampelpfad entlang und achtete nicht auf die Zweige, die ihm ins Gesicht peitschten. Je länger er nachdachte, desto törichter kam er sich vor. Er schalt sich selbst, wie blind er doch gewesen war. Blind vor lauter Liebe zu einer Frau, die er eigentlich überhaupt nicht kannte und die unerreichbar für ihn war. Trotzdem, er wollte mit ihr reden. Vielleicht konnte er ihr helfen. Inzwischen war es ihm egal, ob sie wusste, dass er ihr folgte. Er war so in Gedanken verloren, dass er gar nicht merkte, wo er hinlief. Erst als ein schriller Schrei aus dem Wald ertönte, blieb er abrupt stehen.

XVI

GEGENWART

Oliver konnte die Schönheit des Sees nicht wahrnehmen. Während er bis vor Kurzem davon geträumt hatte, mit Emily ein Picknick in der freien Natur zu unternehmen, war der Anblick jetzt ein wahrer Graus für ihn. Drei tote Frauen und noch immer keine Festnahme. Hans Steuermark hatte völlig recht, wenn er langsam ungeduldig wurde. Oliver konnte sich an keinen Fall erinnern, in dem sie so lange ergebnislos ermittelt hatten. Ihr Hauptverdächtiger schwieg dank seines Anwalts. Auch wenn die Alibis durch seine Mutter zweifelhaft waren, müssten sie ihn zum jetzigen Zeitpunkt eigentlich von der Liste der Verdächtigen streichen. Außerdem besaß Diekhoff kein Auto, sondern nur ein Fahrrad. Ob Luise Steinfels überhaupt als Täterin infrage kam, konnten sie bisher ebenfalls nicht beantworten. Es sprachen mindestens so viele Indizien für als auch gegen sie. Sie hatte im Gegensatz zu Diekhoff jedenfalls für viele Tage im letzten Monat kein Alibi, und ihr gehörte ein großes Auto, mit dem sie die Leichen hätte transportieren können.

Oliver schritt neben Klaus her und starrte unablässig auf den See, in dem die Taucher bereits die Leiche von Zoe Kühnert gefunden hatten. Sie gingen auf Dennis Rössner zu und gaben ihm nacheinander die Hand.

»Da drüben liegt sie«, sagte der Leiter der Taucheinheit und deutete auf die Böschung, die sehr viel weniger steil anstieg als am Martinsee, aus dem das erste Opfer geborgen wurde. »Wir haben noch ein paar Tauchgänge vor uns. Ich hoffe, wir finden weitere Spuren. Vielleicht wieder einen Koffer oder irgendetwas, was der Täter ins Wasser geworfen hat und das uns zu ihm führt.«

Oliver nickte und betrachtete die Tote, die so dünn war, dass er jede einzelne Rippe durch das T-Shirt sehen konnte. Ihr pechschwarzes Haar klebte nass am Schädel. Die verschwundene Stefanie Holten konnte es schon einmal nicht sein. Ebenso wenig wie Kim Leidinger, die gleichfalls vermisste blonde Freundin von Mira Kötter.

Sie hatten Mira gleich im Anschluss an Klaus' Telefonat vor Stefanie Holtens Wohnung nach Hause geschickt. Oliver wollte nicht, dass sie wesentliche Teile der Ermittlungen mithörte. Zudem schien sie emotional stark mitgenommen zu sein. Er würde später auf sie zurückkommen. In der Zwischenzeit nahmen ein paar Mitarbeiter der Spurensicherung die Wohnung von Stefanie Holten unter die Lupe. Bald würden sie wissen, ob das Blut auf der Türschwelle von ihr stammte.

»Sie liegt nicht länger als zwei Tage im Wasser«,

sagte Ingrid Scholten, die hinter einem Busch auftauchte und wie immer perfekt aussah. »Ich schlage vor, die Tote umgehend in die Rechtsmedizin zu bringen. Der Leichnam ist so gut erhalten, dass der Todeszeitpunkt sicherlich ziemlich genau eingegrenzt werden kann«, erklärte sie.

»Und wir können dann die Alibis unserer Verdächtigen überprüfen. Mal sehen, was die Mutter von Marcel Diekhoff nun zum Besten gibt«, knurrte Oliver. »Haben Sie spezielle Anhaltspunkte?«

Scholten schüttelte den Kopf. »Wie bei den anderen beiden Opfern deutet nichts auf den Tod durch äußerliche Gewalteinwirkung hin. Hoffentlich hat das Labor dieses Mal mehr Erfolg. Der gute Zustand des Opfers lässt eine ganze Reihe Untersuchungen zu, die bisher nicht möglich waren. Vielleicht können sie Betäubungsmittel oder Drogen feststellen. Das würde dann die fehlenden Abwehrverletzungen der Opfer erklären. Ich vermute fast, dass der Täter sie durchgehend ruhiggestellt hat. Sprich während der gesamten Zeit, in der er sie in seiner Gewalt hatte. Ansonsten müssten sich doch wenigstens ein paar blaue Flecken an den Händen oder Armen finden. Und er hat ihnen Essen und Trinken vorenthalten. Sehen Sie sich die Frau bloß an. Sie ist nicht mehr als Haut und Knochen.«

Oliver schaute sich die Fingernägel der Toten an. »Ein paar Nägel sind allerdings abgebrochen«, sagte er. »Vielleicht kann die Rechtsmedizin sagen, ob das vor oder nach ihrem Tod passiert ist. Aber Sie haben recht. So wirklich gewehrt scheint sie sich nicht zu haben.«

Ingrid Scholten streckte ihm eine Asservatentüte

entgegen. »Unser Killer weicht jedenfalls nicht von seinem Schema ab. In ihrem Hals steckte haargenau dieselbe Nachricht. Gleiches Papier, gleiche Schrift, derselbe Drucker und dieselbe Folie.«

Oliver warf nur einen flüchtigen Blick auf den Satz. Langsam wurde ihm übel. Drei tote Frauen. Zwei wurden vermisst. Wo sollte das alles hinführen? Er rieb sich müde die Schläfen und blickte zu Klaus.

»Wir sollten in der Vermisstendatenbank nach der Toten suchen. Und wir müssen in Erwägung ziehen, dass der Täter auch in den umliegenden Seen Leichen entsorgt hat.«

Olivers Satz schlug ein wie ein Blitz. Die Luft schien plötzlich stillzustehen. Niemand rührte sich mehr. Alle starrten ihn fassungslos an.

»Aber es gibt noch drei weitere Seen in unmittelbarer Nachbarschaft«, stieß Klaus aus. »Gleich nebenan den Straberger See und den Balgheimer See. Hinzu kommt der Waldsee bei Hackenbroich. Da können wir das gesamte Aufgebot an Polizeitauchern herbeordern, wenn wir die alle absuchen wollen.«

Oliver erwiderte nichts. Was sollte er auch sagen? Jeder von ihnen wusste, dass sie mit dem Schlimmsten rechnen mussten.

»Geben Sie Bescheid, falls Sie etwas Wichtiges finden«, bat er Ingrid Scholten und fuhr mit Klaus ins Revier.

Als er vor dem Computer saß und die Vermisstendatenbank durchforstete, sagte er zu Klaus: »Wir sollten alle Fahrzeuge überprüfen lassen, die vor zwei Tagen in der Nähe des Goldberger Sees geblitzt worden sind. Vielleicht landen wir einen Zufallstreffer.«

Klaus erhob sich und bewegte sich Richtung Tür. »Ich erledige das und instruiere gleich mal die Kollegen. Übrigens ist Julian Brandner, der persönliche Assistent von Luise Steinfels, jeden Moment hier. Ich hatte ihn wegen des Streits einbestellt. Hoffentlich bekommen wir hier mehr aus ihm heraus.«

Oliver nickte und scrollte sich weiter durch die Vermisstenanzeigen. Obwohl er die Suche auf dunkelhaarige Frauen eingegrenzt hatte, stieß er auf die Anzeige, die Mira Kötter für ihre Freundin aufgegeben hatte. Jemand hatte sich bei der Eingabe der Haarfarbe vertan. Nachdenklich starrte er auf das Bild des blonden Mädchens. Was hatten diese Frauen nur gemeinsam? Kim Leidinger sah mit ihrem langen Haar verdammt attraktiv aus. Aber als Model arbeitete sie definitiv nicht. Sie war zwar genauso schlank wie die anderen Opfer, ihre Körpergröße betrug jedoch gerade einmal einen Meter und sechzig. Damit würde sie keine Modelagentur der Welt engagieren. Jedenfalls keine, die auf die klassische Modebranche abzielte. Oliver druckte ihr Foto und heftete es ans Whiteboard. Grübelnd biss er sich auf die Unterlippe. Vielleicht war Kim doch einfach nur für ein paar Tage abgetaucht. So wie es der diensthabende Polizist notiert hatte, wäre es nicht das erste Mal. Trotzdem hatte Oliver ein komisches Gefühl, denn immerhin gab es eine Verbindung zu Stefanie Holten, die ebenfalls vermisst wurde. Er malte eine Linie zwischen den beiden Namen und anschließend noch einen Bogen von Stefanie Holten zum ersten Opfer Lara

Hübner. Das Telefon klingelte und riss ihn aus seinen Überlegungen.

»Oliver Bergmann«, meldete er sich. Am anderen Ende war der IT-Spezialist, der die Aufnahmen der drei Freundinnen Lara, Melinda und Stefanie beim Verlassen von Luise Steinfels' Villa vergrößert und analysiert hatte.

»Die Frauen tragen zweifelsfrei ein oder zwei andere Kleider unter ihren eigenen Sachen. Ich konnte die Kleider mit der gestohlenen Kollektion in Übereinstimmung bringen. Es sind dieselben Stoffe. Falls es sich also um Einzelstücke handelt, dann wurden diese von den drei Frauen entwendet.«

»Danke«, erwiderte Oliver und legte auf. Im Fall Lara Hübner hätte Luise Steinfels demzufolge ein Mordmotiv gehabt. Auch wenn sie selbst es abstritt. Doch wie hing das Ganze mit Zoe Kühnert und dem neuen Opfer zusammen? Zoe Kühnert war am Diebstahl offensichtlich nicht beteiligt, ja noch nicht mal auf der Party in Steinfels' Villa gewesen. Oliver kannte die Liste der Gäste inzwischen fast auswendig. Und das neue Opfer? Er klickte die Vermisstendatenbank erneut an und arbeitete sich weiter durch die Einträge. Als er nichts fand, ging er die gesamte Liste ein zweites Mal durch und rieb sich anschließend frustriert die Schläfen. Keine Anzeige passte auf die tote Frau. Es war zum Verzweifeln.

Klaus sah zur Tür herein. »Julian Brandner ist da«, sagte er und musterte Oliver. »Hast du schon was herausgefunden?«

Oliver schüttelte den Kopf. »In der Vermisstendatei

taucht sie nicht auf. Wenn sie wirklich erst zwei Tage im See gelegen hat, ist das wahrscheinlich auch nicht verwunderlich.« Er erhob sich und folgte Klaus in den Flur. »Ich will auf alle Fälle wissen, ob dieser Assistent von Luise Steinfels auch die anderen beiden Opfer kennt.«

* * *

Mira saß auf Kims Bett und starrte die Wand an. Der Schock steckte ihr so tief in den Knochen, dass sie sich beinahe wie in Zeitlupe bewegte. Sie drehte den Kopf und blickte aus dem Fenster, sah den strahlend blauen Himmel, hörte Kinderstimmen von draußen. Doch sie nahm nichts von dem so richtig wahr. Ihre Gedanken wirbelten ohne Unterlass um zwei Namen. Kim und Stefanie. Wo waren sie hin? Und warum glaubte ihr niemand? Die beiden Kommissare, die sie vor Stefanies Wohnung getroffen hatte, schienen sie ebenfalls nicht ernst zu nehmen. Sie hatten sie wie ein Schulmädchen nach Hause geschickt. Sie solle hier warten, bis sie sich bei ihr meldeten. Worauf zum Teufel sollte sie warten? Kim war weg und sie steckte bestimmt in ernsthaften Schwierigkeiten oder vielleicht sogar noch schlimmer, ihr war etwas zugestoßen. Mira schluchzte. Da war Blut auf Stefanies Türschwelle gewesen. Wie hatte Stefanie nur so schnell aus ihrer Wohnung verschwinden können? Der Fall lag ziemlich klar: Jemand hatte sie entführt!

Wie ferngesteuert glitt Mira vom Bett und tappte zur Wohnungstür. Akribisch untersuchte sie die

Türschwelle. Blut fand sie hier nicht. Und auch nicht im Flur oder in Kims Zimmer. Sie musste etwas unternehmen. Langsam wurde sie das Gefühl nicht mehr los, dass da draußen jemand herumlief, der Kim und Stefanie zuerst beobachtet und anschließend gekidnappt hatte. Wieder in Kims Zimmer fiel ihr der Laptop ins Auge. Ohne großartig nachzudenken, schaltete sie ihn an. Während er hochfuhr, suchte sie sich aus Kims Schrank ein Kleid aus. Eines, das Kim anziehen würde. Selbst legte sie nicht allzu viel Wert auf das ganze Glitzerzeug, aber Kim fuhr darauf ab und ihre Follower-Schar im Internet sowieso. Wer auch immer sie beobachtete, er war bestimmt unter ihnen. Einer von den Tausenden Klicks kam von ihm. Sie spürte es mit jeder Faser ihres Körpers. Er war da draußen, und wenn sie jetzt auf Kims Kanal online ging, würde er sie sehen. Ob er sie dann auch holen kam? Erschrocken schlug sie die Hand vor den Mund.

Na und, dachte sie eine Sekunde später. Sollte dieser Irre doch kommen. Sie würde auf ihn warten!

Sie schlüpfte in Kims Kleid, das ihr bis auf die Länge perfekt passte. Kim war viel kleiner als sie. Anschließend musterte sie sich im Spiegel. Das kurze Haar gefiel ihr nicht. Sie sah sich um und entdeckte eine Perücke auf dem Kleiderständer. Sie setzte sie auf und staunte. Aus dem Spiegel blickte sie eine fremde Frau an. Dunkle Locken umrankten ihr kantiges Gesicht und zeichneten es viel weicher. Sie wirkte überhaupt nicht mehr so streng. Kim hatte ihr schon Hunderte Male gesagt, sie müsse sich eine neue Frisur zulegen, doch so extrem hatte sie sich den Unterschied nicht vorgestellt.

Sie lächelte sich zögerlich zu. Eine wunderschöne Frau lächelte zurück.

Also gut, dachte sie und stellte sich vor die Kamera. Wo immer dieser Mistkerl steckte. Sie würde ihn finden!

* * *

Emilys Lachen war wie ein Stich in Annas Herz. Was um Himmels willen tat sie da bloß? Sie war nur zufällig an ihrem Lieblingscafé vorbeigekommen und hatte Emily sofort entdeckt. Und diesen Professor. Sie stand wie festgewachsen vor der großen Fensterscheibe und konnte sich keinen Millimeter rühren. Emily strahlte wie ein Honigkuchenpferd. Sie redete und redete. Schlimmer als ein Wasserfall. Und Professor Jan Kelkheim gab den Verständnisvollen. Er nickte langsam und bedächtig. Ab und an blätterte er in einem Buch und zeigte Emily irgendwelche Seiten. Dabei kroch er dichter als nötig an sie heran. Anna wusste, dass Emily den Professor unbedingt interviewen wollte. Eigentlich sollte sie die beiden nicht stören, aber sie konnte einfach nicht anders. Sie riss die Tür auf und stürmte ins Café.

»Emily«, rief sie scheinbar überrascht und mit viel zu hoher Stimme.

Ihre Freundin sah auf und lächelte sie breit an. Sie hielt ihr Handy hoch.

»Du wirst es nicht glauben, Anna. Ich wollte dich in dieser Sekunde anrufen.« Emily stürzte auf sie zu und drückte ihr einen Kuss auf die Wange. »Professor Kelkheim hat so viel Kuchen bestellt, dass ich ihn unmöglich alleine essen kann. Außerdem sind wir schon mit dem Interview durch und ich kann das nicht alles zurückgehen lassen.«

Wie auf Kommando sprang Kelkheim auf. Beinahe wie jemand, der gerade bei etwas Verbotenem erwischt worden war. Bei einem Flirt zum Beispiel. Doch in seiner Miene lag nicht die Spur von Nervosität.

»Ich muss leider schon los«, sagte er und warf Anna ein freundliches Lächeln zu. Dann richtete er sich an Emily. »Falls Sie noch Fragen haben, rufen Sie an, und das Buch können Sie gerne so lange behalten, wie Sie mögen.« Er drückte Emily kurz die Hand, nickte Anna flüchtig zu und machte sich auf den Weg.

Emily schaute ihm noch einen Moment lang hinterher. »Professor Kelkheim ist wirklich großartig. Er kennt sich wahnsinnig gut aus. Das wird ein tolles Interview über seine Arbeiten an der Uni geben.«

Anna verdrehte die Augen. »Er ist weg. Du kannst dich wieder hinsetzen.« Sie zog Emily am Ärmel und blickte sie ernst an. »Tut mir leid, aber du flirtest mit ihm. Ich finde das nicht gut.«

Emily seufzte. »Vielleicht ein bisschen, aber auch nicht mehr. Ich liebe Oliver, falls du dir deshalb Sorgen machst.« Sie beugte sich zu Anna vor. »Stell dir vor, sie haben inzwischen drei Leichen. Alles Frauen. Ich musste für eine erkrankte Kollegin einspringen und in Windeseile einen Artikel für die Zeitung schreiben, der ist schon online.«

»Weiß Oliver davon?«, fragte Anna. Im letzten Jahr hatte ein Artikel Emily eine Menge Ärger eingebracht.

»Klar. Ich habe heute Morgen versucht, etwas mehr

aus ihm herauszukitzeln, aber es ist zwecklos. Er kann schweigen wie ein Grab.« Emily schmunzelte. »Bestechlich ist er jedenfalls nicht.« Dann wurde sie wieder ernst. »Ich bin echt froh, dass wir nicht im Mittelalter leben. Die Menschen waren der Pest hilflos ausgeliefert. Der Professor hat mir ein Notizbuch von einem Zonser Bewohner hiergelassen. Er hat über die Pestordnung geschrieben. Fast die Hälfte der Bevölkerung ist seinerzeit gestorben und es gab etliche Pestausbrüche. Niemand kannte damals den genauen Übertragungsweg, und es dauerte noch Jahrhunderte, bis die Seuche endlich heilbar war.«

Anna nickte halbherzig. Sie hatte schon nach Emilys zweitem Satz abgeschaltet. Sie fragte sich, ob sie gerne im Mittelalter gelebt hätte. Zu der Zeit, als Bastian Mühlenberg noch lebte. Ihr Herz hüpfte in der Brust. Gäbe es ein Portal in die Vergangenheit, sie würde hindurchgehen. Nachdenklich blickte sie Emily an, die sich über ein Stück Erdbeerkuchen mit Sahne hermachte. Wie konnte sie ihr eigentlich die Sache mit dem Professor vorwerfen, wenn sie selbst ständig an einen anderen Mann denken musste?

* * *

Ein Jahr zuvor

Er würde nie wieder atmen können, nie diesen Anblick vergessen oder je im Leben noch mal Ruhe finden. Sie war in seinen Armen gestorben. So leicht wie ein Vögelchen. Kaum ein Gramm war noch an ihr gewesen. Jede Rippe hatte er zählen können. Über ihr junges Gesicht hatten sich Falten gezogen und nicht einmal im Tod waren sie wieder verschwunden. Sie war gebrandmarkt von ihrer Krankheit und hatte letztendlich verloren. Und nicht nur sie, auch er als Vater und ihre Mutter. Sie hatten zu spät eingegriffen, hatten die Dinge zu lange laufen lassen. Sie hatten gehofft, dass sich alles wieder einrenken würde, dass die Natur siegt. Der Überlebensinstinkt. Doch der Teufel hatte seine langen, dünnen Finger nach seiner Tochter ausgestreckt und sie hinabgezogen. Irgendwohin an einen dunklen Ort, an dem man ihr vorgaukelte, nicht okay zu sein. Sie hatte tatsächlich geglaubt, sie müsse sich verändern und so sein wie ihre Vorbilder. Dabei war jeder Mensch einzigartig. Jedes Leben war es wert, gelebt zu werden, und keiner durfte es einfach so wegwerfen. Warum nur hatte sie nicht auf ihn gehört? Wie oft hatte er versucht, sie da rauszuholen? Hatte er ihr Komplimente gemacht, sie gefüttert, aufgepäppelt, zum Psychologen geschickt? Alles umsonst. Ihr Herz war plötzlich stehen geblieben.

Jetzt war sie tot und lag in diesem grässlichen Sarg. Er konnte gar nicht hinschauen und starrte stattdessen auf seine Fußspitzen. Eine schwere Hand legte sich auf seine Schulter. Sie spendete Trost, aber nicht genug. Es war der Pfarrer. Auch er konnte sie nicht zurückholen. Ihr Leben war fort. Sie war fort. Für immer. Er sah nicht auf, weil ihm die Kraft fehlte. Die Menschen gingen an ihm vorbei und murmelten Beileidsbekundungen. Er hörte kaum hin. Niemand konnte ihn trösten.

Jemand schob ihn zu dem offenen Grab. Ein klaffendes Loch in der Erde. Kalt und dunkel. Warum sollte er sie dort hineinverbannen? Der Gedanke schien unerträglich. Wer bettete sich schon in dunkler, feuchter Erde? Wie sollte sie da unten Ruhe finden? Würmer und Tiere würden kommen und das wenige verbliebene Fleisch von ihren Rippen nagen. Am liebsten hätte er ihren Sarg gepackt und sie mitgenommen. Aber wohin? Sie war dem Zerfall ausgeliefert. Nichts konnte diesen Prozess aufhalten. Also sah er stumm zu, wie sie in dem kalten Loch verschwand. Wie die Menschen sie mit Erde erstickten.

Jemand fuhr ihn nach Hause. Er bekam nichts mehr mit. Gefangen in seiner Trauer setzte er sich stocksteif auf die Couch. Irgendwann, sicherlich waren einige Stunden vergangen, stand er auf und ging in ihr Zimmer. Dieses verfluchte Zimmer, das so viele dunkle Geheimnisse vor ihm verbarg. In der hintersten Ecke des Schrankes hatten sie altes Essen gefunden. Mahlzeiten, die sie vor ihnen versteckt hatte. Von denen sie vorgab, sie gegessen zu haben. Es waren alles Lügen gewesen und er hatte es ihr angesehen. Doch er hatte nichts gesagt. Zu groß war seine Angst gewesen, sie zu verlieren. Aber jetzt war genau das geschehen und er konnte nichts mehr dagegen tun. Sein Blick blieb an ihrem Laptop kleben, vor dem sie tagein, tagaus gehockt hatte.

Plötzlich wusste er, was er tun konnte, um sich besser zu fühlen. Das würde sein Mädchen nicht zurückbringen, aber es würde andere retten. Alles, was er tun musste, war, das Übel an der Wurzel zu packen!

* * *

Julian Brandner wirkte mindestens genauso nervös wie bei ihrem letzten Treffen in der Villa von Luise Steinfels. Er ruckelte unaufhörlich an seiner Brille herum und blickte unsicher von Oliver zu Klaus.

»Wie schon gesagt, es gab Streit auf der Party und die Mädchen sind recht früh gegangen. Das hat Ihnen Herr Wöller bestimmt auf den Bildern der Überwachungskamera gezeigt. Ich hatte sie ihm gleich am Tag nach der Party ausgehändigt«, erklärte der Assistent und nahm endlich Blickkontakt zu Oliver auf. »Ich habe Luise Steinfels über dieses Gespräch informiert. Sie war nicht gerade begeistert davon. Hat sie Sie angerufen?«

Oliver schüttelte den Kopf. »Nein. Was wollte sie denn?«

»Oh«, stieß Brandner aus und biss sich auf die Unterlippe. »Ich denke, sie hätte gerne an diesem Gespräch teilgenommen. Es geht ja nicht nur um den Diebstahl ihrer Kollektion, sondern auch um ihr Image. Ein totes Model wirft immer Fragen auf.«

»Eine gestohlene Kollektion sicherlich auch«, entgegnete Oliver und legte ihm zuerst ein Foto von Zoe Kühnert auf den Tisch.

»Kennen Sie diese Frau?«, fragte er und studierte Brandners Augenbewegungen.

Dieses Mal deutete nichts auf eine Lüge hin.

Brandner nickte. »Das ist Zoe Kühnert. Ein Model, das für Konstantin Höffner arbeitet.«

Schon wieder dieser Name, dachte Oliver und nahm

sich vor, Steinfels' Konkurrenten zu durchleuchten. Er tauchte viel zu oft in ihren Ermittlungen auf.

»War sie auch auf der Party?«

»Nicht dass ich wüsste. Nein.«

»Wie gut kennen Sie Zoe Kühnert?«, wollte Oliver wissen und bemühte sich, nicht von ihr in der Vergangenheit zu sprechen. Die endgültige Bestätigung ihrer Identität durch die Rechtsmedizin stand immer noch aus.

»Ich kenne sie von diversen Veranstaltungen, allerdings nur vom Laufsteg und weniger persönlich. Wir haben uns vielleicht zwei-, dreimal die Hände geschüttelt. Wieso? Ist sie in den Diebstahl verwickelt?«

»Das wissen wir noch nicht«, antwortete Oliver und legte das Bild der Leiche des dritten, bisher unbekannten Opfers auf den Tisch.

Sofort zuckte Julian Brandner zusammen. »Was ist ... Ist sie tot?« Er schluckte erschrocken und starrte auf das Foto.

»Kennen Sie diese Frau?«, fragte Oliver, ohne zu antworten.

Julian Brandner schnappte nach Luft und wurde kreidebleich.

»Das ist Mary Tucker, eine Amerikanerin, sie betreibt gemeinsam mit Zoe eine Website zum Thema Fashion«, hauchte er tonlos und sah Oliver entsetzt an. »Ist sie etwa tot?«, wiederholte er und schlug die Hände vors Gesicht. »Sie ist tot, oder? O Gott. Das darf nicht wahr sein. Erst Lara und nun Mary.«

Oliver warf Klaus einen Blick zu. Immerhin kannten sie jetzt den Namen des dritten Opfers.

»War Mary Tucker auf der Party?«, fragte er und wartete geduldig ab, bis sich Julian Brandner wieder gefangen hatte.

Der Assistent schüttelte den Kopf. »Nein, und ich kenne sie auch nicht persönlich, aber jeder kennt ihre Website und ihren YouTube-Channel. Die beiden sind supererfolgreich.« Brandner rieb sich fassungslos übers Gesicht. »Sie finden sie unter *Zoe & Mary* im Netz. Soweit ich weiß, hat Mary zuletzt bei Zoe gewohnt.«

Das erklärte einiges. Die Spurensicherung hatte Zoes Wohnung bereits auf den Kopf gestellt und Sachen einer weiteren Person gefunden, die dort jedoch nicht gemeldet war. Da Mary aus den USA stammte, würde der Familie ihr Verschwinden vermutlich erst in den nächsten Tagen auffallen.

»Hatte Luise Steinfels denn auch Streit mit Zoe oder Mary?«, fragte Klaus und mischte sich ins Gespräch.

»Nicht dass ich wüsste. Ich ... ja, also, Sie werden es früher oder später sowieso herausfinden.« Julian Brandner fischte einen Zettel aus der Hosentasche und legte ihn mit zitternden Fingern auf den Tisch. »Es gibt einen Rechtsstreit zwischen Luise Steinfels und Konstantin Höffner. Sie behauptet, er hätte sich an ihrer letzten Kollektion bedient. Es geht um ein paar Kleider, die ihren Entwürfen wohl zu ähnlich sind. Die Angelegenheit wird von einem Gericht geklärt. Deshalb war meine Chefin auch so sauer, als Lara Hübner ihr auf der Party offenbarte, dass sie zu Höffner wechseln will.« Brandner hob die Hände. »Aber mit ihrem Tod hat keiner von uns was zu tun. Ich schwöre!«

»Wo waren Sie in den letzten drei Tagen?«, hakte Oliver ein und nahm demonstrativ einen Stift zur Hand.

Brandners Augen weiteten sich. »Ich war arbeiten und dann ... dann zu Hause«, stotterte er.

»Kann das jemand bezeugen?«

Er schüttelte stumm den Kopf. »Ich lebe allein«, murmelte er. »Für tagsüber können Sie die Kollegen und natürlich auch Luise Steinfels fragen.«

»Und was ist mit Ihrer Chefin? War sie die letzten drei Tage durchgehend im Büro?«

»Ja, und ich weiß auch, dass sie im Anschluss jeden Abend diverse Veranstaltungen hatte. Ich koordiniere diese Termine als ihr Assistent. Sie können das ganz leicht nachprüfen.«

* * *

Mira rieb sich müde die Augen. Sie hatte mehrere hundert Kommentare auf ihr Live-Video bekommen, das sie über Kims Kanal gesendet hatte. Selbst jetzt noch, Stunden später, machte es alle paar Sekunden *ping*. Als Zahnarzthelferin hatte sie ein hervorragendes Namensgedächtnis entwickelt. Auf einer ellenlangen Liste markierte sie jeden Nutzernamen, der die fünf letzten Videos von Kim kommentiert hatte. Daneben hatte sie eine weitere Aufstellung von Namen angelegt. Es handelte sich um Nutzer, die zuletzt auf Stefanies Channel aktiv waren. Sobald sie einen Namen fand, der sowohl bei Stefanie als auch bei Kim auftauchte, kreiste sie ihn rot ein. Hinter einem dieser vielen Namen könnte der Mistkerl stecken. Natürlich gab es hunderttausend andere Erklärungen für Kims und Stefanies Verschwinden, aber sie musste etwas unternehmen.

Tatsächlich fühlte Mira sich ein wenig besser. Leider schienen sich viele User auf beiden Channels herumzutreiben. Sie hatte schon dreißig Namen gekennzeichnet. Es war eine kaum zu lösende Aufgabe. Selbst wenn sie die Namen hatte, handelte es sich in den allermeisten Fällen um Fantasienamen. *Dragon 25* zum Beispiel, *Nixe* oder *MissesX.* Sie hatte keine Ahnung, wie sie an die echten Namen und deren Adressen kommen konnte. Eine Sekunde lang zog sie in Erwägung, Fabian um Hilfe zu bitten. Vielleicht wusste er, wie das funktionierte. Sie wählte seine Nummer, legte jedoch gleich wieder auf. Es war eine blöde Idee. Sie sollte diesen Typen endlich vergessen. Besser, sie sandte die Namen sofort zur Polizei. Mira blickte sich um. Wo hatte sie bloß die Karte von diesem Kommissar hingelegt? Der große Schwarzhaarige hatte ihr seine Kontaktdaten gegeben. Sie durchsuchte ihre Taschen und fand die Visitenkarte. Ohne weiter nachzudenken, schickte sie ihm die Tabelle mit den bisherigen Namen. Es kamen weiterhin neue Kommentare rein. Sie würde die Daten aktualisieren und morgen noch einmal verschicken. Gerade als sie den nächsten User aufspürte, der sowohl auf Kims als auch auf Stefanies Seite kommentiert hatte, klingelte es an der Tür.

Miras erster Gedanke war, dass es Kim sein könnte. Sie eilte durch den Flur und öffnete, ohne durch den Türspion zu schauen. Enttäuscht stellte sie fest, dass niemand vor der Tür stand. Betrübt ließ sie den Kopf hängen und erblickte die Tüte eines Pizzaservices auf der Türschwelle. Es duftete nach gebratenem Fleisch.

Sie hatte gar nichts bestellt. Trotzdem nahm sie die Tüte hoch und warf einen Blick hinein. Ein Zettel lag obenauf. Neugierig las Mira, was draufstand:

Henkersmahlzeit.

Was sollte das bedeuten? Sie schnappte den Wohnungsschlüssel und rannte die Treppe hinunter. Die Lieferung war nicht für sie. Vielleicht erwischte sie den Boten noch.

XVII

VOR FÜNFHUNDERT JAHREN

Bastian traute seinen Augen nicht. Das Verlies war leer und der Henker wie vom Erdboden verschluckt.

»Otto Hermanns ist weg«, sagte er fassungslos zu Wernhart und leuchtete ein weiteres Mal mit der Fackel in den Raum. Das Stroh des Nachtlagers war beiseitegeschoben. Etwas schimmerte hindurch. Ein Eisenring. Plötzlich begriff er, wie der Henker entkommen konnte. Hastig riss er die Falltür auf und erblickte eine steinerne Treppe, die in die Dunkelheit hinabführte.

»Wernhart, hier gibt es noch einen weiteren Keller.« Bastian nahm die ersten Stufen und spitzte die Ohren. Dort unten war es mucksmäuschenstill, nur vereinzelt hörte er Wasser von den feuchten Wänden tropfen. Wahrscheinlich lauerte der Henker in der Finsternis auf ihn und wartete nur darauf, dass er allein die Treppe hinuntereilte. Doch Bastian wollte dem Mann nicht auf den Leim gehen. Geduldig verharrte er, bis Wernhart zu ihm aufschloss. Als er ihn erreicht hatte, drückte er ihm die Fackel in die Hand. Dann zog er sein Schwert und stieg vorsichtig die nächsten Stufen hinab. Das Tropfen des Wassers wurde lauter. Die Treppe schien kein Ende zu nehmen. Er spürte Wernharts Atem in seinem Nacken. Bastians eigener Schatten huschte vor ihm an den Wänden entlang. Die Luft wurde von Schritt zu Schritt muffiger. Er musste husten, hoffentlich warnte er den Henker nicht vor. Sie stiegen immer tiefer hinab. Endlich erreichten sie die letzte Stufe und sahen in einen unebenen, engen Tunnel. Unter ihnen floss ein Rinnsal, die Decke und die Wände waren notdürftig mit ein paar Brettern gesichert. Irgendwer musste diesen Tunnel mühsam ins Erdreich gegraben und ihn befestigt haben. Vom Henker gab es keine Spur. Vermutlich war er längst über alle Berge und mit ihm die arme Rebecca. Er rechnete mit dem Schlimmsten.

»Otto Hermanns!«, brüllte er, und der Tunnel nahm seine Stimme auf und vervielfachte sie, bis sie wieder leiser wurde und schließlich verebbte.

Sie rannten mit eingezogenen Köpfen los und erreichten nach zwei Kurven eine andere Treppe, die nach oben führte. Bastian sah Lichtstrahlen, die durch eine Falltür drangen. Er stieß sie mit dem Schwert auf. Sie öffnete sich problemlos.

Über ihnen rauschte der Wald. Bastian kroch aus dem Tunnel und blickte sich um. In einiger Entfernung erhoben sich die Stadtmauer von Zons und die mächtigen Wehrtürme. Bastian betrachtete die nähere Umgebung und entdeckte ein paar abgebrochene Zweige an zwei Büschen.

»Er ist hier entlang, komm!«, sagte er und half Wernhart heraus.

Sein Freund wirkte blass. Die Anstrengung war zu viel für ihn.

»Nein, du bleibst besser hier und bewachst den Eingang zum Tunnel«, befahl Bastian, aber Wernhart schüttelte entschieden den Kopf.

»Ich lass dich nicht mit einem Mörder allein. Eher sterbe ich«, entgegnete Wernhart trotzig.

Bastian grinste und klopfte ihm auf die Schulter. Er wusste, dass es zwecklos war, ihn von seinem Vorhaben abzubringen.

»Er muss Richtung Westen unterwegs sein. Vermutlich will er zur Landstraße, die vom Feldtor wegführt.« Bastian sah einen Stiefelabdruck in der feuchten Erde. »Los. Wir kriegen ihn. Weit kann er noch nicht sein, und wenn doch, dann hat ihn bestimmt jemand gesehen. So einen Hünen übersieht man nicht.« Sie kämpften sich durch das Dickicht und suchten immer wieder nach Spuren. Mal fanden sie frisch abgeknickte Äste, mal Stiefelabdrücke oder platt getretenes Gras. Zum Glück war es helllichter Tag.

Dennoch kamen sie nur mühsam voran, und je weiter sie sich der Straße näherten, desto schwieriger wurde es, auf der richtigen Fährte zu bleiben. Der Henker war offenkundig nicht der Einzige, der sich abseits der Straße im Wald herumtrieb. Irgendwann hatten sie die Spur endgültig verloren.

»Verdammt!« Bastian blieb stehen. »Wir müssen ihn finden. Er hat das Mädchen irgendwo eingesperrt. Lass uns ein Stückchen zurückgehen und die Fährte erneut aufnehmen.«

* * *

Balthasar gefror das Blut in den Adern. Der Schrei aus dem Wald war ihm durch Mark und Bein gefahren.

»Rebecca!«, rief er und stürmte los. Er rannte, so schnell ihn seine Beine trugen, in die Richtung, aus der der Schrei gekommen sein musste.

»Rebecca!«, brüllte er noch einmal und blieb keuchend stehen. Er hatte keine Ahnung, wo er war oder woher Rebeccas Schrei tatsächlich kam. Verzweifelt blickte er sich um. Er stand mitten im Dickicht. Das dichte Laub ringsum verwehrte ihm die Sicht. Er bog ein paar Zweige zur Seite, doch er sah nichts als noch mehr Blattwerk. Balthasar drehte sich wie schon auf der Straße um die eigene Achse. Das Herz schlug ihm bis zum Hals. Er musste Rebecca finden. In ihrem Schrei hatte panische Angst gelegen. Irgendetwas stimmte da nicht. Balthasar preschte erneut los, dieses Mal auf gut Glück. Er hetzte an dicken Baumstämmen vorbei, sprang über dornige Sträucher und plötzlich hörte er einen Laut. Auf der Stelle blieb er stehen. Ein schwaches Wimmern drang zu ihm. Ganz leise. Es konnte ebenso von einem Tier kommen. Balthasar schlich auf Zehenspitzen weiter. Auf einmal sah er etwas zwischen den Bäumen. Eine menschliche Gestalt. Lautlos pirschte er sich an und versteckte sich hinter dem nächsten Baumstamm. Er hielt den Atem an und spitzte die Ohren.

Abermals hörte er das schwache Wimmern, dieses Mal lauter. Er konnte nicht sagen, ob es von Rebecca stammte. Vorsichtig spähte er an dem dicken Stamm vorbei.

Die Gestalt stand noch da.

Balthasar blinzelte, denn er erkannte nicht viel. Das Dickicht und das Schattenspiel der Blätter und Äste irritierten ihn. Lautlos näherte er sich ein wenig mehr. Jetzt endlich sah er, was vor sich ging. Es waren zwei Personen. Die eine Gestalt hielt Rebecca fest, einen Arm um ihren Leib geschlungen, die andere Hand auf ihren Mund gepresst.

»Sei still, Weib, oder ich mache dir gleich hier den Garaus«, zischte der fremde Mann.

Balthasar wurde kalt und heiß zugleich. Er starrte fassungslos auf das Geschehen und wollte gerade losstürmen, als sich sein Verstand zu Wort meldete. Der Mann war riesig. Ohne Waffe hatte er gegen ihn keine Chance. Er musste sich einen Knüppel suchen, sich von hinten anschleichen und ihn dem Übeltäter über den Kopf ziehen.

Lautlos entfernte er sich und suchte das Dickicht ab. Er traute sich nicht, einen Ast abzubrechen. Der Krach wäre viel zu laut. Also schlich er weiter, bis er endlich einen dicken Ast fand. Er war zwar ein bisschen kurz geraten, doch er würde seinen Zweck erfüllen. Vorsichtig kehrte er zurück zu der Stelle, wo er Rebecca mit dem Mann gesehen hatte.

Entsetzt stellte er fest, dass beide verschwunden waren. Balthasars Herz blieb beinahe stehen, trotzdem versuchte er, sich zu konzentrieren. In einiger Entfernung vernahm er ein Knacken. Das mussten sie sein. Er folgte den Geräuschen und erblickte den Mann, der

Rebecca unsanft vor sich herschob. Sie wimmerte leise vor sich hin.

Balthasar schlich eine ganze Weile hinterher. Er wartete auf den richtigen Moment, um zuzuschlagen. Aber er traute sich nicht. Allerdings hatte er nicht mehr viel Zeit. Er musste Rebecca aus ihrer Not befreien. Schließlich nahm er allen Mut zusammen und sprang mit einem riesigen Satz aus dem Dickicht.

»Lass sie los!«, brüllte er und schwang den Knüppel in der Luft.

Der Fremde stieß Rebecca zu Boden und hob bloß einen Arm, um Balthasars Schlag mühelos abzuwehren.

»Verschwinde«, bellte er und zog ein Messer. Er fuchtelte mit der Klinge vor Balthasars Gesicht herum und stach ohne Vorwarnung zu.

Balthasar wich geschickt aus und rammte dem Mann den Knüppel zwischen die Beine. Diesen Trick hatte er beim Training mit Hugo gelernt. Er traf zwar nicht mit voller Wucht, aber sein Hieb genügte, um den Angreifer außer Gefecht zu setzen. Der Mann schrie auf, fasste sich in den Schritt und ging in die Knie. Winselnd krümmte er sich am Boden.

Balthasar würdigte ihn keines weiteren Blickes und stürzte zu Rebecca. Er zog sie hoch und umfasste ihre Hüfte.

»Lauft!«, hauchte er und zerrte sie mit sich. Sie stolperten durch den Wald und blickten sich immer wieder nach dem Fremden um. Er schien ihnen nicht zu folgen, doch Balthasar wusste, dass er früher oder später auf die Beine käme und ihnen folgen würde. Bis dahin mussten sie sich in Sicherheit gebracht haben. Aber wohin? Er hatte die Orientierung verloren und vermochte nicht mal mehr zu sagen, in welcher Richtung Zons lag. Die Bäume trugen so viel Laub, dass er die Sonne nicht sehen konnte. Also rannten sie kopflos weiter, einfach der Nase nach. Irgendwann musste der Wald schließlich aufhören.

Plötzlich hörte Balthasar ganz in der Nähe ein lautes Knacken. Er zuckte zusammen und schob Rebecca schneller vor sich her. Sie stolperte über einen herabgefallenen Ast und fiel der Länge nach hin. Balthasar stürzte ebenfalls. Er landete auf ihr und schlug mit der Stirn hart auf dem Waldboden auf. Benommen lag er da. Gerade als er sich wieder aufrappeln wollte, vernahm er dumpfe Schritte. Sie näherten sich blitzschnell. Rebecca hatte sie auch bemerkt und schrie aus vollem Hals.

* * *

Bastian und Wernhart hatten die Fährte nach einigem Suchen wieder aufgenommen. An einem Dornenbusch hatten sie ein Taschentuch gefunden. Sie stürmten durchs Dickicht, denn zwischen den vielen Blättern hatte Bastian eine Bewegung gesehen. Von Weitem sahen sie ein Mädchen, das von einem Fremden einen schmalen Pfad entlanggezerrt wurde. Der Mann stieß sie zu Boden und legte sich auf sie. Bastian rannte wie von Sinnen. Wernhart ihm hinterher. Mit ein paar Sätzen war er bei dem Bastard, packte ihn und riss ihn von der Frau.

»Lass deine dreckigen Finger von ihr«, brüllte er und

verpasste dem Mann einen kräftigen Fausthieb. Im selben Augenblick erkannte er das Mädchen.

»Rebecca?« Ungläubig und zugleich erleichtert reichte er ihr die Hand.

Wernhart hatte sich auf den Fremden gestürzt und drückte ihn zu Boden. Doch plötzlich sprang er wieder auf und ließ ihn los.

»Balthasar?«, rief Wernhart. »Was um Himmels willen hast du hier zu schaffen?«

Bastian traute seinen Augen nicht.

»Er hat mich gerettet«, schluchzte Rebecca und warf sich in Balthasars Arme. »Bitte lasst von ihm ab.« Sie tupfte mit ihrem Ärmel vorsichtig das Blut ab, das Balthasar aus der Nase lief.

In Bastians Kopf überschlugen sich die Gedanken. Für einen Moment lang verstand er überhaupt nichts mehr. Bis eben hatten sie noch den verdächtigen Henker verfolgt und nun hockte Rebecca einfach so vor ihnen. Was spielte Balthasar für eine merkwürdige Rolle bei all dem? Mit eigenen Augen hatte er gesehen, wie sich der Bursche auf die Tochter des Schöffen geworfen hatte.

»Was soll das heißen, er hat Euch gerettet?«

Das Mädchen schluchzte auf. »Da war dieser große, starke Mann. Zuerst dachte ich, er gehöre zu den Händlern. Doch plötzlich hielt er mir ein Messer in die Seite und drängte mich vom Weg ab. Er drohte mir, mich zu töten, wenn ich nicht gehorche. Als die anderen außer Sichtweite waren, packte er mich und zerrte mich in den Wald. Ich glaube, er wollte mich umbringen. Aber auf einmal tauchte wie durch ein Wunder Balthasar auf und schlug ihm einen Knüppel zwischen die Beine. Der Mann ging zu Boden und wir rannten, so schnell wir konnten. Und dann kamt Ihr und Euer Freund.«

»Und wieso lag Euer Retter gerade auf Euch?«, fragte Wernhart skeptisch. »Das sah für mich nicht nach einer Rettung aus.«

»Wir sind gestürzt, dabei bin ich auf sie gefallen«, erklärte Balthasar und erhob sich. »Der Mann hat uns verfolgt. Er muss noch ganz in der Nähe sein.«

Bastian sah sich um und suchte das Dickicht ab. »Also ich kann hier niemanden sonst sehen.« Er musterte Balthasar streng. »Was hast du im Wald zu suchen? Musst du nicht eigentlich den Schwertkampf trainieren?«

Balthasar senkte den Blick und nickte. »Ich war nicht dort. Ich wollte mit Rebecca sprechen. Dann sah ich sie durchs Stadttor gehen mit diesen Händlern, und plötzlich war sie verschwunden. Einer der Händler erzählte mir, dass sie mit einem bärtigen Mann in den Wald gegangen sei. Ich folgte ihr und befreite sie.«

Bastian wusste nicht so recht, ob er seinem jungen Soldaten glauben sollte.

»Führe mich zu der Stelle, an der du Rebecca im Wald aufgespürt hast.«

* * *

Zwischen seinen Beinen quoll Blut hervor. Die Schmerzen waren schier unerträglich. Doch er durfte nicht einfach liegen bleiben. Bestimmt würde dieser Bursche die Wachen holen. Verflucht noch mal! Mit ihm hatte er nicht gerechnet. Zwar hatte er den Jungen unter dem Fenster hocken sehen, aber er hatte ihn unterschätzt. Niemals hätte er es für möglich gehalten, dass der schmächtige Stadtsoldat, der erst vor Kurzem das Kloster verlassen hatte, ihn ernsthaft verfolgen und auch noch angreifen würde. Was fiel diesem Burschen eigentlich ein? In seinen Augen hatte der Zorn gelodert, als er mit dem Knüppel auf ihn losging und ihm damit auf den Schädel dreschen wollte. Den Schlag auf sein bestes Stück hatte er nicht kommen sehen. Seine Kraft hatte er völlig unterschätzt, ebenso seine Schnelligkeit. So leicht konnte ihn normalerweise niemand umhauen, doch der Bursche hatte es geschafft. Woher kam nur all dieser Zorn in diesem schlaksigen Körper? Das musste Teufelswerk sein!

Er stöhnte und erhob sich mühsam. Anschließend humpelte er ein paar Schritte und blieb gleich wieder keuchend stehen. Er nahm einen langen Ast von der Feuerstelle, die er extra für das Mädchen vorbereitet hatte, und stützte sich darauf. Er hoffte, dass Gott ihm seinen Fehler verzeihen würde. Er hatte versagt. Mit ein wenig mehr Achtsamkeit wäre vielleicht alles gut gegangen. Jetzt musste er neue Pläne schmieden. Sein Werk musste vollendet werden, sonst war alle Mühe umsonst. Er schleppte sich bis zur Straße und erblickte einen Karren, der Richtung Stadt unterwegs war. Er winkte und drückte dem Mann, der ihn zog, ein paar Münzen in die Hand. Dann setzte er sich zwischen die Mehlsäcke und war froh, dass er nicht mehr selbst laufen musste.

* * *

Bastian und Wernhart führten Rebecca und Balthasar zum Feldtor. Bastian stieß einen lauten Pfiff aus und sofort erschien der wachhabende Stadtsoldat.

»Hast du die beiden heute durch das Tor gehen sehen?«, fragte Bastian und rollte die Augen. Franz hatte Wache. Entweder schlief er währenddessen ein oder er gab sich seinen Tagträumen hin. Wie befürchtet, schüttelte Franz den Kopf.

»Das Mädchen habe ich nicht gesehen.« Der Wachsoldat betrachtete Balthasar mit geneigtem Kopf. »Du aber hast dich vorhin hier rausgeschlichen, anstatt zu trainieren.« Er verpasste Balthasar eine Ohrfeige. »Hugo hat dich gesucht. Scher dich augenblicklich zum Rheintor, ansonsten bekommst du die Peitsche zu spüren.«

Bastian hob beschwichtigend die Hände. »Schon gut, Franz. Er war in meinem Auftrag unterwegs. Das Mädchen ist dir also nicht aufgefallen?«

Franz schüttelte abermals den Kopf. »Die hätte ich bemerkt«, flüsterte er mit hochgezogenen Augenbrauen und grinste dämlich.

»Das ist Rebecca von Rockel«, sagte Bastian ruhig und sah, wie es in Franz' Kopf ratterte.

Franz schlug sich mit der Hand vor die Stirn.

»Oh, tut mir leid. Wir haben nach ihr Ausschau gehalten, genauso wie Hugo es befohlen hat. Aber hier ist sie nicht durchgekommen. Ich schwöre es.«

»Sie hatte eine Kapuze auf dem Kopf und sie hat sich unter eine Gruppe von Händlern gemischt, genau wie der Fremde«, warf Balthasar ein.

Bastian seufzte und schielte zu Franz. Manche seiner Männer waren einfach zu nichts zu gebrauchen. Er winkte ab und deutete auf die Straße.

»Zeigt uns, wo Ihr entlanggegangen seid.«

Balthasar ging mit Rebecca auf der von Bäumen gesäumten Landstraße voraus. Nach einer Weile blieben sie stehen.

»Hier beginnt der Trampelpfad in den Wald«, erklärte Balthasar und bog ein paar Zweige eines Haselnussstrauches zur Seite. »Dort vorne hörte ich Rebecca schreien und daraufhin bin ich ihr zu Hilfe geeilt.«

Sie verfolgten den Pfad und gelangten bis zu der Stelle, an der Balthasar den Fremden niedergerungen hatte. Der Knüppel, von dem er berichtet hatte, lag noch an Ort und Stelle.

»Da ist ein wenig Blut dran«, bemerkte Bastian und reichte den Knüppel weiter an Wernhart, der ihn ebenfalls gründlich ansah.

»Der Henker kann es jedenfalls nicht so schnell bis hierher geschafft haben.« Bastian richtete sich an Rebecca und Balthasar. »Und Ihr seid ganz sicher, dass der Angreifer durchs Stadttor kam?«

Beide nickten gleichzeitig.

»Er lief in der Gruppe der Händler mit, genau wie Rebecca«, bestätigte Balthasar noch einmal.

Bastian rieb sich nachdenklich das Kinn. »Wir sind dem Henker durch den Tunnel bis in den Wald hinterhergejagt. Er hätte erst durch das Tor hinein in die Stadt gemusst, um anschließend wieder hinauszugelangen.« Er warf Franz einen fragenden Blick zu.

Der hob sofort beschwichtigend die Hände. »Der

Henker ist nicht durchs Feldtor gekommen. Das schwöre ich. Wir haben jeden gründlich in Augenschein genommen, der nach Zons hineinwollte.«

»Wenn du wirklich niemanden übersehen hast, kann Otto Hermanns es also nicht gewesen sein«, stellte Bastian fest. »Aber falls er unschuldig ist, warum ist er vor uns weggelaufen?«

»Er hat keinen guten Ruf. Wir haben sein Haus umstellt und ihm Fragen zum Verbleib der Tochter des Schöffen gestellt. Wer würde da nicht das Weite suchen?«, gab Wernhart zu bedenken. »Doch wenn der Henker nicht der Mörder ist, wer dann?«

Bastian hörte nur mit halbem Ohr zu. Er hatte zwischen ein paar Blättern etwas entdeckt.

»Was ist denn das?« Er betrachtete das Brandeisen und schluckte. »Da ist ein Pfau drauf.« Das Symbol für Eitelkeit. Sein Blick glitt zu Rebecca. »Hat er Euch gebrandmarkt?«

Sie schüttelte entsetzt den Kopf. »Nein.«

Bastian suchte nach weiteren Brandeisen, aber er fand keine. Er musterte Zweige und Äste, die zu einer Feuerstelle aufgetürmt waren. Der Täter hatte hier ein Feuer entfachen und Rebecca brandmarken wollen. Doch wer war dieser Mistkerl?

»Ihr habt den Mann wirklich nicht erkannt?« Bastian blickte Rebecca von Rockel eindringlich an. Er war überaus froh, dass Balthasar rechtzeitig zur Stelle gewesen war und sie die Tochter des Schöffen wohlbehalten aufgespürt hatten.

Rebecca schüttelte erneut den Kopf. »Ich war in Panik. Er hielt mir das Messer an die Rippen, und ich traute mich nicht, hochzusehen. Ich dachte, wenn ich sein Gesicht erkenne, dann tötet er mich wahrscheinlich auf der Stelle.«

»Wir müssen jeden Stein umdrehen und herausfinden, wer dieser Mann ist. Ich weiß, dass er wieder töten wird«, stieß Bastian aus. Er teilte jedem einen Abschnitt um die Feuerstelle herum zu, den es gründlich zu durchforsten galt. Sie hoben jedes Blatt an und jeden Zweig. Doch bis auf das Brandeisen schien der Mörder nichts dagelassen zu haben.

Bastian fluchte. Sie mussten diesen Mistkerl festsetzen, bevor er erneut zuschlug. Es gab sieben Todsünden und vier davon waren für den Mörder noch offen. Bestimmt würde er versuchen, Rebecca ein weiteres Mal zu entführen und anschließend umzubringen.

Bastian musste sich einen Trick einfallen lassen, um ihn rechtzeitig zu schnappen, und er wusste auch schon, wie.

* * *

Er sprach ein Gebet und gelobte dem Herrn, seinen Fehler wiedergutzumachen. Er würde jeden Sünder aus dieser Stadt verdammen, so lange, bis sie rein war. Denn die Sünder trugen die Schuld an dem Schwarzen Tod, den Gott schickte. Der Herr bestrafte sie, und nicht nur sie, sondern auch alle anderen Bewohner, die mit Scheuklappen neben ihnen herlebten und nichts unternahmen. Die Nachbarstädte Neuss und Köln waren der lebende Beweis. Die Pest nahm jede Seele mit, derer sie habhaft werden konnte. Deshalb musste er jeden einzelnen Sünder töten und auch Rebecca würde kein zweites Mal davonkommen. Ihre Eitelkeit stank zum Himmel. Er würde die Sünde endgültig ausmerzen. Und dann würde Gott die Stadt Zons nicht mit der Pest bestrafen.

Er griff zur Peitsche und ließ sie auf seinen Rücken niedersausen. Er geißelte sich so lange, bis er den Schmerz zwischen seinen Beinen nicht mehr spürte. Immerhin konnte er mittlerweile wieder aufrecht gehen und auch seine Manneskraft schien den Schlag unversehrt überstanden zu haben. Er peitschte sich erneut und dachte nach.

Es gab sieben Todsünden in der Welt. Drei Vertreter dieser Sünde hatte er ausgemerzt. Gottfried, der Wirt, war rund wie eine Tonne gewesen. Er hatte weder Essen noch Trinken je widerstehen können. Es gab niemanden in Zons, der sich so sehr der Völlerei schuldig gemacht hatte wie der Wirt. Henrike, die Hure, hatte mehr Freier als die anderen Dirnen im Haus des Henkers. Ihre Wollust schrie zum Himmel. Außerdem hatte sie ihn verführt. Der Metzger Wulf war ein Geizkragen vor dem Herrn gewesen. Er hatte mit eigenen Augen gesehen, wie er das Fleisch über Nacht ins Wasser gelegt hatte, um es zu strecken. Eigentlich hatte er nach Rebecca das Weib des Zöllners ins Auge gefasst. Sie glich einer Schlange, und es war ein Wunder, dass ihr das Gesicht vor lauter Neid noch nicht grün angelaufen war. Doch heute Nacht würde er seine Pläne anpassen müssen. Zuerst wollte er Rebecca in die Hände bekommen, aber dazu brauchte er eine neue Idee. Der Schöffe würde das Mädchen in nächster Zeit bestimmt im Haus einsperren. Er benötigte eine List, um ihrer habhaft zu werden, oder er musste sich etwas komplett anderes ausdenken.

* * *

Es war so dunkel, dass er die Hand nicht vor Augen sehen konnte. Das Mondlicht fiel nur ab und zu auf die Erde. Immer dann, wenn sich eine Lücke in der dichten Wolkendecke auftat. Bastian spürte Wernharts kräftigen Oberarm an der Schulter. Sein Freund lauerte neben ihm an der Hauswand. Sie hatten sich direkt unter Rebeccas Fenster platziert. Dederich von Rockel hockte im Haus vor der Zimmertür. Er hatte es sich nicht nehmen lassen, persönlich auf seine Tochter aufzupassen. Drei andere Männer passten vor der Haustür auf und bewachten die Umgebung. Alle waren heute Nacht im Einsatz, nur Balthasar hatte er in die Unterkunft geschickt. Der Bursche musste sich ausruhen.

Sie waren gut vorbereitet. Sollte sich jemand auch nur auf zwanzig Fuß dem Haus nähern, so würden sie es mitbekommen. Kurz vor Mitternacht sollte Rebecca eine Kerze anzünden und sich ihr langes Haar vor dem Spiegel kämmen, so wie sie es jeden Abend tat. Bastian hoffte, dass der Mörder irgendwo da draußen lauerte und der Gelegenheit nicht widerstehen konnte. Es war zwar riskant, aber trotzdem die beste Chance, die sie hatten.

»Das Licht ist an«, wisperte Wernhart, als ein flackernder Schein aus dem Fenster fiel. »Ich hoffe, der Mistkerl beißt an.«

»Das hoffe ich auch«, flüsterte Bastian und spürte, wie seine Muskeln sich anspannten. Er würde diesem Mistkerl notfalls den Garaus machen. Er hatte drei Menschen auf dem Gewissen. Außerdem war seinetwegen die gesamte Stadt wegen der Pest in Panik geraten. Nach wie vor fragte er sich, warum der Täter die Seuche vortäuschte. Lag es wirklich nur daran, dass er ungeschoren davonkommen wollte, oder steckte ein tieferer Sinn dahinter? Dass er es auf Sünder abgesehen hatte, schien inzwischen vollkommen klar, wobei Bastian nicht sicher war, ob es sich bei den Opfern tatsächlich um Sünder handelte. Wenn er für jede der sieben Todsünden ein Opfer suchte, fehlten noch vier. Rebecca war eines von ihnen, aber wen hatte er außerdem ins Visier genommen?

Der Schrei eines Vogels gellte durch die Nacht und Bastian horchte auf. Etwas ging in der Dunkelheit vor sich. Seine Männer nutzten den Vogelschrei, um sich zu verständigen. Bastian bedeutete Wernhart, die Stellung zu halten, und schlich zur anderen Seite des Hauses. Neben einem Baum entdeckte er Hugo und eilte zu ihm.

»Was ist los?«, fragte er und blickte sich aufmerksam um. Er wollte den Mörder auf keinen Fall vorwarnen.

»Wir haben den Henker in seinem Haus erwischt. Er ist mir nichts, dir nichts zur Tür hinein. Als wir ihn geschnappt haben, hat er sich nicht zur Wehr gesetzt.«

Bastian winkte ab. »Gute Arbeit. Habt Ihr ihn nach den Brandeisen befragt?«

»Ja, deshalb bin ich hier. Die Brandeisen wurden ihm vor einiger Zeit gestohlen. Er hat uns die Truhe gezeigt, in der sie aufbewahrt wurden. Das Schloss war aufgebrochen. Der Henker dachte, jemand wolle ihm einen Mord anhängen, deshalb ist er vor Euch geflohen. Und Rebecca war schließlich auch verschwunden. Jeder weiß, dass er wegen des toten Diebes mit dem Schöffen im Zwist liegt.«

Bastian runzelte die Stirn. »Und warum ist er überhaupt zurückgekehrt? Ihm musste doch klar sein, dass wir vor seinem Haus auf ihn warten.«

»Das habe ich ihn auch gefragt. Er hat sich während seiner Flucht überlegt, dass er durch sein Verhalten erst recht schuldig wirkt. Also hat er sein Schicksal in Gottes Hände gelegt und ist zurückgekehrt. Damit jedermann sehen kann, dass er keinerlei Schuld an Rebeccas Verschwinden trägt.«

Bastian nickte. Er war sich mittlerweile ziemlich sicher, dass der Henker nichts mit den Morden zu schaffen hatte. »Geht zurück auf Euren Posten am Rheintor«, befahl er leise und schlich wieder zu Wernhart.

»Die Brandeisen sind dem Henker gestohlen worden, wenn es stimmt, was er sagt«, flüsterte er und sah zum Fenster. Rebecca saß wie vereinbart in ihrem Zimmer vor dem Spiegel und kämmte sich die Haare. Sie sah sehr hübsch aus. Kein Wunder, dass Balthasar ihr vollkommen verfallen war. Es tat ihm leid, dass Balthasar diese Frau nie heiraten würde. Als Tochter des Schöffen stand sie für einen einfachen Stadtsoldaten, der noch dazu aus dem Kloster kam, nicht zur Verfügung. Sie würde jemanden ehelichen, der sie gut versorgen konnte und ein hohes Ansehen genoss. Augenblicklich schoss Bastian Annas Gesicht in den

Kopf. Ihr schwanengleicher Hals, das lange, lockige Haar, ihre smaragdgrünen Augen. Er wusste, wie es Balthasar erging. Die Liebe war nicht immer nur schön, sie konnte ebenso heftig schmerzen.

Bastian schob die Gedanken an Anna beiseite. Er würde diese Frau immer lieben, aber jetzt musste er auf Rebecca achtgeben. Ihr durfte auf keinen Fall noch einmal etwas zustoßen. Sie hatten es mit einem klugen Täter zu tun, der mit Sicherheit längst einen neuen perfiden Plan ausgeheckt hatte. Bastian lehnte sich gegen die Hauswand und dachte nach. Der Täter wollte die sieben Todsünden ausmerzen. Völlerei, Wollust und Geiz hatte er bereits geschafft. Es fehlten die Eitelkeit, der Neid, die Trägheit und der Zorn. Plötzlich fragte Bastian sich, ob es etwa eine bestimmte Reihenfolge gab. Was, wenn er seine Pläne bezüglich Rebecca schon geändert hatte?

»Hätte er nicht längst auftauchen müssen?«, flüsterte er, und Wernhart bestätigte seine Befürchtungen.

»Ich denke auch. Inzwischen dürfte es weit nach Mitternacht sein. Vermutlich ahnt er, dass wir ihm hier auflauern, und nimmt sich jemand anders vor.«

Bastian schloss die Augen. Wenn er heute Nacht Rebecca nicht holte, blieben drei andere Todsünden, die infrage kamen. Doch welche Person hatte der Täter jeweils auserkoren? Bastian kannte zahlreiche Neider, aber auch genügend träge Menschen. Schlägereien und Zorn begegneten ihm beinahe täglich. Wen würde er wählen, wenn er der Mörder wäre? Und vor allem, falls jemand seine ursprünglichen Pläne durchkreuzt hätte? Augenblicklich kam ihm ein junger

Mann in den Sinn, der wutentbrannt und völlig außer sich auf den Täter eingeschlagen hatte. So sehr, dass sogar Blut an dem Knüppel klebte, den sie im Wald gefunden hatten. Balthasar hatte immer noch vor Zorn gebebt, als er von Rebeccas Entführung berichtet hatte.

Zorn.

Wen würde er wählen?

Bastian sprang auf. »Ich glaube, wir warten am falschen Ort«, stieß er aus und stürmte los. Balthasar schlief ganz allein in der Unterkunft für die Soldaten, einem einfachen Haus in der Mauerstraße unweit des Krötschenturms. Wie hatte er das nur übersehen können?

Wernhart folgte ihm schnaufend.

»Was hast du vor?«, keuchte er hinter ihm, doch Bastian antwortete nicht.

Er lief so schnell er konnte und hoffte, nicht zu spät zu sein. Erst als sie an der Unterkunft ankamen, flüsterte er: »Zorn. Balthasar war zornig und hat den Mörder angegriffen. Er hat seine Pläne ruiniert. Der Mörder könnte es nun auf ihn abgesehen haben.«

Wernhart nickte entsetzt. »Und was, wenn wir uns irren? Was, wenn er doch auf Rebecca aus ist?«

Bastian verlangsamte seine Schritte. »Vor Rebeccas Haus sind immer noch genügend Wachen postiert. Aber Balthasar ist ganz alleine. Vielleicht liege ich falsch, doch wir sollten wenigstens nachsehen.«

Er fing wieder an zu laufen. Sie hatten sich die gesamte Zeit viel zu sehr auf Rebecca konzentriert. Der angesehenen Tochter des Schöffen durfte nichts passieren und dabei hatten sie ihren eigenen Mann vergessen und ihn sogar noch allein zu Bett geschickt.

Endlich erreichten sie das Haus. Bastian riss die Tür auf.

»Balthasar«, brüllte er und rannte zu seinem Lager. Es war leer. Bastian stand wie vom Donner gerührt da. Er starrte den Strohsack an und blinzelte, als würde Balthasar dadurch wie von Zauberhand erscheinen. Plötzlich hörte er einen dumpfen Schrei, der offenbar von draußen kam.

»Er ist hinterm Haus«, schrie Wernhart und stürmte voraus. Bastian nahm die andere Richtung und jagte ums Gebäude. Im Garten bemerkte er einen großen dunklen Schatten, der sich zwischen zwei Bäumen bewegte und Balthasar im Würgegriff vor sich herschob.

»Halt!«, schrie er und zog sein Schwert.

»Kommt noch einen Schritt näher und ich töte Euren jungen Soldaten«, bellte eine raue Stimme. Eine scharfe Klinge an Balthasars Hals blitzte im kargen Mondlicht auf. Das Gesicht des Mannes war bis zu den Augen vermummt, seine Stimme klang durch den Stoff seltsam gedämpft.

Bastian blieb wie angewurzelt stehen und ließ das Schwert sinken.

»Zorn«, sagte er. »Er hat sich der Todsünde des Zornes schuldig gemacht, richtig?«

Der Fremde stieß ein heiseres Lachen aus. »Ihr seid ein kluger Kopf, Bastian Mühlenberg. Er muss sterben, wenn wir Zons vor dem Schwarzen Tod bewahren wollen. Lasst mich gehen und mein Werk verrichten.

Gott will nur die Sünder strafen und nicht die braven Lämmer.«

»Ihr werdet keine zehn Fuß weit kommen«, knurrte Bastian und machte einen Schritt auf den Mann zu. »Lasst Balthasar los.«

Der Mann rührte sich nicht, sondern sprach: »Ihr seid doch ein gläubiger Mann, Bastian Mühlenberg. Merkt Ihr denn nicht, dass ich Euch helfe? Ihr sollt die Stadt Zons vor der Pest bewahren, das ist es doch, was der Erzbischof von Euch erwartet. Gott wird die Seuche nur dann an diesem Ort vorbeiziehen lassen, wenn er rein ist. Rein von Sünde. Solange die Todsünden nicht ausgemerzt sind, ist kein Bewohner sicher vor dem Schwarzen Tod.«

Er presste das Messer stärker an Balthasars Hals. »Noch einen Schritt und er stirbt«, drohte der Mann und ging in kleinen Schritten rückwärts. Dabei zog er Balthasar mit sich, ohne die Klinge von dessen Hals zu nehmen.

Bastian starrte den Mann feindselig an.

»Wer seid Ihr?«, fragte er und sah einen kaum merklichen Schatten hinter ihm auftauchen, der sich ganz langsam bewegte.

»Nun nennt schon Euren Namen«, forderte Bastian.

»Warum sollte ich das tun?«, gab der Fremde zurück und entfernte sich immer weiter. »Ich werde Balthasar für seine Sünden bestrafen. Das ist alles, was Ihr wissen müsst. Und Rebecca wird mir ebenso wenig entkommen.«

»Das werden wir noch sehen«, zischte Wernhart, der sich von der anderen Seite des Hauses angenähert hatte.

Blitzschnell hielt er dem Mann die Klinge seines Schwertes an die Gurgel. »Stirbt Balthasar, dann stirbst auch du.«

Der Mann blickte sich erstaunt um.

Diesen Moment nutzte Bastian und stürzte sich auf ihn. Er schlug ihm mit der bloßen Faust das Messer aus der Hand. Der Fremde brüllte wütend auf. Balthasar riss sich los und stob davon. Bastian wollte den Angreifer packen, er griff jedoch daneben und taumelte. Der Fremde hatte plötzlich ein neues Messer in der Hand. Er fuhr zu Wernhart herum und stach zu. Wernhart stieß einen durchdringenden Schrei aus und sackte zu Boden. Der Mann sprang an ihm vorbei und verschwand in der Dunkelheit. Bastian wollte die Verfolgung aufnehmen, blieb allerdings nach wenigen Schritten stehen. Er machte kehrt, um seinem Freund zu helfen.

»Wernhart«, rief er und ging neben ihm auf die Knie.

Balthasar hockte bereits bei ihm.

»Er hat seinen Arm erwischt. Es blutet ziemlich stark«, erklärte Balthasar und band Wernhart einen Stoffstreifen um den Oberarm, den er von seinem Wams abgerissen hatte.

»Das reicht«, brummte Wernhart und sprang auf. »Wir müssen diesen Mistkerl verfolgen.«

»Er ist längst weg«, sagte Bastian, lief aber trotzdem ein Stück in die Richtung, in die der Mann verschwunden war. Kurz darauf blieb er niedergeschlagen stehen. Es hatte keinen Zweck. Sie hatten den Mörder entkommen lassen.

»Wir können die Straßen nach ihm absuchen«, schlug Wernhart vor.

Doch Bastian winkte ab. »Das macht keinen Sinn. Es ist zu dunkel«, erwiderte er und kehrte um. Balthasar hockte immer noch fast an derselben Stelle. Er leuchtete den Boden mit einer Fackel ab.

»Was tust du da?«

Balthasar sah zu Bastian auf und hielt ihm triumphierend ein Stück Pergament entgegen.

»Das hier habe ich gefunden. Der Mistkerl muss es beim Kampf verloren haben.«

Bastian nahm das Pergament und las die darauf notierten Zeilen. Ein dickes Siegel prangte unter dem Text.

»Das ist eine Pfändungsurkunde«, sagte Bastian erstaunt und blickte Balthasar und Wernhart an. »Die kann nur ein Gerichtsbote mit sich herumtragen.«

»Heinrich«, stieß Wernhart aus und lief ohne ein weiteres Wort los.

Bastian eilte hinterher. Balthasar folgte ihnen mit der brennenden Fackel in der Hand. Sie hetzten durch die engen Gassen und blieben vor einem Haus in der Schloßstraße stehen.

»Öffnet!«, brüllte Bastian und trat die Tür ein, bevor überhaupt jemand antworten konnte.

Ein paar Kerzen auf dem Tisch verbreiteten Licht. Mitten in der kleinen Stube stand reglos Heinrich der Gerichtsbote und starrte sie fassungslos an. Eine rote Linie am Hals verriet den Boten. Wernhart hatte ihm genau an dieser Stelle das Schwert an die Kehle gedrückt. Heinrich setzte unvermittelt zu einer Bewegung an und sofort machte Bastian einen Satz auf ihn zu. Er warf sich auf Heinrich und drückte ihn mit aller Kraft zu Boden. Wernhart sprang ihm zur Seite und hielt Heinrichs Beine fest.

»Lasst mich los, Ihr Unwissenden! Ich muss die Stadt vorm Schwarzen Tod bewahren! Ihr wisst nicht, was Ihr tut! Ihr elenden Schwachköpfe.«

Bastian fesselte den schreienden Mann und band ihn an einen Stuhl.

»Ihr habt drei Menschen getötet und zudem noch die alte Alwine auf dem Gewissen!« Bastian packte den Gerichtsboten am Kragen und schüttelte ihn.

Heinrich versuchte, sich von seinen Fesseln zu befreien. Er wand sich mit aller Kraft. »Die Pest wird Euch alle holen, wenn Ihr mich davon abhaltet, Gottes Werk zu vollenden. Die Stadt muss ohne Sünde sein, nur so bleibt sie verschont!«

»Ihr habt geglaubt, Ihr würdet davonkommen, indem Ihr die Toten mit falschen Pestbeulen verunstaltet. Wir haben Euren absurden Plan durchschaut. Ihr werdet nicht ungeschoren davonkommen!«

Heinrich sah Bastian mit wirrem Blick an. »Wer redet denn von davonkommen? Ich habe die Sünder mit den Pestbeulen gezeichnet, weil sie diese Seuche verdient haben und nicht der Rest der Stadt!«

Bastian reichte es. Er stopfte Heinrich einen Knebel in den Mund. Er wollte kein weiteres Wort mehr hören. Jetzt begriff er, was in diesem verirrten Geist vor sich ging. Er sah sich tatsächlich als Retter der Stadt an.

»Wir schaffen ihn gleich in den Juddeturm und sperren ihn ins Verlies«, sagte er zu Wernhart und löste das Seil, das Heinrich an den Stuhl fesselte. Er vergewisserte sich, dass die Hände fest hinter dem Rücken zusammengebunden waren, und gab ihm einen Tritt.

Der Gerichtsbote stolperte durch die Nacht vor ihnen her. Dabei zeterte er die ganze Zeit. Niemand verstand ihn, denn in seinem Mund steckte der Knebel. Bis zum Juddeturm war es nicht weit. Als sie dort angekommen waren, warf Wernhart den Gerichtsboten unverzüglich in den Kerker.

Bastian setzte sich mit Balthasar am Fuße des Gefängnisturms auf eine Stufe. Er bemerkte, wie der junge Stadtsoldat zitterte.

»Geht es dir gut, mein Freund?«, fragte Bastian und legte Balthasar die Hand auf die Schulter.

»Ich weiß nicht«, murmelte der Bursche mit hängendem Kopf. »Vielleicht hätte er mich besser getötet«, flüsterte er verzweifelt.

»Warum?«, fragte Bastian und musterte ihn eindringlich.

»Weil mein Leben ohne Rebecca nichts wert ist. Ich kann es nicht ertragen, dass ihr Vater sie mit einem anderen verheiraten will.«

Bastian seufzte. »Du wirst darüber hinwegkommen, zumindest auf eine Weise, mit der du leben kannst.«

Balthasar schüttelte heftig den Kopf. »Sie wird immer in meinem Herzen sein.«

»Ich weiß«, erwiderte Bastian. »Die Liebe ist ein Band, das niemand einfach zerschneiden kann. Es währt ewig, ganz egal, ob ihr nun verheiratet seid oder euch aus der Ferne liebt.«

Balthasar blickte Bastian prüfend an. »Euer Herz ist auch gebrochen«, stellte er erstaunt fest.

Bastian nickte traurig. Er holte sein Notizbuch aus dem Wams und schlug eine Seite auf. »Siehst du sie?«, fragte er und strich zärtlich über die Zeichnung.

»Niemand wird unser Band je zerschneiden können.«

* * *

Die Glocken läuteten hell und die Menschenschlange setzte sich allmählich in Bewegung. Allen voran schritt Pfarrer Johannes mit zum Gebet gefalteten Händen. Dahinter folgten Bastian, Wernhart und Balthasar sowie die gesamte Mannschaft der Stadtsoldaten. Auf ihren Schultern ruhten vier schwere Eichensärge. Die Bewohner von Zons geleiteten ihre Verstorbenen zur letzten Ruhestätte. Nun, da feststand, dass die Pest vor den Toren der Stadt haltgemacht hatte, sollten die Toten in der geweihten Erde des Kirchhofs begraben werden.

Gleich am Morgen, nachdem sie den Gerichtsboten Heinrich ins Verlies des Juddeturms gesperrt hatten, begann Bastian, die Bewohner von Zons über die Morde aufzuklären. Die Kunde von der falschen Pest verbreitete sich in Windeseile. Die Menschen atmeten erleichtert auf und freuten sich darüber, dass Gott sie verschont hatte.

Bastian gab ein Zeichen und sie setzten den Sarg von Gottfried ab. Der Wirt sollte neben seinem Weib Alwine begraben werden. Albrecht, der Metzgerbruder, und Henrike würden ein paar Gräber entfernt ihre letzte Ruhe finden. Als alle vier Särge auf der Erde standen, hob Johannes zu einer Rede an. Andächtiges Schweigen legte sich über den Kirchhof. Bastian blickte auf die vier Särge. Vier tote Menschen, die völlig unnötig aus dem Leben gerissen worden waren. So erleichtert er auch über Heinrichs Festnahme war, so sehr trauerte er um die Opfer, die er nicht hatte schützen können.

Er sah zu Balthasar hinüber, der im selben Moment ein paar Schritte zurücktrat und sich unauffällig zur Tochter des Schöffen gesellte. Rebecca strahlte Balthasar an. In ihren Augen lag echte Zuneigung. Der Anblick schnürte Bastian die Kehle zu. Das Leben konnte so ungerecht sein. Warum war die Liebe nicht frei? Er hätte sich so sehr für seinen jungen Stadtsoldaten gefreut. Doch Balthasar würde Rebecca nie heiraten dürfen. Er seufzte und hob mit den anderen Männern Gottfrieds Sarg an, um ihn in die Erde hinabzulassen. Er warf ein Schäufelchen Sand in die Grube und begab sich zu Alwines Grabstätte. Dort ließ er ebenfalls eine Handvoll Erde hinabrieseln. Seine Gedanken schweiften zu Anna, während er zu Albrechts Grab schritt. Ein Vogel flog über ihn hinweg und zwitscherte fröhlich. Bastian sah ihm hinterher und wäre ihm am liebsten gefolgt, hoch hinaus in den wolkenlosen Himmel, der so verheißungsvoll blau strahlte. Vielleicht würde die Liebe ja doch eines Tages einen Weg finden und so frei sein wie dieser Vogel, dachte er und lächelte sehnsuchtsvoll.

XVIII

GEGENWART

»Also Marcel Diekhoff hätte problemlos Gelegenheit zu den Taten gehabt«, erklärte Klaus und knallte seine Notizen auf den Tisch. »Seine Mutter ist eingeknickt, als ich ihr die Fotos der drei Toten unter die Nase gehalten habe. Demnach war Marcel Diekhoff vor drei Tagen von morgens bis spätabends angeln. Er kann in dieser Zeit alles Mögliche angestellt haben. Auch ansonsten gibt es nur wenige Tage, an denen die Mutter ihn wirklich am Abend gesehen hat.«

»Aber er hat kein eigenes Auto«, gab Oliver zu bedenken.

Sie arbeiteten schon seit dem frühen Morgen auf Hochtouren. Die Rechtsmedizin hatte endlich die Identitäten von Zoe Kühnert und Mary Tucker zweifelsfrei bestätigt. Sie hatten die Eltern der beiden informiert. Die Gespräche lagen Oliver schwer im Magen. Dieser Teil seines Jobs war definitiv der schlimmste. Wenn ein Kind vor den Eltern ging, dann lief etwas völlig falsch.

Diese Reihenfolge war von der Natur nicht vorgesehen. Sofern der Tod auch noch gewaltsam herbeigeführt worden war, zerstörte es die Seelen der Eltern, und eine Heilung war ausgeschlossen.

Konstantin Höffner, den größten Konkurrent von Luise Steinfels, hatten sie mittlerweile gründlich unter die Lupe genommen. Höffner hatte mehrere Models von Steinfels abgeworben und wurde außerdem von ihr wegen des Diebstahls von Designideen verklagt. Allerdings hatte Höffner die letzten zwei Wochen nachweislich in der Karibik, in seinem Ferienhaus, verbracht. Auch ansonsten fanden sie keinerlei Hinweise auf eine etwaige Tatbeteiligung. Damit schied er als Verdächtiger aus.

Da sich alle Opfer im Internet präsentierten, hatten sie sich zudem stundenlang durch die vielen Videos im YouTube-Channel von *Zoe & Mary* gekämpft und ihr komplettes Umfeld durchleuchtet. Beide waren anscheinend Single. Ihr Leben spielte sich offenbar hauptsächlich im Internet ab. Die Nachbarn nahmen sie kaum wahr. Demzufolge gab es keine Zeugen, die etwas beobachtet hatten. Oliver brannten die Augen. Er hatte sämtliche Kommentare studiert. Auffälliges notiert. Die Nutzerdaten wurden in diesem Moment von einem IT-Experten analysiert. Den richterlichen Beschluss hatte Hans Steuermark in Windeseile beschafft und die Internetprovider hatten sich äußerst kooperativ gezeigt. Jeder, der in einem Umkreis von achtzig Kilometern wohnte, sollte näher überprüft werden. Leider gab es Tausende Namen. Zumeist Frauen, Mädchen, aber auch einige wenige Männer. Es war zum Verzweifeln. Die Daten wurden mit denen der Fans von Lara Hübner, Stefanie Holten sowie Kim Leidinger abgeglichen. Wer bei allen dreien kommentiert hatte, wurde kontrolliert. Es war ein aufwendiges Verfahren, die IP-Adresse zu einzelnen Nutzernamen und den echten Namen zurückzuverfolgen. Das Schlimmste jedoch war, dass die Methode noch nicht mal Erfolg zeigen musste, denn schließlich wussten sie nicht, ob der Täter überhaupt Kommentare hinterlassen hatte.

Luise Steinfels besaß für den Zeitraum, in dem der letzte Mord begangen wurde, ein hieb- und stichfestes Alibi. Sie selbst konnte es nicht gewesen sein. Vielleicht gab es aber einen Komplizen, ihren Assistenten zum Beispiel oder den Privatdetektiv. Beiden fehlte ein Alibi. Sie kannten die drei Opfer und verfügten über ein Auto. Zudem hatte Julian Brandner unter vielen Videos von Zoe und Mary Kommentare hinterlassen. Steinfels' Assistent war im Netz sehr aktiv. Auch bei Lara Hübner, dem ersten Opfer, und bei Stefanie Holten kommentierte er mehrfach, immer mit nettem und völlig harmlosem Inhalt. Meist gratulierte er zur tollen Performance. Trotzdem bewiesen seine Kommentare eine Verbindung, die er zu allen Opfern hatte.

Marcel Diekhoff tauchte ebenfalls als Kommentator auf, allerdings nicht bei jeder der getöteten Frauen. Nur von Roman Wöller, dem Privatdetektiv, fanden sich bisher nirgendwo Spuren im Internet. Das konnte aber auch einfach an seinem Benutzernamen liegen. Die meisten User verwendeten nicht ihren richtigen Namen, sondern dachten sich Fantasiebezeichnungen aus.

»Mira Kötter könnte übrigens bei uns anfangen«,

bemerkte Oliver. »Sie hat mir eine Namensliste geschickt von Leuten, die Kommentare sowohl unter den Aufnahmen von Stefanie Holten als auch Kim Leidinger hinterlassen haben. Die ist echt clever.« Auch wenn sie nicht alle Opfer mit einbezogen hatte, war ihr Ansatz absolut richtig. Die IT arbeitete derzeit mit Hochdruck an einem vollständigen Abgleich der Kommentare.

Klaus nickte geistesabwesend. »Klar. Aber um noch mal auf das Auto zurückzukommen. Nur weil Marcel Diekhoff kein eigenes Auto besitzt, heißt es nicht, dass er sich keines geliehen hat. Sein Führerschein ist gültig und er hat eines der Opfer gestalkt. Steht Marcel Diekhoff denn auf der Liste von Mira Kötter?«

Oliver schüttelte den Kopf. »Nein. Ich kann ihn nicht entdecken. Die Streife, die ihn observiert, hat sich bisher nicht mit Neuigkeiten gemeldet. Der Kerl hockt seit Stunden am Martinsee und angelt.«

»Der Obduktionsbericht ist endlich da«, rief Klaus freudig, druckte ihn aus und fing sofort an zu lesen.

»Sie haben Beruhigungsmittel in Mary Tuckers Blut gefunden. Jetzt wissen wir also, warum keines der Opfer gravierende Abwehrverletzungen hat. Bloß gut, dass wir die Leiche so schnell entdeckt haben, sonst hätte das Labor wie bei den ersten beiden Toten wieder nichts nachweisen können. Der Mistkerl stellt sie einfach ruhig.« Klaus schaute auf. »Das Zeug bekommt man bedauerlicherweise überall im Netz und an jeder Bahnhofsecke. Es muss nicht mal intravenös oder oral verabreicht werden. Den Wirkstoff gibt es als Tabletten, die sich ohne Wasser im Mund auflösen. Das bringt uns nicht weiter.«

»Woran ist sie gestorben?«, wollte Oliver wissen.

»Wie die anderen: Multiorganversagen infolge starker Dehydrierung. Ihr Magen war leer. Der Kerl hat sie anscheinend schlicht und simpel verdursten und verhungern lassen.«

»Die Vorgehensweise ist sehr passiv«, stellte Oliver fest. »Passt irgendwie mehr zu einer Frau. Findest du nicht auch?«

Klaus zuckte mit den Achseln. »Es stimmt, dass Frauen eher Gift anwenden oder Schusswaffen, damit sie aus der Distanz töten können. Aber vielleicht sieht unser Täter den Frauen gerne beim Sterben zu und geilt sich daran auf. Egal ob Mann oder Frau, wer auch immer dahintersteckt, ist total irre.«

Jemand sieht ihnen zu, wiederholte Oliver stumm und dachte automatisch an den Stalker Marcel Diekhoff. Er hoffte, dass sie ihn bald festnageln konnten, und schaute auf die Uhr. Melinda Becker, die zusammen mit Lara Hübner und Stefanie Holten die Kleider gestohlen hatte, musste jeden Augenblick im Revier eintreffen. Sie sollte ihnen Auskunft zu dem Diebstahl und zu ihrem letzten Kontakt mit Lara Hübner und Stefanie Holten erteilen. Wenn sie Marcel Diekhoff ebenfalls kannte und ihn womöglich belastete, dann wurde es eng für den Angler. Passend zu Olivers Gedanken öffnete sich die Bürotür und ein junger Polizist schaute herein.

»Melinda Becker ist jetzt da. Ich habe sie in Besprechungsraum drei gebracht.«

»Danke«, sagte Oliver und erhob sich.

Klaus folgte ihm hinaus in den Flur.

* * *

Mira fuhr hoch. Wo war sie? Es war stockfinster und kalt. Staubtrocken. Ihr Schädel hämmerte. Sie rieb sich verwirrt die Stirn. Endlich durchzuckte sie ein Erinnerungsblitz. Sie war die Treppe hinuntergelaufen und zur Haustür raus. Die Sonne hatte geschienen. Dann war alles dunkel geworden. Warum hatte sie überhaupt die Wohnung verlassen? Sie entsann sich nicht mehr. Das Klopfen in ihrem Kopf wurde schlimmer. So schlimm, dass sie sich beide Hände gegen die Ohren presste und die Luft anhielt. Etwas stimmte mit ihr nicht. Sie fühlte sich benommen, wie in Watte gepackt. Sie gähnte erschöpft.

Plötzlich erinnerte sie sich an den Mann. Er trug einen Motorradhelm, der sein Gesicht hinter dem dunkel getönten Visier verbarg. Seine Hände packten sie, drückten ihr etwas auf den Mund. Ihr wurde schwarz vor Augen.

»Hilfe«, wimmerte es ganz schwach neben ihr.

Mira drehte sich um und tastete sich blind voran. Sie berührte Haut. Viel zu kühle Haut.

»Wer ist da?«, flüsterte sie ängstlich und arbeitete sich weiter vor. Sie spürte einen Arm, die Schulter, den Kopf.

Wer immer dort im Dunkeln lag. Es kam keine Antwort mehr. Mira hörte nur ein schwaches Atmen. Sie suchte ihre Taschen ab. Irgendwo musste doch ihr Handy sein. Aber sie fand nichts, bis auf ein Papiertaschentuch und ein paar Bonbons. Wahrscheinlich hatte sie es in der Wohnung liegen lassen, als sie die Treppe hinuntergerannt war.

Die Treppe. Der Mann. Die Henkersmahlzeit.

Sie erstarrte vor Angst. Trotz aller Benommenheit wusste sie, dass der Entführer sie in seiner Gewalt hatte.

»Kim?«, wisperte sie und tastete nach den Haaren. Sie waren lang. Vor ihr lag eine Frau.

»Nein, ich bin Stefanie«, röchelte die Frau schwach. Sie lallte ein wenig, so als wäre sie benommen.

»Du liebe Güte, Stefanie. Was ist mit dir?«

Mira tastete sie von oben bis unten ab. Sie schien keine Wunden zu haben. Ganz vorsichtig fuhr sie mit den Fingerspitzen über Stefanies Gesicht und blieb an ihren rauen Lippen hängen.

»Gibt es hier Wasser?«, fragte Mira und suchte den Boden um sich herum ab. Ihre Finger glitten über den harten Betonboden. Während sie weitersuchte, schwappte eine sanfte Welle der Müdigkeit über sie hinweg und machte sie träge. Trotzdem erinnerte sie sich an die Bonbons in ihrer Tasche. Sie wickelte eins aus und steckte es Stefanie in den Mund.

Dann lehnte sie sich matt gegen die Wand und blickte mit halb geöffneten Augen in die schier undurchdringliche Dunkelheit hinein. Plötzlich leuchtete oben ein kleiner roter Punkt auf. Ein winziges Licht.

Wir werden beobachtet, war ihr letzter Gedanke, bevor sie einschlief.

* * *

Melinda Becker schüttelte den Kopf. »Den habe ich noch nie gesehen. Ich kenne keinen Marcel Diekhoff.«

Oliver blickte die junge Frau enttäuscht an. Er hatte sich von diesem Gespräch mehr erhofft, doch Melinda Becker konnte ihnen nicht weiterhelfen. Sie hatte zugegeben, die Kleider gemeinsam mit Lara und Stefanie aus dem Atelier in der Villa gestohlen zu haben. Der Diebstahl würde noch eine Anzeige nach sich ziehen, aber das war im Augenblick Nebensache. Die drei Frauen wollten die Kleider an Konstantin Höffner übergeben, weil sie sich dadurch Vorteile versprachen. Doch Lara war plötzlich verschwunden und mit ihr die Kleider. Wie und warum sie in einem Koffer im Martinsee in Zons neben Lara Hübners Leiche gelandet waren, dafür hatte Melinda Becker keine Erklärung.

»Es tut mir leid, dass ich so wenig hilfreich bin«, murmelte Melinda, als wenn sie Olivers Gedanken gelesen hätte. »Eine meiner Freundinnen ist tot und eine andere Freundin wird vermisst. Ich grübele in jeder Sekunde des Tages darüber nach, was passiert sein könnte und wer dahintersteckt. Die beiden waren meine besten Freundinnen.« Melinda schluchzte. »Ich würde so gerne helfen.«

»Schon gut«, erwiderte Oliver und erhob sich. »Falls Ihnen doch was einfällt, wissen Sie ja, wie Sie uns erreichen. Egal, wie spät es ist.«

Melinda nickte und schlurfte bedrückt zur Tür hinaus.

Oliver sah auf die Uhr und stöhnte. Es war beinahe zwanzig Uhr. Emily würde sicherlich nicht gut auf ihn zu sprechen sein, wenn er abermals erst spätabends nach Hause kam.

»Lass uns Feierabend machen«, sagte Klaus und klopfte ihm auf die Schulter. »Wir müssen uns ausruhen, damit wir morgen früh mit voller Energie weitermachen können. Dann ist bestimmt die Auswertung des IT-Experten fertig.«

Oliver gab ihm recht und wartete müde, während Klaus ins Büro ging und mit seinen Sachen unterm Arm wieder herauskam. Für einen Moment blieb Oliver unschlüssig im Flur stehen. Dann beschloss er, wenigstens die Akte

mitzunehmen. Er würde sowieso kaum ein Auge zudrücken können. Er sammelte alles zusammen und fuhr auch nach Hause.

Zum Glück schien Emily nicht sauer auf ihn zu sein. Sie saß am Küchentisch und blätterte in einem Buch. Neben ihr stand ein Glas Rotwein und auf dem Teller lagen Pizzastücke.

»Es ist noch Pizza im Ofen für dich«, sagte sie und drückte ihm einen Kuss auf die Wange.

»Was liest du da?«, fragte Oliver und legte seine Unterlagen schwungvoll auf den Tisch. Ein paar Fotos lösten sich und fielen auf den Boden.

Emily war schneller als er und hob sie auf.

»Das Buch hat mir Professor Kelkheim gegeben. Du weißt schon, der, über den ich die nächste Reportage schreibe und der diesen interessanten Vortrag über die Pest gehalten hat. Er lehrt an der Uni Köln und ist ausgesprochen kompetent. Hat sich insbesondere mit den mittelalterlichen Pestepidemien beschäftigt. Er ist ein wahrer Seuchenexperte. In diesem Buch geht es um die Zonser Pestordnung.« Sie zeigte ihm die Seite, die sie gerade las, und bückte sich, um ein weiteres hinuntergefallenes Foto aufzuheben.

Oliver nahm von dem Buch kaum Notiz. Emily hatte in den letzten Tagen bereits viel über dieses Thema erzählt.

»Sind die von deinem neuen Fall?«, fragte sie und verzog das Gesicht, als sie eine Detailaufnahme von Lara Hübner auf den Tisch legte. »Wasserleichen sind besonders schlimm, oder?«

Oliver nickte und klappte den Aktenordner auf. Zum Glück waren die Fotos alle auf der Rückseite nummeriert. »Ich muss das nur mal kurz sortieren. Du schaust am besten einfach weg.«

Er breitete die Bilder auf dem Tisch aus und ging zum Backofen. Die Pizza duftete köstlich und er brauchte dringend etwas zum Essen.

»Henkersmahlzeit?«, sagte Emily und deutete auf eine Aufnahme der Spurensicherung aus der Wohnung von Stefanie Holten. Die Fotos waren brandneu. Oliver hatte sie bisher nur überflogen. Das Wort ließ ihn aufhorchen.

»Zeig mal«, sagte er und musterte den Zettel, der auf dem Foto abgebildet war. Irgendwo hatte er genau so einen Zettel schon einmal gesehen. Er nahm sich ein Stück von der Pizza, ging wieder zum Tisch und blätterte durch die Akte. In der Wohnung von Zoe Kühnert hatte die Spurensicherung einen Zettel mit derselben Aufschrift gefunden. Oliver wiegte den Kopf hin und her. Wieso lagen zwei identische Nachrichten in zwei verschiedenen Wohnungen herum und was hatten sie zu bedeuten? Er studierte die anderen Fotos, konnte jedoch keinen weiteren Zettel finden. Das war merkwürdig.

»Der Täter lässt seine Opfer verdursten und verhungern und entsorgt sie anschließend im Wasser«, murmelte er. »Es gibt allerdings keine Einbruchsspuren in den Wohnungen der getöteten Frauen. Sie haben ihm also freiwillig geöffnet oder sind gar nicht aus ihrer Wohnung, sondern unterwegs gekidnappt worden.« Er schlug sich mit der Hand gegen die Stirn und starrte auf seine Pizza. »Vielleicht ist es ein Pizzabote oder jemand anders, der Essen bringt! Dem öffnet doch jeder die Tür.«

* * *

Er lächelte und schüttelte den Kopf. Die meisten Menschen waren viel zu ehrlich. Sobald man ihnen etwas schickte, das sie nicht bestellt hatten, versuchten sie, es zurückzugeben. So war es auch bei Zoe gewesen. Sie kam ihm so schnell hinterhergelaufen, dass er kaum Zeit hatte, das Tuch mit dem Betäubungsmittel aus der Tasche zu ziehen.

»Das ist nicht für mich«, hatte sie gerufen – und nicht nur sie. Bei allen hatte dieser Trick geklappt. In jedem Fall lockte er sie so aus ihrer Wohnung. Das war perfekt, denn so konnte die Kripo lange drinnen nach Spuren suchen.

Die Kamera zoomte auf die drei schlafenden Frauen. Sie sahen aus wie Engel, und sie erinnerten ihn so sehr an seine Tochter, dass sein Herz sich schmerzhaft zusammenkrampfte. Frauen wie sie waren schuld daran, dass sein Mädchen jetzt unter der Erde lag. Diese Frauen hatten seine Tochter krank gemacht. Todkrank. Im Gegensatz zu ihr hatten sie es leicht. Sie starben spätestens nach einer Woche ohne Flüssigkeit und ohne Nahrung. Er war kein Unmensch. Immerhin gab er ihnen auch noch die Gelegenheit zu einer allerletzten Mahlzeit. Bei seiner Tochter hatte sich das Sterben über viele Monate hingezogen. Ein verdammt langer Zeitraum, in dem sie alle gelitten hatten. Aber sie konnte ja die Finger nicht vom Internet lassen. Immer wieder schaute sie sich all diese schönen YouTuberinnen an, die sie mit ihren Traumfiguren verunsicherten. Die ihr suggerierten, sie sei zu dick. Dabei war sie am Schluss nicht mehr als ein Gerippe. Keine Diät war gut genug für sie gewesen. Egal, wer versuchte, sie vom Gegenteil zu überzeugen, sie fühlte sich fett wie eine gemästete Gans.

Er betrachtete Kim. Sie lag bereits den ganzen Tag regungslos da. Zuerst hatte er angenommen, er hätte ihr zu viel Beruhigungsmittel gegeben, doch dann war ihm klar geworden, dass sie auf dem Weg war. Auf dem Weg in die Hölle. Dort gehörten sie alle hin. Allesamt. Er würde sie ausmerzen. Diese elenden Influencerinnen. Jede einzelne von ihnen.

* * *

Olivers Verstand arbeitete fieberhaft. Er umklammerte den Zettel in seiner Hand und hämmerte gegen die Tür.

Mira Kötter war nicht an ihr Telefon gegangen. Er hatte es etliche Male versucht und war schließlich hierhergefahren. Er wollte wissen, ob vielleicht auch ihre Mitbewohnerin Kim eine solche Nachricht erhalten hatte. Die Antwort hielt er in der Hand. Gleich auf der Türschwelle von Kims Wohnung hatte ein Zettel gelegen, der genauso aussah wie der aus den anderen Wohnungen. Es stand nur ein Wort darauf. Eines, das ihm das Blut in den Adern gefrieren ließ.

Henkersmahlzeit.

Der Zettel musste jemandem heruntergefallen sein und jetzt machte niemand auf.

Oliver wusste, dass er eigentlich nicht in die Wohnung eindringen durfte, aber das war ihm im Moment völlig egal. Etwas stimmte hier nicht. Er öffnete die Tür mit einem Dietrich und schlüpfte hinein.

»Mira? Frau Kötter? Sind Sie da? Ich muss Sie dringend sprechen.« Er durchsuchte jeden Winkel der kleinen Wohnung, obwohl er ahnte, dass sie weg war.

»Verdammt«, zischte er und erblickte den aufgeklappten Laptop auf einem Bett. Oliver tippte auf eine Taste und atmete auf, als der Bildschirm reagierte und er kein Passwort eingeben musste. Ein Video-Channel war noch geöffnet. Es war der von Kim. Er fluchte, als er bemerkte, dass Mira ein Video hochgeladen hatte, auf dem sie sich selbst und irgendein Glitzerkleid präsentierte. Sie hatte sich zum Köder gemacht. Sofort überprüfte er die Zeit. Sie war zuletzt vor zwei Stunden online gewesen. Er fluchte erneut, denn inzwischen konnte sie sonst wo sein. Ihr Handy war ausgeschaltet und für eine Ortung brauchte er einen richterlichen Beschluss. So schnell bekäme er den nicht. Er sandte Klaus eine Nachricht und rief den IT-Experten auf seiner privaten Handynummer an.

»Ich brauche dringend Ihre Hilfe«, erklärte er und gab ihm die Daten von der offenen Seite auf dem Laptop.

»Ich muss genau wissen, wer dieses Video inzwischen angesehen hat.«

»Das kann ich so nicht herausfinden. Dazu brauche ich das Gerät und die Daten des Providers. Außerdem gibt es mit Sicherheit auch anonyme Besucher, die sich nicht zurückverfolgen lassen. Tut mir leid. Wenn der Täter keinen Kommentar hinterlassen hat, den ich mit meiner derzeitigen Auswertung abgleichen kann, wird es schwierig.«

»Okay, dann gehen wir die Kommentare jetzt zusammen durch.« Oliver scrollte wieder bis nach oben. Er konnte nur hoffen, dass der Täter etwas unter das Video geschrieben hatte. Er stöhnte. Mehrere hundert Menschen hatten Anmerkungen geschrieben, selbst in den letzten Stunden waren etliche Beiträge hinzugekommen. Die meisten Zuschauer waren von Mira hellauf begeistert und beglückwünschten sie zu der tollen Kleiderauswahl. Andere bedankten sich für die Ernährungstipps, die Mira zum Besten gegeben hatte. Viele freuten sich, dass Mira von nun an öfter in Kims Kanal auftreten würde. Unglücklicherweise hatte sie genau das in ihrem Video angekündigt. Mira hatte behauptet, Kim wäre krank und sie würde für ihre Mitbewohnerin einspringen und auch nach Kims Genesung weiter zu sehen sein. Es würde die ganze Nacht dauern, jedem Kommentar nachzugehen.

»Nein«, sagte Oliver. »Wir müssen das irgendwie eingrenzen.«

»Gehen Sie doch mal oben im Browser auf das Suchfeld und geben Sie den Usernamen von Marcel Diekhoff ein«, schlug der IT-Experte vor.

»Der hat bisher nichts geschrieben«, sagte Oliver, als er das überprüft hatte.

»Wissen Sie was, ich suche jetzt alle User heraus, die auch bei den bisherigen Opfern Bemerkungen hinterlassen haben. Von denen haben wir ja die Daten. Ich melde mich so schnell wie möglich wieder.«

Oliver rief die Kollegen an, die Marcel Diekhoff überwachten.

»Wo steckt er?«, fragte er ungeduldig.

»Er ist im Haus bei seiner Mutter.«

»Klingelt und seht nach, ob er wirklich da ist«, bat Oliver und beendete das Gespräch. Grübelnd ging er in dem Zimmer auf und ab. Vor dem Bett blieb er stehen. Neben dem Laptop lag ein Ausdruck der Liste, die Mira Kötter ihm geschickt hatte. Sie enthielt nicht nur die einzelnen Benutzer, sondern zusätzlich deren Anmerkungen. Oliver setzte sich wieder an den Laptop. Er suchte in den Kommentaren nach dem Wort *Henkersmahlzeit*.

Nichts. Das wäre ja auch zu einfach gewesen. Er probierte es mit *Mahlzeit* und mit *Henker*. Danach gab er *Essen*, *Hunger* und *Pizza* ein. Wieder nichts. Er versuchte es mit sämtlichen Stichworten rund ums Essen.

Nichts.

Es klingelte an der Tür. Oliver sprang auf und ließ seinen Partner herein.

»Bist du sicher, dass Mira Kötter weg ist?«, fragte Klaus ein wenig skeptisch.

»Sie hat ein Video von sich auf dem Kanal ihrer Mitbewohnerin hochgeladen. Alle bisherigen Opfer haben sich auffällig oft im Netz gezeigt. Ich befürchte, der Täter ist auf sie aufmerksam geworden und hat sie geschnappt. Das Handy ist aus und auf der Türschwelle habe ich einen Zettel gefunden. Genau den gleichen hat die Spurensicherung auch bei Zoe Kühnert und Stefanie Holten sichergestellt. Verdammt, das haben wir die ganze Zeit übersehen. Der Täter veräppelt uns. Er gibt sich als Pizzabote oder Ähnliches aus und legt der Lieferung dann auch noch diese verdammten Zettel bei.«

Klaus brummte etwas Unverständliches und schob die Unterlippe vor.

»Ach, jetzt kapiere ich es. Du meinst, es könnte möglicherweise jemand sein, der Essen bringt.«

Oliver nickte heftig. »Ja, ich glaube, deshalb gibt es in allen Fällen keinerlei Einbruchsspuren. Das wäre eine Erklärung.«

»Verstehe«, sagte Klaus und setzte sich vor den Laptop. »Himmel, da kommentiert ja echt Gott und die Welt. Das Internet ist wirklich eine Seuche.«

Oliver hielt für eine Sekunde die Luft an. In seinem Kopf schrillte eine Alarmglocke.

»Gib das Wort Seuche ins Suchfeld ein.« Der Killer hatte jedem seiner Opfer eine Nachricht in den Rachen gesteckt. Er wollte, dass diese Botschaft ankommt.

Womöglich hatte er dieselbe Botschaft auch in den Kommentaren hinterlassen.

Klaus schüttelte den Kopf. »Nichts.«

»Versuche es mit *Übel*, dann mit *Wurzel* und mit *ausrotten*.«

Klaus verneinte abermals. »Da ist nichts, mein Lieber.«

Oliver rief sich den Satz des Täters noch einmal ganz genau ins Gedächtnis.

»Nimm *Pest*«, sagte er und verfolgte gebannt, was sich auf dem Bildschirm tat.

»Treffer«, murmelte Klaus ungläubig. »Da schreibt doch tatsächlich einer: *Du bist die Pest.*« Er sah zu Oliver. »Vielleicht ist er das?«

Oliver las den Usernamen vor: »Schwarzer Tod.«

»Wie passend«, brummte er und griff zum Handy, das im selben Moment klingelte. Er schaute aufs Display. Es war der IT-Experte.

»Ich habe einen neuen Abgleich gemacht. Zwanzig User haben bis jetzt bei allen Opfern und unter dem neuen Video von Mira Kötter Kommentare hinterlassen. Ich schicke Ihnen die Liste aufs Handy.«

»Das sind zu viele. Uns läuft die Zeit davon«, sagte Oliver und bat den Spezialisten, nach Kommentaren mit dem Wort *Pest* und dem Namen *Schwarzer Tod* zu suchen.

»Das Wort Pest kommt nur zweimal vor«, erwiderte der Experte nach einer Weile. »Allerdings hat der User *Schwarzer Tod* tatsächlich bei jeder der Frauen kommentiert. Warten Sie, ich versuche herauszufinden, wer das ist.«

Oliver wippte ungeduldig mit den Fußspitzen. Es dauerte eine halbe Ewigkeit, bis der Kollege am anderen Ende der Leitung endlich aufhörte, auf der Tastatur zu klimpern. »Ich kann keine genaue Adresse herausfinden. Die IP gehört aber zur Universität Köln.«

In Olivers Kopf überschlugen sich die Gedanken. »Versuchen Sie den Fachbereich herauszufinden und melden Sie sich wieder«, sagte er und legte auf. Dann wählte er Emilys Nummer. Es klingelte quälende fünf Mal, bis sie endlich ranging.

»Du wolltest doch ein Interview mit einem Kölner Professor führen. Wie hieß der gleich noch mal?«, platzte er ohne einen Gruß heraus und stellte sein Telefon auf laut, sodass Klaus mithören konnte.

»Professor Jan Kelkheim, wieso?« Emilys Stimme klang rau. Sie hatte bestimmt schon geschlafen.

»Du hast mir vorhin erzählt, dass er Vorträge über Seuchen und die Pest hält. Richtig?«

»Ja. Kann ich euch irgendwie helfen?«

Klaus beugte sich über das Handy. »Sagt dir der folgende Satz irgendetwas?« Er las ihr die Nachricht vor, die der Täter bei seinen Opfern gelassen hatte.

Wenn die Pest ausgerottet werden soll, muss das Übel an der Wurzel gepackt werden.

»Ehrlich gesagt, nein«, antwortete Emily. »Aber falls ihr euch deswegen für Professor Kelkheim interessiert, kann ich bestätigen, dass er so etwas in der Art über die Pest gesagt hat.«

»Hör zu, Emily. Ich habe etliche Quellen nach diesem Satz abgegrast und ihn nirgendwo im Wortlaut ausmachen können. Kannst du herausfinden, ob dieser

Professor oder jemand aus seinem Fachbereich der Urheber ist?«

»Okay.« Emily gähnte. »Ich setze mich gleich ran und melde mich, sobald ich etwas habe.«

Oliver legte auf und rieb sich angespannt die Schläfen. Klaus hockte inzwischen vor seinem Bildschirm und klimperte hektisch auf der Tastatur herum.

»Himmel. Das historische Institut der Uni Köln hat mehr als zwanzig Professoren. Von den Mitarbeitern ganz zu schweigen.«

»Verflucht«, erwiderte Oliver und gesellte sich zu Klaus. »Das kostet uns viel zu viel Zeit. Zumal vermutlich auch Studenten auf einige Computer des Fachbereichs Zugriff haben.« Plötzlich hatte er eine andere Idee. »Darf ich?«, fragte er und griff nach Klaus' Tastatur. Er öffnete die Suchmaschine und gab einen Namen ein. Im selben Augenblick klingelte das Handy. Es war Emily.

* * *

Oliver überprüfte seine Waffe und schob sie zurück ins Halfter. In seinem Ohr knackte es. Er war über Funk mit der Spezialeinheit verbunden, die in Windeseile das Gebäude umstellt hatte. Er nickte Klaus zu, der neben ihm stand und vor der Tür auf ihn warten würde. Dann betätigte er die Klingel.

»Herein«, tönte eine Männerstimme aus der Gegensprechanlage. Der Türöffner summte und Oliver trat hochkonzentriert ein. Er ging durch den Flur und folgte dem Lichtschein, der ihn in ein geräumiges Arbeitszimmer führte.

Ein schlanker Mann schaute ihm lächelnd durch seine Brille entgegen. Zwei Grübchen zeigten sich dabei auf seinen Wangen.

»Wie kann ich Ihnen helfen? Setzen Sie sich doch bitte.« Er deutete auf einen Stuhl, der vor seinem Schreibtisch stand.

Oliver setzte sich. »Mein Name ist Oliver Bergmann, Kriminalpolizei Neuss. Ich habe ein paar Fragen an Sie.«

Der Mann lächelte immer noch. Dann blickte er wehmütig auf ein eingerahmtes Foto auf seinem Schreibtisch und drehte es zu Oliver herum.

»Das ist meine Tochter Ella. Ist sie nicht wunderschön?«

Oliver betrachtete das zierliche Mädchen von vielleicht sechzehn Jahren, das lachend in die Kamera winkte.

»Sie ist sehr hübsch. Wie alt ist sie?«, fragte er und überlegte, wie er das Gespräch in die richtige Richtung lenken konnte. Sie hatten keine Ahnung, wo der Kerl die drei vermissten Frauen festhielt. Vermutlich hing ihr Leben am seidenen Faden. Ihnen blieb nicht viel Zeit.

»Sie wäre jetzt volljährig gewesen. Genauer gesagt war gestern ihr Geburtstag.« Der Mann hinter dem Schreibtisch schluckte auffallend. »Sie ist vor einem Jahr gestorben. Magersucht. Zum Schluss war sie nur noch Haut und Knochen. Ein Organ nach dem anderen versagte, bis sie schließlich qualvoll starb.«

Oliver erwiderte nichts. Er kannte die bewegende

Traueranzeige, die sie im Internet aufgespürt hatten, und die Website, die ihr Vater nach ihrem Tod ins Leben gerufen hatte. Dort klärte er über die Krankheit auf und bot jungen Mädchen Hilfe an. Mehr war auf die Schnelle nicht drin gewesen. Nachdem Emily ihn angerufen hatte, wussten sie, dass der Satz, der im Hals der Opfer steckte, von Professor Kelkheim stammte. Emily hatte ihn in seinem Buch gefunden. Kurz darauf meldete sich der IT-Experte zurück. Er konnte den Computer des Users Schwarzer Tod anhand der IP-Adresse lokalisieren. Er befand sich in dem Gebäudeteil der Universität, in dem Kelkheim mittelalterliche Geschichte lehrte. Der letzte Kommentar von diesem PC wurde in den frühen Nachmittagsstunden geschrieben. Mit Hans Steuermarks Hilfe hatten sie ein Sondereinsatzkommando zusammengestellt und waren mit wehenden Fahnen zum Privathaus des Professors geeilt.

»Die Krankheit hat unsere Familie zerstört«, Professor Kelkheim redete weiter. »Meine Frau wird seit Monaten in der Psychiatrie behandelt. Sie kommt mit Ellas Tod nicht zurecht. Kein Wunder, wenn eine Mutter mit ansehen muss, wie sich das eigene Kind zu Tode hungert.« Er nahm die Brille ab und rieb sich die Augen. »Wissen Sie eigentlich, wie das ist, nichts tun zu können? Hilflos danebenzustehen, weil irgendwelche Fremden mehr Einfluss auf das eigene Kind haben als man selbst? Wenn diese Menschen deinem Kind einreden, es wäre zu dick, obwohl an ihm kein Gramm zu viel ist? Wenn es plötzlich Wettbewerbe gibt, wer in einer Woche am meisten abnehmen kann?« Er deutete auf seinen Computer. »Das Internet ist die größte Gefahr für unsere Kinder. Es gaukelt eine Wahrheit vor, die in Wirklichkeit nicht existiert. Meinungen werden manipuliert und Wertvorstellungen ins Leben gerufen, die jeglicher Vernunft entbehren.« Er schüttelte den Kopf. »Ella wollte nie verstehen, dass Influencer bloß Werbung machen. Dass sie Produkte verkaufen, manchmal auch ohne selbst von ihnen überzeugt zu sein. Sie wollte es einfach nicht wahrhaben. Diese Frauen waren ihre besten Freundinnen und am Ende der schlimmste Feind. Ihre falschen Wahrheiten sind tödlich und sie übertragen sich viral, genau wie damals die Pest.« Er streckte theatralisch die Hände zu Oliver aus. »Und nun, Herr Kommissar Bergmann. Nehmen Sie mich fest. Ich habe getan, was ich konnte, um diese Seuche auszurotten. Doch es scheint hoffnungslos. Ich gebe auf.«

»Es werden drei Frauen vermisst«, sagte Oliver ruhig. »Bitte sagen Sie uns, wo sie sind.«

Kelkheim ließ die Arme sinken und sah ihn mit glühenden Augen an. Dann fing er plötzlich an zu lachen. In seinem Tonfall lag ein Anflug von Wahnsinn. »Das ist nicht Ihr Ernst. Warum sollte ich das tun? Sie sind schuld am Tod meiner Tochter und vieler anderer Mädchen, die ihnen ihre ganzen Lügen abgekauft haben. Je weniger es sind, desto besser. Finden Sie nicht auch?«

»Ich verstehe Ihre Beweggründe. Doch es macht Ella nicht wieder lebendig und Ihre Ehefrau braucht Sie. Sie wird es alleine nicht aus dem Sumpf der Trauer herausschaffen. Glauben Sie mir. Ich kenne viele Mütter, die mit dem Tod ihres Kindes leben müssen. Es benötigt

Kraft, Liebe und vor allem Unterstützung. Wenn Sie kooperieren, könnte ich ein gutes Wort für Sie einlegen. Vielleicht können Sie Erleichterungen bei den Besuchsrechten bekommen.«

Der Professor neigte den Kopf und betrachtete Oliver neugierig wie ein Studienobjekt. »Man hat Sie gut geschult. Sehr gut sogar. Sie hätten mich fast zu Tränen gerührt.« Er schnaubte resigniert. »Aber ich sage es Ihnen gleich. Sparen Sie sich die Mühe. Ich werde Ihnen nicht verraten, wo die Frauen sind. Sie werden verdursten und verhungern. Genauso wie meine Ella.«

Oliver schwieg. Er wusste nicht, was er erwidern sollte. Er wusste nur, dass Kim Leidinger vermutlich seit fünf Tagen kein Wasser mehr bekam. Jede weitere Verzögerung konnte ihren Tod bedeuten. Ohne Flüssigkeit versagten spätestens am sechsten Tag die Nieren. Die Polizei durchsuchte gerade parallel jeden Winkel von Kelkheims Lehrstuhl. Bisher hatten sie im Universitätsgebäude nichts gefunden. Oliver würde es über den Knopf in seinem Ohr mitgeteilt bekommen, sobald sich etwas daran änderte. Sie waren darauf angewiesen, dass dieser todtraurige und verbitterte Mann dort vor ihm ihren Aufenthaltsort verriet.

»Warum haben Sie Zoe Kühnert den Finger abgetrennt?« Er wechselte das Thema, um Zeit zu gewinnen.

Professor Kelkheim sah ihn erstaunt an. »Ich wurde überrascht und konnte sie nicht wie geplant ins Wasser werfen. An der Böschung verfing sich der Ring, der an ihrem Finger steckte, in einem Dornenbusch. Ich hatte es eilig, also schnitt ich ihn einfach ab und ließ ihn im

Wasser liegen. Die Leiche habe ich einen Tag später im Nachbarsee versenkt.«

»Haben Sie auch den Koffer mit den Kleidern in den Martinsee geworfen?«

»Sie stellen vielleicht Fragen. Ich musste diesen Koffer loswerden. Keine Ahnung, ob da Kleider drin waren. Lara Hübner hatte ihn dabei, als ich sie auf der Straße vor ihrem Haus abgefangen habe. Sie hat mit dem Koffer nach mir geschlagen, aber es hat ihr nicht viel genützt.«

Oliver nickte. »Ich habe Ihnen nichts weiter anzubieten. Bitte hören Sie auf Ihr Herz. Lassen Sie die drei Frauen gehen. Mira Kötter ist nicht einmal Influencerin. Sie hat nur ihre Mitbewohnerin gesucht. Sie und auch die anderen haben diesen Tod nicht verdient.«

Im Gesicht des Professors zuckte es. »Mira war sehr überzeugend«, entgegnete er. »Sie hat sich als Kims Vertretung vorgestellt und wollte den Kanal weiterführen. Das konnte ich nicht zulassen.«

»Sie hat bloß versucht, den Entführer zu finden. Es war eine dumme Idee von ihr. Sie hätte mich vorher fragen sollen.« Oliver seufzte gespielt. »So sind sie, die jungen Frauen. Sie haben alle ihren eigenen Kopf.«

Der Professor grinste, wurde jedoch sofort wieder ernst. »Ich mag Sie, Herr Kommissar. Wirklich. Doch es ist zu spät. Lassen wir es dabei bewenden. Verhaften Sie mich und sperren Sie mich weg.«

»Glauben Sie, dass Ihre Tochter das gewollt hätte?«

»Was? Dass ich die Frauen beseitige, die ihr das angetan haben?«, rief der Professor aufbrausend. »Natürlich würde sie wollen, dass ihr Tod gerächt wird.

Sie war mein kleines Mädchen. Ich wollte sie immer nur beschützen.«

Irgendwo piepste es. Oliver hatte es genau gehört und der Professor auch.

Blitzschnell drückte Kelkheim auf eine Taste vor seinem Computerbildschirm.

Oliver sprang auf und hetzte um den Tisch. Er riss dem Professor die Tastatur aus der Hand. Der Bildschirm war gesperrt. Doch da war etwas gewesen.

»Sparen Sie sich die Mühe«, sagte der Professor erneut.

Aber Oliver ließ sich nicht abbringen. Der Ton war eine Benachrichtigung. Er kannte das zum Beispiel von Kameras mit Bewegungsmeldern. Er hatte selbst so eine an seiner Wohnungstür angebracht. Er blickte den Professor an. Er setzte die Tastatur ab und gab den Begriff *Pest* ein.

Nichts geschah.

Er versuchte es mit *Seuche*, *Schwarzer Tod* und mit *ausrotten*. Jedes Mal vergeblich. Dann fiel sein Blick auf die Schreibtischunterlage. Dort klebte ein vergilbter Post-it mit einem Datum. Ellas Geburtstag. Er tippte Ellas Namen ein und fügte ihr Geburtsdatum hinzu.

»Lassen Sie das!«, schrie der Professor, als der Bildschirm sich entsperrte. Er zerrte Oliver am Arm.

Die Tür ging auf und Klaus stürmte mit der Pistole in der Hand herein.

Er zielte auf den Professor und brüllte: »Hände hoch. Auf der Stelle!«

Oliver verpasste dem Professor einen Stoß. Der Mann taumelte nach hinten. Oliver packte ihn und drehte ihm die Hände auf den Rücken. Klaus ließ die Handschellen klacken und hielt den Professor fest, während Oliver sich wieder dem Bildschirm zuwandte.

Ein Fenster war aufgepoppt. Es zeigte die Übertragung einer Überwachungskamera. Einen dunklen Raum und die Umrisse von drei Frauen, die auf dem Boden lagen. Unvermittelt wurde das Bild schwarz. Dann plötzlich, eine von ihnen wälzte sich herum und löste erneut den Bewegungsmelder aus.

»Wo ist dieser Raum?«, fragte Oliver. »Rücken Sie raus mit der Sprache! Unsere Leute werden es innerhalb der nächsten Stunde sonst auch ohne Sie herausfinden.«

Der Professor verzog das Gesicht. Er starrte Oliver lange an. Etwas in seinem Blick veränderte sich. Er sackte zu Boden. Seine Schultern fingen an zu beben.

»Und Sie würden sich für mich einsetzen, damit ich meiner Frau aus dem Gefängnis heraushelfen kann?«

Oliver nickte. »Bitte. Lassen Sie die drei Frauen nicht länger leiden.«

Der Professor schwieg. Die Anspannung im Raum stieg auf ein unerträgliches Maß an. Auf einmal knackte es in Olivers Ohr.

»Wir haben das Haus von oben bis unten durchsucht. Hier ist niemand.«

Oliver sah zu Klaus, ihre Blicke kreuzten sich. Die Luft schien plötzlich eiskalt.

»Verdammt noch mal, jetzt reden Sie schon«, brüllte Klaus und baute sich vor Kelkheim auf. Der reagierte überhaupt nicht, sondern starrte auf einen imaginären Punkt irgendwo an der Wand.

Oliver nahm Klaus beiseite. »Das Sondereinsatzkommando soll das Gebäude nach einem fensterlosen Raum durchsuchen.«

Klaus nickte und fing an zu telefonieren. Oliver ergriff das Porträt von Kelkheims Tochter und hockte sich neben den Professor.

»Glauben Sie wirklich, dass Ella den Tod dieser Frauen wollen würde? Sehen Sie sie an. Die drei Mädchen, die Sie festhalten, sind doch kaum älter als Ihre Tochter. Wollen Sie das wirklich? Es holt Ella nicht zurück und verringert auch nicht Ihren Schmerz. Es könnten eine Million Menschen sterben und Sie würden sich immer noch genauso schlecht fühlen wie jetzt.« Oliver drückte Kelkheim Ellas Porträt in die Hand. »Die Pest kann nicht mit noch mehr Leid ausgerottet werden. Retten Sie diese drei Frauen und damit ein Stückchen von sich selbst. Bitte«, flüsterte er.

Professor Kelkheim richtete den Blick auf das Porträt seiner Tochter. Eine dicke Träne lief über sein Gesicht. Es dauerte eine ganze Weile, bis er endlich sagte: »Also gut. Ich verrate es Ihnen. Suchen Sie hinter dem Archiv meines Lehrstuhls.«

EPILOG

Eigentlich hasste sie diesen Piepton, denn er signalisierte Krankheit, Krankenhaus, nichts, was man hören wollte. Aber in diesem Fall war es anders. Jeder Ton stand für das Leben. Jedes Piepen für Hoffnung. Jeder Ausschlag der Kurve auf dem Monitor bedeutete einen Herzschlag.

Mira wischte sich eine Träne aus dem Augenwinkel und drückte Kim einen Kuss auf die Wange. Sie lag im Koma. Aber sie lebte. Ihre Nieren hatten versagt. Doch die Ärzte hatten sie ins Leben zurückgeholt. Es wäre schon fast zu spät gewesen.

Nie würde sie diesen Moment vergessen. Die Polizei war in den Raum gestürmt. Überall strahlten grelle Taschenlampen. Sie war völlig benommen gewesen und hatte alles wie in Zeitlupe erlebt. Die Ärzte stürzten sich sofort auf Kim. Sie hoben ihren leblosen Körper vom Boden und legten ihn auf eine Trage. Sie sah Kims Gesicht. Es war schrecklich grau und faltig. Sie hatte geglaubt, ihre Freundin sei tot. Niemand wollte ihr etwas sagen, auch viele Stunden später nicht. Ihr Leben hing am seidenen Faden.

Aber jetzt saß sie hier und Kim lebte.

»Wach auf, Kim. Du bist in Sicherheit«, flüsterte Mira und drückte ihre Hand. Sie blickte sich zu Stefanie um, die an Kims Fußende saß. Aus ihrer Ellenbeuge führte ein dünner Schlauch zu dem Tropf, der sie noch immer mit zusätzlicher Flüssigkeit versorgte. Stefanie würde es ohne bleibende Schäden schaffen, von den psychischen einmal abgesehen. Genauso wie sie. Die Tür ging auf und eine Schwester trat ein. Sie strahlte Mira an.

»Da ist ja unsere Lebensretterin«, sagte sie und klopfte Mira auf die Schulter. »Ihr Bonbon hat anscheinend Wunder bewirkt. Das muss ich mir unbedingt merken. Man sollte immer eine Notreserve dabeihaben.« Sie überprüfte die Geräte und huschte aus dem Zimmer. Mira sah ihr hinterher. Sie hatte kaum klare Erinnerungen an die Zeit, in der sie festgehalten worden waren. Sie hatte Stefanie ein Bonbon in den Mund geschoben und irgendwann später nach Kim gesucht. Sie kroch wie eine Schnecke über den rauen Boden. Es dauerte eine Ewigkeit, bis sie Kim endlich gefunden hatte. Kims Lippen waren hart wie Stein. Vollkommen ausgetrocknet. Mira war Zahnarzthelferin – keine Ärztin –, doch in diesem Moment wusste sie, dass Kim dringend Flüssigkeit benötigte. Sie hatte kein Wasser, doch sie gab Kim das letzte Bonbon. An mehr konnte Mira sich nicht entsinnen.

Sie drückte ein weiteres Mal Kims Hand und strich ihr sanft übers Gesicht. Das Gerät piepte gleichmäßig weiter, doch plötzlich setzte ein Ton aus. Mira drehte sich entsetzt zu dem Monitor um. Der nächste Ton kam zuverlässig und die Linie vollzog ihre gewohnten Bahnen. Mira atmete erleichtert auf und drehte sich wieder zu Kim um. Die zarten Finger, die sie umklammerte, zuckten. Kims Lider begannen zu flattern. Miras Herz machte einen Satz.

»Sie wacht auf«, flüsterte sie Stefanie zu und wusste in diesem Augenblick, dass es der schönste Tag ihres Lebens war.

Ende

NACHWORT DER AUTORIN

Liebe Leserin, lieber Leser,

ich möchte mich bei Ihnen dafür bedanken, dass Sie meinen Roman gekauft und gelesen haben. Ich hoffe, Ihnen hat die Lektüre gefallen und Sie hatten ein spannendes Leseerlebnis. An dieser Stelle möchte ich insbesondere für die historisch interessierten Leser noch folgende Punkte anmerken:

Die meisten im Thriller beschriebenen Orte existieren tatsächlich. Die von mir gezeichnete Karte, die Sie ganz vorne im Buch finden, stellt den historischen Stadtkern von Zons dar. Genauso werden Sie die Stadt vorfinden, wenn Sie ihr einen Besuch abstatten. Schauen Sie doch dann einmal in der Tourist-Information gegenüber dem Kreismuseum an der Schloßstraße vorbei. Sie werden dort einen ähnlichen Plan erhalten.

In Zons sind drei große Pestausbrüche bekannt. In den

Jahren 1623, 1635 und 1666 wütete die Seuche in der Stadt und forderte zahlreiche Opfer. Zeitweise wurden laut alten Überlieferungen sogar die Gottesdienste ausgesetzt, um der Verbreitung der Pest Einhalt zu gebieten. Die Pest ist eine hochansteckende Infektionskrankheit, die durch den Erreger Yersinia pestis hervorgerufen wird. Die Infektion erfolgte primär von Ratten über Flöhe auf den Menschen und später dann auch von Mensch zu Mensch. Der Rattenfloh nimmt den Erreger über das Blut auf und überträgt ihn auf den Menschen. Durch Flohbisse wird die Beulenpest ausgelöst und durch Tröpfcheninfektion zwischen den Menschen die Lungenpest. Neben Ratten kommen auch andere Nagetiere wie beispielsweise Mäuse oder Murmeltiere als Überträger infrage. Auch erkrankte Haustiere, wie Katzen, Schweine oder Hühner, können den Erreger im Fell oder Federkleid tragen. Im Mittelalter war kein Heilmittel bekannt. Die Pestbeulen wurden in der Regel aufgeschnitten, was jedoch nicht zur Heilung beitrug. Auch heute ist die Pest noch nicht ausgerottet. Erst 2017 gab es einen neuen Ausbruch in Madagaskar, der viele Todesopfer forderte. Wird die Krankheit frühzeitig mit Antibiotika behandelt, ist sie jedoch in der Regel heilbar.

Blutegel wurden schon im alten Ägypten und in Babylon zur Therapie der Körpersäfte und bei Krankheiten eingesetzt. Auch im Mittelalter waren sie weit verbreitet. Heute wird die Blutegeltherapie nur noch vereinzelt angewendet. Die bis zu zwanzig Zentimeter langen Egel ernähren sich vor der Geschlechtsreife, die sie mit ungefähr drei Jahren erreichen, von Säugetierblut. Sie können bis zu dreißig Jahre alt werden und kommen in Sümpfen, pflanzenbewachsenen Tümpeln oder Bächen vor. Am Kopf und am Fuß der Tiere befinden sich Saugnäpfe, wobei der Saugnapf am Kopf über einen dreispaltigen Mund mit scharfen Zähnen verfügt. Aus diesem Grund dürfen Blutegel auch nicht gewaltsam von der Haut entfernt werden, da ansonsten Teile des Kiefers in der Bissstelle verbleiben können. Ein Blutegel kann in etwa einer Stunde das Fünffache seines Körpergewichtes an Blut aufnehmen. Die Egel werden bevorzugt an Hals, Schultern, Armen oder Kniekehlen angebracht. Bei Erwachsenen werden bis zu hundert Tiere angesetzt, bei Kindern ein Egel pro Lebensjahr.

Den im Buch genannten Schöffen Dederich von Rockel hat es tatsächlich gegeben. Er war von 1465 bis 1492 Schultheiß in Zons. Der Schultheiß war Vorsitzender des Schöffengerichtes. Zu seinen Aufgaben gehörte nicht nur die Urteilsfindung gemeinsam mit den anderen Schöffen, sondern er musste auch für die Instandhaltung des Galgens und des Kerkers sorgen. Ob Dederich von Rockel tatsächlich eine Tochter hatte, ist leider nicht überliefert.

Der Krötschenturm befindet sich im Nordwesten von Zons. Woher der Turm seinen Namen hat, ist unsicher. »Krötsch« bedeutet so viel wie »kränkelnd«, und deshalb wird vermutet, dass in Pest- und Seuchenzeiten die Kranken in den Turm gesperrt wurden, um sie von den gesunden Menschen fernzuhalten. Genauso gut kann es jedoch sein, dass der Turm seinen Namen aufgrund der ihn umgebenden »Kreuzgärten« erhalten hat. So lautet auch heute noch der Flurname. Aus dem alten Begriff »Creutzthurm« könnte über »Creutzschturm« schließlich »Krötschenturm« geworden sein. Schriftliche Überlieferungen gibt es leider nicht.

Die Figuren im Buch sind im Übrigen frei erfunden. Ich möchte dennoch nicht ausschließen, dass der eine oder andere Charakter Ähnlichkeiten mit heute lebenden Personen aufweist. Dies ist jedoch keinesfalls beabsichtigt.

Wenn Sie an Neuigkeiten über anstehende Buchprojekte, Veranstaltungen und Gewinnspiele interessiert sind, dann tragen Sie sich in meinen Newsletter oder in meine Telegram Liste (jetzt neu statt WhatsApp) ein:

- **Newsletter: www.catherine-shepherd.com**
- **Neuigkeiten über die App „Telegram“:** Wenn Sie die App bereits haben, einfach nach meinem Kanal CatherineShepherd (zusammengeschrieben) suchen oder auf den nachfolgenden Link klicken: **https://t.me/catherineshepherd**
- Die Telegram App können Sie hier herunterladen: **www.telegram.org**

Sie können mir auch gerne bei Facebook, Instagram und Twitter folgen:

- **www.facebook.com/Puzzlemoerder**
- **www.twitter.com/shepherd_tweets**
- **Instagram: autorin_catherine_shepherd**

Natürlich freue ich mich ebenso über Ihr Feedback zum Buch an meine E-Mail-Adresse:

kontakt@catherine-shepherd.com

Zum Abschluss habe ich noch eine persönliche Bitte an Sie. Wenn Ihnen dieses Buch gefallen hat, würde ich mich über eine kurze Rezension freuen. Keine Sorge, Sie brauchen hier keine »Romane« zu schreiben. Einige wenige Sätze reichen völlig aus.

Sollten Sie bei *Leserkanone*, *LovelyBooks* oder *Goodreads* aktiv sein, ist natürlich auch dort ein kleines Feedback sehr willkommen. Ich bedanke mich recht herzlich und hoffe, dass Sie auch meine anderen Romane lesen werden.

Ihre Catherine Shepherd

STADT ZONS AM RHEIN

Die kleine Stadt Zons – ehemals Zollfeste Zons genannt – liegt am Niederrhein direkt bei Dormagen im Rhein-Kreis Neuss, fast genau in der Mitte zwischen Düsseldorf und Köln. Auf der anderen Seite des Rheins liegt Düsseldorf-Urdenbach. Beide Orte sind durch eine Fährverbindung über den Rhein miteinander verbunden. Zons ist eine der am besten bewahrten mittelalterlichen Städte mit einer im ganzen Rheinland einzigartigen, gut erhaltenen Befestigungsanlage aus dem 14. Jahrhundert, sozusagen das Rothenburg des Rheinlands.

Die kleine Stadt Zons blickt auf eine lange und bewegte Geschichte zurück:

Ebenso wie in das heutige Gebiet der Stadt Köln und der benachbarten Stadt Neuss kamen die Römer auch in die Nähe von Zons. Dies hat man jedenfalls bei Ausgrabungen festgestellt, nach denen es bei Zons einen römischen Friedhof und ein Militärlager der Römer gegeben hat.

Gesichert ist ebenfalls die Erkenntnis, dass Zons im Jahr 1373 das Stadtrecht erhalten hat. Der Kölner Erzbischof Friedrich von Saarwerden hatte zuvor im Jahr 1372 den Rheinzoll vom Gebiet des heutigen Neuss nach Zons verlagert. Zons wurde daraufhin durch Mauern und Gräben befestigt. Im Zentrum der befestigten Ortschaft befanden sich wohl etwa einhundertzwanzig Häuser. Im 15. Jahrhundert war der seinerzeitige Ausbau von Zons abgeschlossen. Die Bevölkerung war im Wesentlichen im Ackerbau, der Viehzucht und in den Bereichen Bier-, Wein- und Getreidehandel tätig. Daneben existierten Handwerksbetriebe, Ziegeleien sowie Woll- und Leinenwebereien. Zwischen dem 15. und dem 17. Jahrhundert gab es offenbar einen moderaten Wohlstand in der Stadt.

Das 17. Jahrhundert war keine gute Zeit für Zons. 1620 gab es erneut einen schweren Brand in der Stadt, von dem der Überlieferung nach nur wenige Häuser verschont blieben. Auch der Dreißigjährige Krieg hat durch entsprechenden Beschuss in Zons schwere Spuren der Zerstörung hinterlassen. Die Pest schwächte das Städtchen in mehreren Wellen, z. B. 1623 und 1666. Im Jahr 1794 eroberten die Franzosen Zons. Es gehörte nunmehr zu Frankreich und war bis 1814 im Kanton Dormagen des Arrondissements Köln beheimatet.

1815 ging Zons an die Preußen über und wurde dem Kreis Neuss sowie 1822 dem Regierungsbezirk Düsseldorf zugeordnet. Bereits seit 1900 ist Zons ein beliebtes Ausflugsziel. 1975 wurde Zons Teil von Dormagen. Zons nannte sich daher ab diesem Zeitpunkt Feste Zons. Seit 1992 darf Zons sich wieder Stadt nennen, allerdings handelt es sich hierbei nicht um eine eigenständige Gemeinde im Rechtssinn, sondern um einen Titel, den man Zons aufgrund der hohen historischen Bedeutung gewährt hat. Heute hat Zons über 5.000 Einwohner und gehört als Stadtteil von Dormagen zum Rhein-Kreis Neuss.

Weitere Informationen über Zons finden Sie auf: www.zons-am-rhein.info oder auf der Facebook-Seite www.facebook.com/zonsamrhein. Vielleicht schauen Sie sich das schöne Zons einmal persönlich an. Einige der Plätze, die in diesem Buch eine Rolle spielen, sind auch heute noch gut erhalten.

WEITERE TITEL VON CATHERINE SHEPHERD

Zons-Thriller Band 1 bis 4

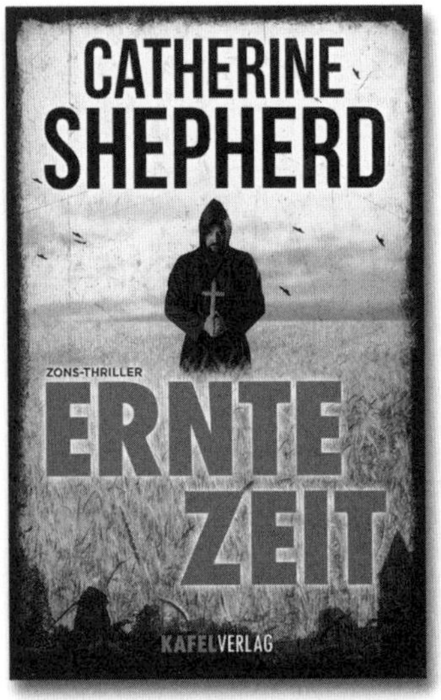

Zons-Thriller Band 5 bis 8

Zons-Thriller Band 9

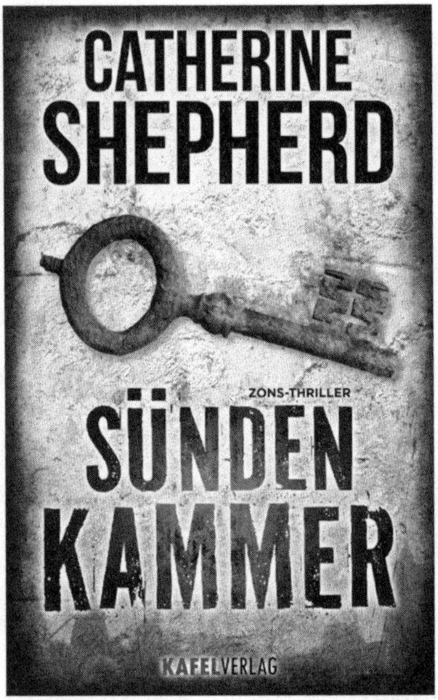

Laura Kern-Thriller

Julia Schwarz-Thriller

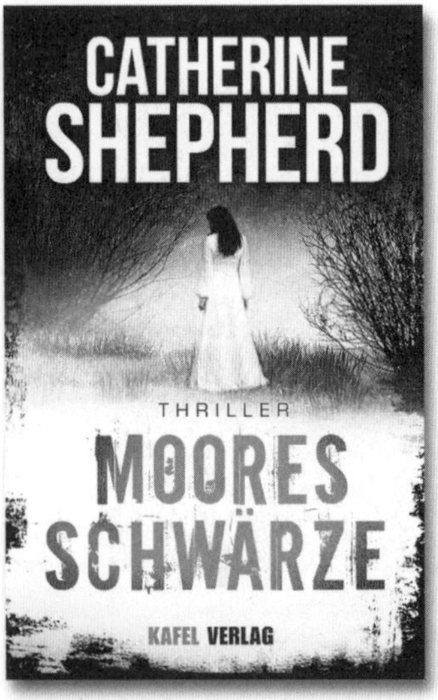

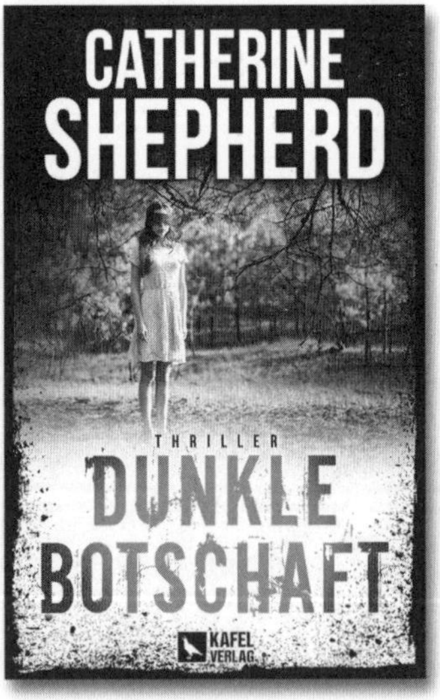

ÜBER DIE AUTORIN

Die Autorin Catherine Shepherd (Künstlername) lebt mit ihrer Familie in Zons und wurde 1972 geboren. Nach Abschluss des Abiturs begann sie ein wirtschaftswissenschaftliches Studium und im Anschluss hieran arbeitete sie jahrelang bei einer großen deutschen Bank. Bereits in der Grundschule fing sie an, eigene Texte zu verfassen, und hat sich nun wieder auf ihre Leidenschaft besonnen.

Ihren ersten Bestseller-Thriller veröffentlichte sie im April 2012. Als E-Book erreichte »Der Puzzlemörder von Zons« schon nach kurzer Zeit die Nr. 1 der deutschen Amazon-Bestsellerliste. Es folgten weitere Kriminalromane, die alle Top-Platzierungen erzielten. Ihr drittes Buch mit dem Titel »Kalter Zwilling« gewann sogar Platz Nr. 2 des Indie-Autoren-Preises 2014 auf der Leipziger Buchmesse. Seitdem hat Catherine Shepherd die Zons-Thriller-Reihe fortgesetzt und zudem zwei weitere Reihen veröffentlicht.

Im November 2015 begann sie mit dem Titel »Krähenmutter« eine neue Reihe um die Berliner Spezialermittlerin Laura Kern (mittlerweile Piper Verlag) und ein Jahr später veröffentlichte sie »Mooresschwärze«, der Auftakt zur dritten Thriller-Reihe mit der Rechtsmedizinerin Julia Schwarz.

Mehr Informationen über Catherine Shepherd und ihre Romane finden sich auf ihrer Website:

www.catherine-shepherd.com